Petra Schier

Hundeweihnacht

PETRA SCHIER, Jahrgang 1978, wohnt mit Mann und Hund in einem kleinen Dorf in der Eifel. Im Verlag Rütten & Loening erscheint von ihr: »Suche Weihnachtsmann – biete Hund«.

Ein Weihnachtshund auf Probe
Nichts hat der zehnjährige Tommi sich mehr gewünscht als einen Hund. Als seine Eltern am ersten Advent den Mischling Otter zur Probe aus dem Tierheim holen, sieht er sich am Ziel. Doch bald beginnt Otter mit seinen Eskapaden für Unfrieden in der Familie zu sorgen. Kurz vor Weihnachten ist der Hund plötzlich verschwunden. Tommi ist verzweifelt. In seiner Not wendet er sich an den Weihnachtsmann.

Ein Weihnachtsengel auf vier Pfoten
Hannah freut sich auf ein ruhiges Weihnachtsfest. Doch ihr neues Heim erweist sich als Bruchbude, und dann läuft ihr noch ein Hund zu, den ihre Tochter für einen Engel hält. Tatsächlich scheint die Hündin Billa magische Kräfte zu haben – und den fatalen Hang, für Turbulenzen zu sorgen. Vor allem, als mit Leon noch ein attraktiver Mann auftaucht.

Petra Schier

Hundeweihnacht

aufbau taschenbuch

ISBN 978-3-7466-2543-0

Aufbau Taschenbuch ist eine Marke der Aufbau Verlagsgruppe GmbH

1. Auflage 2009

Umschlaggestaltung Mediabureau Di Stefano, Berlin
unter Verwendung eines Fotos von © U. Schanz/Juniors Bildarchiv
Druck und Binden CPI – Clausen & Bosse, Leck
Printed in Germany

www.ruetten-und-loening.de

Ein Weihnachtshund auf Probe

Das zärtlichste Wesen auf der ganzen Welt
ist ein nasser Hund!

Ambrose Bierce

Prolog

Die Nacht war stockfinster. Durch die Wipfel der Bäume strich ein leichter Wind, der sich weiter unten zwischen den Baumstämmen verfing und zu einem hohlen Pfeifen wurde.

Ein paar Schneeflocken segelten durch die eisige Luft und gesellten sich zu der weißen Pracht, die bereits den Boden bedeckte.

In seinem einsamen Versteck hatte sich Otter fest zusammengerollt, die Schnauze auf die Pfoten gepresst.

Nach Hause, war sein einziger Gedanke. *Ich will zurück nach Hause.*

Doch wie sollte er zurückfinden?

Unglücklich blinzelte er in die Dunkelheit, die ihn wie ein schweres schwarzes Tuch umfing.

In seinem Magen nagte der Hunger, seine Pfoten schmerzten vor Kälte. Ab und zu kroch er aus seinem Unterschlupf, lief ein wenig auf und ab, erleichterte sich und leckte Schnee.

Doch jetzt, mitten in der Nacht, wagte er sich nicht hinaus.

Wie so oft in den letzten Stunden setzte er zu einem traurigen Winseln an, froh, wenigstens seine eigene Stimme zu hören.

Plötzlich hielt er inne. Aus der Ferne ertönte ein leises helles Klingeln. Hatte er das nicht schon einmal gehört?

Otter hob den Kopf und lauschte. Das Klingeln wurde lauter, schien sich jetzt direkt über ihm zu befinden.

Vorsichtig kroch er aus seinem Versteck und bellte, doch weit und breit war nichts zu sehen. Das Schellen schwebte unsichtbar über ihm in der Luft. Aufgeregt hüpfte Otter auf und bellte wieder.

Im nächsten Moment verstummte das Klingeln, und alles war wieder still.

Verwirrt sah Otter sich um. Was mochte das gewesen sein?

Er merkte, dass der Schnee wieder heftiger vom Himmel fiel, und zog sich in sein Versteck zurück. Dort rollte er sich erneut zusammen und schloss die Augen. Seltsamerweise fühlte er sich jetzt nicht mehr ganz so allein und mutlos.

Morgen, morgen kann ich bestimmt nach Hause, war sein letzter Gedanke, bevor er einschlief.

1. Kapitel

Wasser!

»Wag es ja nicht!«

Herrliches, warmes, duftendes Badewasser!

»Bleib, wo du bist!« Andrea Rehlmann fixierte den struppigen schwarzweißen Mischling mit bösem Blick.

Otters Hinterteil wackelte hin und her, seine Rute klopfte im Stakkato gegen die Badezimmertür. Dann machte er ein paar Schritte rückwärts.

»Nein, Otter!«

Doch!

Mit einem Satz war der Hund in der Wanne, Wasser schwappte mit lautem Platschen über den Wannenrand, Badeschaum spritzte umher.

»Au, verdammt!« Andrea japste nach Luft. Otter war geradewegs auf ihrem Bauch gelandet, seine Hinterpfoten bohrten sich schmerzhaft in ihren Unterleib. »Runter von mir, raus aus der Wanne, du Scheusal!«, schrie sie aufgebracht.

Otter leckte ihr begeistert das Gesicht.

Warum denn, ist doch toll hier drin!

»Was ist denn hier …? O je, Otter!« Emma unterdrückte ein Lachen und kam ihrer Mutter zur Hilfe, indem sie versuchte, den freudig bellenden Hund aus der Wanne zu heben. »Wie bist du denn bloß in die Badewanne gekommen?«, gluckste sie.

Na, wie schon, so ein Wannenrand ist doch kein Hindernis für mich.

Mit vereinten Kräften schafften sie es, Otter aus der Wanne und auf den Badteppich zu hieven. Andrea schnappte sich ein Handtuch und wickelte sich darin ein. »Dieses Vieh ist einfach losgesprungen! Nicht mal im Bad ist man vor ihm sicher. Das geht wirklich zu weit, Emma. Und schau, was er hier für eine Sauerei angerichtet hat. Alles ist nass und …«

»Ich wische das auf, Mama.« Emma streichelte Otter über das triefende Fell. »Aber zuerst muss ich Otter abtrocknen, damit er nicht das ganze Haus nass macht. Sonst schimpft Papa nachher wieder.«

Sie nahm ein altes fleckiges Badetuch aus dem Regal und begann, Otter abzurubbeln, was er sich nur allzu gerne gefallen ließ.

»Papa schimpft also? Und was ist mit mir? Soll ich vielleicht alles ruhig hinnehmen?«, meinte Andrea. Ihre Wangen waren noch immer gerötet vor Ärger. Fahrig strich sie sich ihr dunkelblondes kinnlanges Haar hinter das Ohr. »Erst heute Morgen hat er sich in irgendeiner Pfütze gewälzt und mit seinen Dreckpfoten den ganzen Flur versaut. Und jetzt das.« Andrea machte eine ausholende Geste, die das gesamte Badezimmer einschloss. »Ich bin doch nicht seine Putzfrau!«

»Ach Mama! So schlimm ist das doch auch wieder nicht.«

Finde ich auch. Wasser ist einfach toll. Wozu die ganze Aufregung?

Emma faltete das nasse Badetuch und legte es auf die Heizung. Dann machte sie sich daran, den Boden zu wischen. »Otter mag halt Wasser so gerne.« Sie beobachtete, wie ihre Mutter sich abtrocknete und anzog. »Du hast da einen Kratzer am Bauch.«

Andrea sah sie finster an.

»Okay, okay, wir gehen ja schon. Komm, Otter.« Emma wrang den Wischlappen aus und hängte ihn über den Wannenrand, nahm den Hund am Halsband und zog ihn mit sich in ihr Zimmer.

Vorsichtshalber schloss sie die Tür.

»Was bist du nur für einer.« Sie drohte ihm scherzhaft mit dem Finger.

Hä? Warum?

Otter ließ sich auf sein Hinterteil sinken und hechelte. Es sah aus wie ein breites Grinsen.

»Du weißt doch, dass du nicht ins Bad darfst. Jetzt ist Mama sauer und wird Papa davon erzählen, und dann ...« Emma seufzte und setzte sich vor ihre altmodische Frisierkommode, die noch von ihrer Uroma stammte, und auf die sie sehr stolz war.

Ach komm, kein Grund, so traurig zu schauen.

Otter stand auf, kam auf sie zu und leckte ihr die Hand. Dann kroch er unter die Kommode und legte sich auf Emmas Füße.

Sie gluckste und wackelte mit den Zehen.

Vor zehn Tagen hatten sie Otter aus dem Tierheim geholt.

Es war Liebe auf den ersten Blick gewesen, zumindest bei Emma und ihrem kleinen Bruder Tommi. Ihre Eltern waren etwas zurückhaltender gewesen und hatten mit dem Tierheim eine vierwöchige Probezeit vereinbart. Zwischen Weihnachten und Neujahr würde die Entscheidung fallen, ob Otter für immer bei ihnen bleiben durfte.

Nun, wenn das allerdings so weiter ging …

Dabei war Otter wirklich ein lieber Hund und gut erzogen obendrein. Er war als Welpe ins Tierheim gekommen, und die Pfleger hatten das komplette Programm der Hundeschule mit ihm absolviert. Er gehorchte aufs Wort … außer, wenn er Wasser sah. Dann geriet er außer Rand und Band. Wasser war Otters Element. Gleich am ersten Tag war er in den Dorfweiher gesprungen, obwohl dieser fast schon zugefroren war. Sie hatten sich aber nichts dabei gedacht, denn Otter hatte zur Hälfte Labradorblut in sich, und diese Rasse war ja bekannt für ihre Vorliebe für Wasser. Aber inzwischen war klar, weshalb man Otter seinen ungewöhnlichen Namen gegeben hatte.

Wieder seufzte Emma und begann, ihr halblanges kastanienbraunes Haar zu bürsten. Sie liebte den Hund mittlerweile von ganzem Herzen, aber die Zeichen standen derzeit wirklich übel für ihn.

2. Kapitel

»Stimmt es, dass Otter zu Mama in die Wanne gesprungen ist?«, fragte Tommi, während er sich aus seinem Winteranorak schälte und sich die Mütze so heftig vom Kopf zog, dass sein dunkelblondes Haar wild nach allen Seiten abstand.

Rasch legte Emma einen Finger an die Lippen. »Psst! Fang bloß nicht davon an, wenn Papa in der Nähe ist.«

»Schade, dass ich über Nacht bei Jannik war«, redete er jedoch unbekümmert weiter. »Das hätte ich gerne gesehen.«

»Aber auf Papas Donnerwetter hättest du bestimmt gerne verzichtet. Wasch dir die Hände und geh dann schon mal in die Küche, es gibt gleich Essen.« Emma sah Tommi kopfschüttelnd nach. Hoffentlich fing er nicht gleich wieder davon an. Aber böse konnte man ihm auch nicht sein, immerhin war er erst elf, vier Jahre jünger als sie.

Emma folgte ihrem Bruder in die Küche und nahm ihrer Mutter einen Stapel Teller aus der Hand. Während sie den Tisch deckte, sagte sie in Tommis Richtung: »Kannst du morgen Nachmittag mit Otter spazieren gehen? Andy hat mich zum Schlittschuh fahren in die Eishalle eingeladen.«

»Oh oh!« Tommi grinste abfällig. »Andy-Schmandy! Ist der jetzt dein Freund? Der hat doch mehr Gel in den Haaren, als in eine Tube reingeht! Klebst du dann an ihm fest?

Bussi, Bussi!« Tommi spitzte die Lippen und machte laute Kussgeräusche.

Andrea schüttelte den Kopf. »Tommi, es reicht. Emma hat dich nur etwas gefragt.«

Tommi streckte Emma die Zunge raus. »Klar geh ich mit Otter spazieren. Macht doch viel mehr Spaß, als in die blöde Eishalle zu fahren.«

»Das sagst du nur, weil ich besser Schlittschuh laufen kann als du.« Emma grinste. »Und Andy hat gar nicht so viel Gel in den Haaren. Du meinst André, aber der«, ihr Blick verdunkelte sich kurz, »ist auf diesen Frankreichaustausch gefahren und hat sich nicht mal von mir verabschiedet.«

»Ich sag doch, der ist blöd!« Tommi ließ sich auf seinen Platz fallen.

Nachdem Emma den Tisch fertig gedeckt hatte, setzte auch sie sich. Andrea trug Schüsseln mit Eintopf und Weißbrot auf. »Wo bleibt Karl denn nur?«, murmelte sie vor sich hin. »Ich habe ihm doch vorhin schon Bescheid gesagt.«

»Andrea!« Karl Rehlmann stieß die Küchentür auf und sah zuerst seine Frau, dann Emma und Tommi äußerst misstrauisch an. »Warum ist die Tür zu meinem Arbeitszimmer abgeschlossen?«

»Setz dich erst mal.« Leicht nervös schöpfte Andrea ihm Suppe auf den Teller. Dabei bemühte sie sich, ungezwungen zu lächeln. »Weißt du, ich habe sauber gemacht und den Teppich mit Teppichreiniger ...«

»Den teuren neuen Teppich? Der war doch gar nicht

schmutzig«, wunderte sich Karl und schob sich einen Löffel Eintopf in den Mund.

»Ach, weißt du …«

»Papa, Jannik hat mir seine Eisenbahn gezeigt«, rief Tommi dazwischen. »Er sagt, er wünscht sich vom Weihnachtsmann einen richtigen Bahnhof und Teile für die Landschaft und einen zweiten Zug mit richtigen Güterwagons.«

Andrea sah ihren Sohn dankbar an. Emma musste ein Schmunzeln unterdrücken. Manchmal war Tommi doch fixer, als man glaubte. Das erneute Donnerwetter wegen der Schlammspuren in Pfotenform, die den Teppich im Arbeitszimmer seit dem Mittag verunzierten, würde noch früh genug über sie hereinbrechen.

»Ich schmeiß ihn raus!«, brüllte Karl eine knappe Stunde später im Arbeitszimmer und stemmte die Hände in die Seiten. »Wisst ihr, was der Teppich gekostet hat? Dieser Köter ist unmöglich. Nein, schlimmer, er ist ein Ungeheuer! Er kommt sofort zurück ins Tierheim.«

»Aber Papa, guck doch mal, wenn der Teppich trocken ist, sieht man doch gar nichts mehr«, versuchte Emma ihren Vater zu beruhigen. Sie sah ihn, der mehr als einen Kopf größer war, mit schräg gelegtem Kopf von unten an und setzte dabei ihr schönstes Lächeln auf. Das half normalerweise immer. »Wir haben nur vergessen, die Tür zuzumachen, das kann doch mal vorkommen. Und schau, ich habe Otter ganz sauber gewaschen und sogar geföhnt.« Sie wies auf den Verursacher der Teppichflecken, der adrett und nach Fichtennadelshampoo duftend im Flur stand und ihnen freundlich zuwedelte. Auch er legte den Kopf auf die Seite und klimperte zwei-, dreimal mit den Augenlidern.

Das Bad war wirklich toll. Nur dieser Schaum ist blöd, der juckt in den Augen.

Karl stieß gereizt die Luft aus. »Also gut, er scheint ja wirklich einigermaßen sauber zu sein. Seht zu, dass es so bleibt. Beim nächsten Mal ...« Er vollendete den Satz nicht, sondern ging hinüber ins Wohnzimmer. Doch alle wussten, was er damit für das nächste Mal androhte.

Andrea zuckte mit den Schultern, als sie Emmas und Tommis unglückliche Blicke sah. »Er hat nicht ganz Unrecht. Wenn der Hund nicht bald aufhört, das Haus in ein Chaos zu verwandeln, ist er schnell wieder im Tierheim.«

»Otter, er heißt Otter!« protestierte Tommi. Er kniete sich neben dem Hund in den Flur und umarmte ihn. Otter stupste ihn mit der Nase an und leckte ihm übers Ohr.

Ich mag, dich, Junge. Komm, lass uns spielen!

Tommi lachte. »Das kitzelt!«

Andrea verdrehte amüsiert die Augen. »Los, nehmt ihn mit nach oben! Tommi, noch eine halbe Stunde, dann musst du ins Bett!«

3. Kapitel

»So ein Mistkerl! Shit!« Emma knallte die Haustür ins Schloss und stürmte an ihrer erstaunten Mutter vorbei die Treppe hinauf. Otter, der sie freudig hatte begrüßen wollen, bellte aufgeregt hinter ihr her.

Hey, was ist denn los? Kriege ich keine Streicheleinheiten zur Begrüßung? Da stimmt doch was nicht.

Auch ihre Zimmertür schlug Emma mit lautem Knall hinter sich zu, drehte ihre Stereoanlage beinahe bis zum Anschlag auf und warf sich aufs Bett.

Himmel, war sie wütend! Und sauer und … enttäuscht. Mit einem Wutschrei presste sie ihr Gesicht in das kleine herzförmige Kuschelkissen mit dem weichen roten Samtbezug. Ihr Herz pochte heftig. »Ich hasse ihn, hasse ihn, hasse ihn!« grollte sie dumpf und versuchte, die Tränen zurückzuhalten, die ihr langsam aber sicher in die Augen stiegen.

Der Rocksong, der aus den Lautsprechern dröhnte, war ohrenbetäubend, doch auch das half ihr im Augenblick nicht. Verzweifelt boxte sie auf ihr Kopfkissen ein, drückte aber gleich darauf ihr Gesicht wieder in das Kuschelherz. Das leise Klopfen an der Tür vernahm sie nur, weil der Song gerade zu Ende war.

»Geh weg!«, brüllte sie gegen den Trommelwirbel an, der das nächste Lied ihrer Lieblingsband einläutete.

Dennoch öffnete sich die Tür, und Andrea trat in das Zimmer.

Gemächlich ging sie zur Stereoanlage und drehte die Lautstärke aufs Minimum zurück.

»Kannst du mich nicht einfach in Ruhe sterben lassen?«, brummte Emma genervt in ihr Kissen.

Andrea lächelte fein und setzte sich auf die Bettkante. »Ich bin auch mal mit einem Jungen zum Schlittschuhlaufen gegangen. Er war schon achtzehn und sah so toll aus, dass ich dachte, alle würden mich um ihn beneiden.«

Emma rührte sich nicht und tat, als höre sie gar nicht zu.

»Wie Recht ich damit hatte, merkte ich, als ich in der Eissporthalle ankam. Die Mädchen aus den höheren Klassen haben uns dermaßen belagert, dass ich mich gar nicht mehr mit ihm unterhalten konnte, geschweige denn … du weißt schon.« Andrea verstummte. Ihr Lächeln wurde bei der Erinnerung breiter. »Das stärkste Stück aber war, als seine Exfreundin kam und mit ihm eine Bahn nach der anderen durch die Halle gezogen hat.«

Emma merkte auf, hob den Kopf und sah ihre Mutter an. Ihre Wangen waren gerötet und fühlten sich heiß an. »Und dann?« fragte sie.

»Dann kam er zu mir und sagte, er würde seine Exfreundin rasch nach Hause fahren, weil sie sonst keine Fahrgelegenheit hätte, und danach würde er wiederkommen.« Andrea zuckte mit den Schultern. »Er kam natürlich nicht wieder.«

»Echt? Und was hast du dann gemacht?« Emma setzte sich auf und sah ihre Mutter neugierig an.

»Ich bin zu Fuß nach Hause gegangen, in mein Zimmer gestürmt, habe die Türen geknallt und meine Nena-Platte bis zum Anschlag aufgedreht, dass meiner Mutter die Ohren geplatzt sein müssen.« Andrea nahm das Herzkissen auf, drehte es in den Händen und reichte es dann Emma, die es fest an sich drückte. »Andy?«, fragte sie sanft.

Emma nickte unglücklich. »Erst sind wir ganz lange zusammen gefahren, aber dann kamen ein paar Leute aus meiner Parallelklasse. War eigentlich ganz witzig. Nur die Elke und die Jenny haben ihn dann immer aufgezogen, er würde sich nicht trauen, mit ihnen beiden um die Wette zu fahren. Hat er dann natürlich doch gemacht. Und danach ist er nur noch mit Elke gefahren und hat schließlich zu mir gesagt, er würde mit den beiden noch auf einen Cappuccino zu *Ernesto's* gehen. Das ist das Café in der Eishalle.«

»Ich weiß.«

Emma kaute auf ihrer Unterlippe herum. »Mich hätte er doch einladen müssen! Aber ich wollte sowieso nicht mit denen gehen. Die Elke ist total hinter Andy her. Das hat auch Stefan gesagt.«

»Stefan?«

»Aus der Parallelklasse. Er hat gesagt, so was hätte Andy schon mal gemacht.« Jetzt traten Emma doch wieder die Tränen in die Augen. Diesmal ließ sie sie laufen. »Stefan wollte, dass ich trotzdem noch bleibe, aber ich konnte nicht. Dieser Mistkerl!«

»Stefan?«

Emma zog eine Grimasse. »Andy! Der ist ein … Egal. Stefan ist nur … Stefan.«

Andrea nickte verstehend. »Ich geh mal wieder runter. Tommi kommt gleich vom Fußball. Musik wieder laut?«

Emma schüttelte den Kopf. »Musik leise«, murmelte sie und hatte sich bereits wieder in ihr Kopfkissen gewühlt, noch bevor ihre Mutter den Raum verlassen hatte. Erst jetzt konnte sie sich so richtig ausweinen.

Ihr Herzkissen war schon ganz durchnässt, als Emma plötzlich ein Kratzen an der Tür und dann leises Pfotentapsen hörte.

Hey, ich will reinkommen!

Otter stupste sie mit seiner feuchtkalten Nase an und winselte leise.

Was ist denn los mit Emma? Sie weint ja, das bedeutet, sie ist traurig. Das mag ich aber gar nicht.

Als Emma sich umdrehte, saß er neben dem Bett, den Kopf schräg gelegt, und sah sie aufmerksam an.

Sag mir, wie ich dir helfen kann.

»Hallo Otter.« Emma lächelte kläglich und strich ihm über den Kopf.

Daraufhin legte er eine Pfote auf die Bettkante und stupste sie wieder an.

Soll ich zu dir raufkommen? Ich kann dich bestimmt trösten. Und dein Bett ist so schön weich und kuschelig.

»Okay, komm rauf. Aber nur, solange Papa nicht da ist.« Mit einer auffordernden Geste rutschte sie ein Stück zur Seite, und Otter sprang zu ihr aufs Bett. Er streckte sich neben ihr aus, den Kopf auf das Kissen gebettet, und schnaufte leise.

Sehr gut. Das mag ich.

Emma legte ihren Arm um den Hund und kuschelte sich eng an ihn.

Als Andrea eine halbe Stunde später ins Zimmer spähte, wollte sie schon empört losschimpfen. Doch Emma schlief, die Musik war inzwischen aus, und Otter hob den Kopf und machte ein Gesicht, als wolle er Andrea zur Ruhe mahnen.

Kopfschüttelnd ging sie ans Bett und breitete die Tagesdecke über Emma aus.

Otter schnaufte wieder und legte seinen Kopf zurück auf das Kissen.

Einen Moment betrachtete Andrea die beiden noch sinnierend, dann verließ sie leise das Zimmer und schloss die Tür bis auf einen Spalt.

4. Kapitel

»Also das gibt es doch wohl nicht!«, rief Karl, als er eine knappe Stunde später noch einen Blick in Emmas Zimmer warf.

»Was ist denn?« Emma rieb sich verschlafen die Augen.

Herrchen! Der ist aber wütend. Was ist denn jetzt wieder los?

»Runter vom Bett!«

»Hä?«

»Schmeiß den Hund vom Bett! Er macht doch alles schmutzig.«

Ich bin doch ganz sauber!

»Aber er hat doch nur …«

»Nee! Das darfste doch gar nicht!«, quiekte Tommi dazwischen, der neugierig aus seinem Zimmer gekommen war. »Otter soll nicht ins Bett, das weißte doch!«

Otter hatte sich mittlerweile aufrecht hingesetzt, doch als er Karl mit bösem Gesicht auf sich zukommen sah, sprang er rasch auf den Boden, duckte sich und wischte zwischen Karl und Tommi hindurch aus dem Zimmer.

Ich geh ja schon. Seid doch nicht alle so laut und böse! Was hab ich denn gemacht?

»Mensch Papa, sei doch nicht so.« Enttäuscht stand nun

auch Emma auf und faltete ihre Tagesdecke. »Otter hat mich doch nur ein bisschen getröstet.«

»Getröstet?« Karl sah seine Tochter verständnislos an. »Ein Hund hat nichts im Bett zu suchen.«

»Ja, ja, toll. Jetzt hast du ihn verjagt«, grollte Emma. »Ich nehme ihn mit nach draußen.« Sie griff nach ihren Stiefeln und schlüpfte hinein. »Spazieren.«

»Es ist schon dunkel, und in den Nachrichten haben sie über Holzdiebe berichtet, die nicht weit von hier ihr Unwesen treiben. Geh also nicht so spät noch in den Wald, ja! Außerdem gibt es in einer halben Stunde Abendessen.«

»Bis dahin sind wir zurück.« Vergrätzt ging Emma hinaus, holte die Leine und verließ mit dem erfreuten Otter das Haus.

Hey, spazieren gehen! Da sag ich nicht nein. Aber warum gehen wir gerade jetzt? Ist Herrchen auch auf Emma böse?

Andrea schaute ihrer Tochter hinterher, dann stieg sie langsam die Treppe hinauf. »Es geht ihr nicht gut. Sie hat Liebeskummer.«

»Der Hund war in ihrem Bett!«, brummte Karl und fuhr sich durch sein dichtes Haar, das die gleiche kastanienbraune Farbe aufwies wie das seiner Tochter.

»Ich weiß.« Andrea gab ihm einen Kuss. »Das ist doch nicht so schlimm gewesen.«

»Aber wenn er sich daran gewöhnt …«

»Es gibt schlimmeres. Du weißt doch, wie Emma ist. Sie brauchte jemanden zum Ankuscheln. Und da ist mir Otter wesentlich lieber als dieser Andy, der sie so enttäuscht hat.«

»Andy-Schmandy?« Tommi feixte, fing sich jedoch einen strafenden Blick seiner Mutter ein.

»Kein Wort darüber!«

»Ach Mann!«

»Ich meine es ernst, Tommi! Hilf mir lieber in der Küche.«

»Nee …«

»Tu, was deine Mutter sagt!« Karl drohte seinem Sohn scherzhaft mit dem Finger.

»Naaa guuut.«

Während Tommi widerwillig hinter Andrea in die Küche trottete, lief Emma mit Otter durch die ruhigen Straßen des Dorfes. Die Luft war klar und eiskalt, jeder Atemhauch produzierte eine dichte weiße Wolke. Es hatte ein wenig geschneit, gerade genug, dass Wege und Dächer weiß überpudert waren. Die Fenster der Häuser und Wohnungen waren hell erleuchtet und mit Lichterketten und weihnachtlichen Fensterbildern dekoriert. Emma liebte den Advent und den neuen Brauch, alles so richtig zu schmücken. Vor einem Vorgarten blieb sie stehen und bewunderte die aus Drahtgestell geformten und mit Hunderten von kleinen Glühbirnchen beleuchteten Figuren von Rentieren, die den Weihnachtsmann auf seinem hoch mit Geschenken beladenen Schlitten zogen. So etwas wollte sie nächstes Jahr auch gerne vor dem Haus haben. Sie musste Papa unbedingt fragen.

Was ist denn da so interessant? Sind doch nur leblose Figuren, die viel zu grell leuchten.

Otter hatte sich brav abwartend neben sie gelegt und stand erst auf, als sie sich wieder in Bewegung setzte.

»Hast du das gehört?« Emma blickte zum Himmel hinauf und ruckelte dabei unwillkürlich an der Leine, so dass Otter unwillig den Kopf schüttelte.

Was denn? Dieses Klingeln und Klimpern? Musst du mich deshalb am Halsband zerren?

»Das hört sich an wie Glöckchen. Wo das wohl herkommt? Oder haben die Leute mit dem Weihnachtsschmuck irgendwo einen Bewegungsmelder mit Tonband?« Sie sah zurück auf den beleuchteten Rentierschlitten. »Wirklich keine schlechte Idee zu Weihnachten. Ob so was teuer ist?«

Lass uns weitergehen. Da vorne riecht es interessant, da waren andere Hunde!

Otter lief ein paar Schritte voraus und blickte Emma auffordernd an.

»Wo sollen wir jetzt hingehen?«, sprach sie ihn an, und er sah aufmerksam zu ihr auf. »Eine Runde um den großen Wildacker?«

Ja, gerne! Da ist es schön.

»Aber ich habe meine Taschenlampe vergessen. Da draußen ist es stockfinster.«

Na und? Ich finde den Weg mit links.

Otter schnaufte und schüttelte sich. Dann reckte er seine Nase nach rechts.

Wie wäre es mit dem Dorfplatz? Da riecht es immer so gut nach anderen Hunden.

»Zum alten Dorfanger? Da ist doch jetzt nichts mehr los. Aber gut.«

Emma ging in die Richtung, die Otter ihr gewiesen hatte.

»Auf der Wiese kann ich dich ein wenig von der Leine lassen. Aber lauf mir nicht weg, ja!«

Nee, ich laufe nie weg. Aber hier riecht es so gut!

Otter bellte leise und sprang übermütig über die nur von wenigen Laternen beleuchtete Dorfwiese. Emma sah ihm belustigt zu, wie er sich um sich selbst drehte und hinter den Atemwölkchen herjagte, die er selbst ausstieß.

Von der Straße her wurde das Geräusch eines Motorrollers laut.

Was ist das denn? Muss das Ding so laut sein? Da bleibe ich lieber weg. Stinken tut es auch noch. Hier hinten ist es viel interessanter.

Als Emma sich umdrehte, sah sie den Fahrer auf sich zusteuern.

Er hielt neben ihr und nahm den Helm ab. »Hallo, Emma, was machst du denn hier?«

»Hi, Stefan. Das könnte ich dich auch fragen.« Emma lächelte dem großen blonden Jungen gleichmütig zu. »Ich bin mit unserem Hund unterwegs, musste mich ein bisschen abkühlen.«

»Hm.« Stefan nickte. »Schade, dass du heute Nachmittag so schnell weg warst. Wir hatten noch 'ne Menge Spaß. Wegen Andy hättest du nicht abhauen brauchen.«

»Er hatte mich eingeladen!«, protestierte Emma heftig. »Wie hättest du dich da gefühlt?«

»Weiß nicht.« Stefan zuckte mit den Achseln. »Er ist halt ein Volldepp.«

»Und was machst du um diese Zeit hier?«, wechselte Emma das Thema, obwohl sie ihn lieber abgewimmelt hätte.

»Ich hab Daniela aus der Sechsten nach Hause gebracht. Sie ist eine Freundin von meiner kleinen Schwester.«

»Aha.« Emma nickte und sah sich um. »Wo ist Otter?«

Nicht weit entfernt hörte man leises Plätschern.

»O nein!« Emma fasste sich an den Kopf. »Auch das noch.«

»Was noch?« Stefan sah sie verständnislos an.

»Otter ist in den Weiher gesprungen! Mein Vater flippt aus, wenn er das merkt. Ich muss los. Otter!«, rief sie und rannte über die Wiese in Richtung des Entenweihers. Hinter sich hörte sie den Motorroller anspringen, und Augenblicke später fuhr Stefan neben ihr her.

Am Teich angekommen rief sie noch einmal: »Otter! Wo bist du? Komm sofort her!«

Keine Panik, ich bin doch hier.

Wieder plätscherte es, und dann knisterten die wintertrockenen Gräser der Uferböschung. Otter tapste auf sie zu, das Fell klitschnass und triefend. Er hechelte und blickte sie so fröhlich an, dass es aussah, als würde er lachen.

Wollt ihr nicht auch mal? Ach nein, ihr Menschen mögt ja kein kaltes Wasser. Ihr wisst gar nicht, was euch entgeht!

»O je.« Kopfschüttelnd ging sie neben dem Hund in die Hocke. »Du sollst doch nicht immer ins Wasser springen. Wie soll ich dich denn jetzt bloß wieder trocken kriegen?«

Warum? Ich trockne doch von selbst.

»Macht er das öfter?« Stefan beugte sich ebenfalls zu Otter hinab und strich ihm über den Kopf. »Das Wasser ist eiskalt. Bestimmt friert der Weiher in den nächsten Tagen zu. Wird er davon nicht krank?«

Emma zuckte mit den Schultern. »Ich glaube nicht. Er ist

so wild aufs Baden, dass er bestimmt schon abgehärtet ist. Mein Vater dreht durch, wenn er ihn so sieht.«

»Warum? Ist doch nur Wasser«, wunderte Stefan sich.

»Aber Otter macht dauernd das Haus dreckig. Mein Vater ist stinksauer deswegen und hat gesagt, er bringt ihn zurück ins Tierheim, wenn das nicht aufhört.«

»Das ist übel.« Nachdenklich sah Stefan auf Otter hinab, der jetzt aufstand und sich heftig schüttelte.

Siehste, bin schon fast wieder trocken.

»Igitt!« Emma sprang zur Seite, musste jedoch kichern.

»Ich hab hier so ein kleines Handtuch, das ich immer benutze, um den Rollersitz trockenzureiben, wenn es geregnet hat.« Mit wenigen Schritten war Stefan bei seinem Zweirad und holte das Tuch aus einer kleinen Tasche hervor. »Damit kriegen wir ihn nicht ganz trocken, aber vielleicht wenigstens ein bisschen.«

Emma nickte erfreut. »Das ist nett von dir.« Sie nahm das Handtuch und begann, Otters Kopf, dann seine Beine und Füße abzurubbeln. Der Hund ließ es sich anstandslos gefallen und leckte ihr immer wieder übers Gesicht.

Na gut, das macht auch Spaß.

Wieder kicherte sie. »Hör auf, mich zu waschen!«

Sie erhob sich. »Mehr geht leider nicht.« Bedauernd wrang Emma das nasse Tuch aus und übergab es Stefan, der es grinsend wieder einpackte.

»Du solltest noch ein Weilchen mit ihm herumgehen, dann trocknet er vielleicht wieder.«

»Oh, verdammt!« Emma blickte auf ihre Armbanduhr. »Wir essen gleich, ich muss nach Hause!«

»Na dann viel Glück, wegen deinem Vater, meine ich.«

»Danke für das Handtuch«, antwortete Emma und sah Stefan zu, wie er auf seinen Roller stieg und den Helm aufsetzte.

»Kein Problem. Wir sehen uns in der Schule.« Er hob noch einmal die Hand zum Gruß, ließ den Motor an und fuhr langsam über die Wiese davon.

Nachdenklich blickte Emma ihm nach und dann auf Otter hinab, der erwartungsvoll neben ihr saß. »Was soll ich denn Papa erzählen, wenn wir heimkommen? Du bist wirklich unmöglich, Otter. Komm jetzt, mir wird kalt.«

Das ist das Problem mit euch Menschen. Ihr habt kein warmes Fell. Diese künstlichen Fellschichten, in die ihr euch immer einwickelt, sind einfach nicht so gut.

Mit einem fröhlichen »Wuff!« folgte Otter ihr und hielt sich brav an ihrer Seite, bis sie zu Hause ankamen.

Die Familie saß bereits in der Küche beisammen. Emma zog rasch ihre Jacke aus und scheuchte Otter die Treppe hinauf.

»Muss mich kurz waschen!«, rief sie über die Schulter. »Komm, geh in mein Zimmer, bis du wieder trocken bist«, flüsterte sie dem Hund zu und schloss die Tür hinter ihm.

Okay. Ich weiß zwar nicht, was ich hier soll, aber schön warm und gemütlich ist es in deinem Zimmer allemal.

Dann ging sie ins Bad, drehte kurz den Wasserhahn auf und wieder zu und gesellte sich dann zu den anderen an den Esstisch.

»Wo ist der Hund?«, fragte Karl sie prompt.

»Äh, ich glaube, nach oben gegangen.« Betont gelangweilt zuckte Emma mit den Achseln. »Bestimmt hat er sich in seinen Korb gelegt und schläft. Wir sind ganz schön gerannt.«

»Aha.« Karl blickte durch die Küchentür in den Flur. »Was ist das denn?« Mit gerunzelter Stirn stand er auf und ging in den Flur. »Er hat ja überall Pfotenabdrücke hinterlassen, sogar auf der Treppe! Ist er etwa wieder …«

»Es hat geschneit, und die Wege sind ganz nass«, warf Emma schnell ein. »Das trocknet doch wieder.«

Karl sah sie argwöhnisch über den Rand seiner Brille an, ließ es jedoch dabei bewenden und setzte sich wieder.

Andrea sah zwischen ihrem Mann und ihrer Tochter hin und her und verkniff sich einen Kommentar.

5. Kapitel

»O nein!« Entsetzt stürzte Emma wenig später auf ihr Bett zu und hob mit spitzen Fingern die hellgelbe Tagesdecke mit dem Blümchenmuster an, auf der ein nasser Fleck mit bräunlichen Rändern prangte. »Otter!«

Was denn?

Der Hund stand neben dem Bett und wedelte unsicher. Emma ließ die Decke wieder fallen und fuhr sich mit beiden Händen durch die Haare. »Das gibt Ärger.«

Du hast mich doch selber hier reingeschickt.

»Emma, ich wollte dich noch fragen …« Andrea blieb in der Tür stehen und blickte mit schmalen Augen auf die Tagesdecke. »Was ist das denn?« Sie kam näher und betrachtete den nassen Fleck genauer. »War Otter etwa wieder auf deinem Bett? Und warum hat er alles schmutzig gemacht? Das kann doch unmöglich nur von nassen Pfoten stammen!«

»Nein«, gab Emma zögernd zu. »Wir waren am Dorfanger und da …«

»Er ist in den Weiher gesprungen, stimmt's?«, fragte Andrea. Ihre Stimme wurde lauter. »Und ich habe jetzt die Schweinerei. Die Tagesdecke war gerade frisch gewaschen, und jetzt schau sie dir an!«

»Was ist hier los?« Mit finsterer Miene betrat Karl das Zimmer und erfasste mit einem Blick, was geschehen war. »Wusste ich es doch! Hab ich nicht gesagt, dass der Hund nichts auf dem Bett zu suchen hat? Schau dir diesen Fleck an, Emma! Glaubst du, deine Mutter ist eure Waschmagd?«

»Aber so schlimm …«, begann Emma vorsichtig, brach jedoch ab und zog den Kopf ein, als sie der wütende Blick ihres Vaters traf.

»Habe ich gesagt, der Hund gehört nicht auf das Bett oder nicht?«

»Ja.«

»Und hatte ich nicht Recht damit?«

»Ja, aber …«

»Dieser Hund ist einfach unmöglich und kein bisschen erzogen. Morgen rufe ich im Tierheim an und frage, wann wir ihn zurückbringen können.«

»Das stimmt doch nicht.« Nun begehrte Emma doch auf. »Otter ist gut erzogen. Er geht bei Fuß, macht ›Sitz‹ und ›Platz‹ und hört auch sonst aufs Wort. Er ist doch nur verrückt nach Wasser. Deshalb könnt ihr ihn doch nicht einfach abschieben. Wir wollen ihn behalten, Tommi und ich! Und Mama mag ihn auch, oder?« Auffordernd blickte Emma ihre Mutter an.

»Na ja, also ich … Er macht schon eine Menge Dreck, Emma.«

»Das glaube ich nicht!« Emma traten die Tränen in die Augen. Sie wischte sie wütend weg, doch sogleich quollen weitere nach. »Ich will Otter nicht weggeben! Ihr seid so gemein zu ihm, dabei hat er gar nichts Schlimmes gemacht.«

»Nun mach aber mal einen Punkt!«, brüllte Karl, doch Andrea fasste ihn am Arm und dirigierte ihn zur Tür. »Komm, heute Abend lösen wir das Problem doch nicht. Emma, ich würde sagen, du gehst jetzt zu Bett. Und Otter verschwindet in seinem Korb im Flur!«

Ich geh ja schon. Warum sind denn auf einmal alle wieder so furchtbar böse auf mich?

Otter, der die Auseinandersetzung aufmerksam, jedoch mit angelegten Ohren verfolgt hatte, zog den Schwanz ein und tapste zu seinem Schlafkorb, wo er sich umständlich zusammenrollte.

»Gute Nacht, Otter«, raunte Emma ihm zu, bevor sie ihre Zimmertür schloss, und er wedelte ihr noch einmal leicht zu, als habe er alles verstanden.

Gute Nacht, liebe Emma.

Traurig löschte Emma das Deckenlicht und ließ sich im Schein der Nachttischlampe auf die Bettkante sinken, stand jedoch gleich wieder auf und ging zum Fenster. Zunächst war die Dunkelheit draußen undurchdringlich, doch nach einer Weile konnte sie mehr und mehr Umrisse erkennen. Den Vorgarten, den Gartenzaun mit dem geschlossenen Tor, dahinter die Straße, an deren Rand hier und da Autos parkten. Der Himmel war noch finsterer also sonst, denn es war Neumond. Nur vereinzelt blinkten zwischen hohen Wolkenfeldern ein paar Sterne.

Während Emma sinnierend zu ihnen hinaufblickte, schien sich plötzlich einer der Sterne von seinem Platz zu lösen und bewegte sich mit einem langen Schweif quer durch die Finsternis.

Emma sah ihm gebannt nach. »Eine Sternschnuppe«, flüsterte sie entzückt und erinnerte sich sofort, was man ihr früher über Sternschnuppen erzählt hatte.

Obwohl sie sich ein bisschen albern vorkam, schloss sie die Augen und wünschte sich ganz fest, dass Otter bei ihnen bleiben durfte.

Als sie die Augen wieder öffnete, war die Sternschnuppe verschwunden.

Achselzuckend und leicht amüsiert über sich ging Emma zu Bett.

Einige Tage lang blieb alles relativ ruhig, nicht zuletzt, weil der Schnee wieder wegtaute und eine strahlende Wintersonne Wiesen und Wege soweit abtrocknete, dass alle Schlammlöcher und Wasserpfützen verschwanden. So konnte Otter gar nicht in Versuchung kommen, sich irgendwo zu wälzen und schmutzig zu machen. Emma und Tommi achteten zudem darauf, sich bei ihren Spaziergängen mit ihm so weit wie möglich von Bächen und Teichen fernzuhalten.

Karl hatte sich etwas beruhigt und glücklicherweise nicht mehr daran gedacht, das Tierheim anzurufen. Auch staunte er nicht schlecht, als Otter begann, ihm allmorgendlich nach seinem Rundgang durch den Garten die Tageszeitung aus der Zeitungsrolle mitzubringen.

»Dann bist du ja am Ende doch noch zu etwas nütze«, rang er sich ein Lob ab und tätschelte Otters Kopf.

Danke, dass du so nett zu mir bist, Herrchen!

Otter wedelte leicht mit seiner Rute und leckte Karl die Hand.

»Ja, ja, schon gut«, wehrte Karl ihn ab und schlug die Zeitung auf.

Doch um seine Mundwinkel zuckte es, als er spürte, wie Otter es sich mit einem wohligen Seufzen auf seinen Füßen bequem machte.

6. Kapitel

»Hallo, Emma! Mensch, der ist wirklich gut erzogen, was? Zieht ja gar nicht an der Leine oder so.«

Otter blieb neben Emma stehen, als sie anhielt, um sich mit dem Jungen auf dem Motorroller zu unterhalten.

Den kenne ich doch! Ist er uns nicht erst kürzlich auch mit diesem knatternden stinkenden Gefährt begegnet? Zwar mag ich den Geruch des Gefährts überhaupt nicht, aber der Junge wirkt nett.

Otter ging ein paar Schritte auf ihn zu, und als der Junge ihm die Hand hinhielt, schnüffelte er neugierig daran und prägte sich den Geruch gleich ein.

Der Junge riecht sehr angenehm!

Otter ließ sich genüsslich von Stefan hinter den Ohren kraulen.

»Ja, die vom Tierheim haben ihn in die Hundeschule geschickt«, antwortete Emma. »Er ist wirklich ein toller Hund. Na ja, solange er nicht in die Nähe von Wasser kommt.« Sie grinste.

Wasser?

Otter spitzte bei seinem Lieblingswort die Ohren. Doch Emma machte keine Anstalten, in Richtung Weiher zu gehen, also setzte er sich neben sie und lauschte mit einem

Ohr der Unterhaltung, die sich jetzt um etwas drehte, das Physik hieß und bestimmt nichts mit ihm zu tun hatte.

»Ihr habt doch gerade das gleiche Thema, oder?«, fragte Emma. »Hast du das mit der Reibung verstanden?«

Stefan nickte. »Klar, ist doch simpel.«

»Ha, das sagt der Experte! Ich hab da überhaupt keinen Durchblick mehr.« Emma zuckte mit den Schultern und setzte sich wieder in Bewegung. Otter sprang auf und ging langsam mit.

Stefan schwieg einen Moment, dann drehte er seinen Motorroller und schob ihn neben ihnen her. »Wenn du magst, kann ich ja versuchen, es dir zu erklären. Ist wirklich einfach, wenn man die Formeln auswendig lernt.«

Emma sah Stefan zweifelnd von der Seite an. »Ich weiß nicht …«

Otter spürte ihr Zögern sogar körperlich. Sie drehte die Leine um ihr Handgelenk und übte somit unbewusst einen Zug auf sein Halsband aus. Otter blickte zu ihr hoch, doch im Augenblick beachtete sie ihn überhaupt nicht. Er sah zu dem Jungen hinüber, dessen Gesicht vollkommen gleichgültig wirkte.

»Wenn du keine Lust hast …«

Nanu?

Otter spitzte die Ohren erneut und lauschte aufmerksam.

Der Tonfall des Jungen hat sich ein ganz kleines bisschen verändert. Mir fällt so was immer gleich auf. Er klingt enttäuscht. Was das wohl zu bedeuten hat? Hat Emma ihm etwas Unfreundliches gesagt? Vielleicht sollte ich doch genauer hinhören, um alles mitzubekommen!

»Du, Stefan, das ist echt nett von dir, aber ich weiß nicht, ob ich Zeit dafür habe«, hatte Emma schließlich eine Ausrede gefunden. Dass diese ziemlich lahm klang, wusste sie in dem Moment, in dem sie sie aussprach. Warum hatte sie überhaupt von dem Thema angefangen? Es war doch weithin bekannt, dass Stefan ein Physik-Ass war!

»War ja nur ein Angebot. Ich dachte … du musst dir ja den Physik-Test nicht vermasseln.«

Das war ein Argument, wusste Emma. In Physik stand sie bestenfalls mittelmäßig. Eine weitere schlechte Note konnte sie sich nicht leisten.

»Na gut, wenn du meinst. Aber ich hab echt nicht viel Zeit.«

»Okay, morgen Nachmittag?«

Jetzt ist er wieder fröhlich und klingt erleichtert. Aber Emma ist irgendwie nervös. Was wohl mir ihr los ist?

»Da kann ich nicht, oder nur gleich nach der Schule, so um zwei. Um drei bin ich verabredet.«

»Doch wohl hoffentlich nicht mit Andy?« fragte Stefan besorgt.

Emma warf ihm einen ärgerlichen Blick zu. »Hältst du mich für bescheuert? Nee, mit einem anderen … Jan ist zwei Klassen über uns und …«

»Aha. Na ja, dann morgen um zwei bei dir?« unterbrach Stefan sie und hatte es plötzlich eilig, auf seinen Roller zu steigen. »Ich muss jetzt los … Bin auch verabredet. Ciao, Otter! Spring nicht soviel ins Wasser!« Er setzte seinen Helm auf und fuhr davon.

Emma sah ihm kurz nach, dann seufzte sie und ging weiter. Als sie an den Dorfanger kamen, wickelte sie sich ihren Schal vom Hals, legte ihn auf eine der Parkbänke und setzte sich darauf.

»Jetzt hab ich auch noch so eine blöde Nachhilfestunde am Hals!«, sagte sie zu Otter, der sich vor sie hinlegte und sie aufmerksam ansah. Sie streichelte ihm sanft über den Kopf. »Und ausgerechnet mit Stefan! Das passt mir überhaupt nicht.«

Warum nicht? Er ist doch nett.

»Er ist ja nett und so ...«

Eben!

»Aber wenn meine Freundinnen hören, dass ich mich mit ihm treffe ...« Sie runzelte sie Stirn. »Findest du, dass er gut aussieht?«

Keine Ahnung. Für mich sehen alle Menschen gleich gut aus. Was macht es auch, wie jemand aussieht? Viel wichtiger ist doch, wie er riecht! Und Stefan riecht angenehm. Und er hat ein freundliches Wesen.

»Ich stehe ja nicht so auf blonde Haare und blaue Augen. Obwohl, so wie er seine Haare trägt, ist ja nicht so übel. Und in Physik ist er wirklich genial, das sagen alle.« Wieder seufzte sie. »Ich hoffe, es gibt nicht allzu viel Tratsch deswegen.«

Emma blickte über Otter hinweg auf die weiß mit Reif überzogene Wiese. »Wahrscheinlich hat er sowieso nur nett sein wollen. Bestimmt nervt es ihn ganz schnell, mir Physik beizubringen. Und hat er nicht sowieso eine Freundin? Er sagte doch, dass er verabredet ist.« Sie nickte. »Ja, so wird es sein, nicht wahr, Otter?«

Ihr Menschen seid seltsam. Ihr sagt etwas, aber euer Verhalten signalisiert etwas ganz anderes. Du glaubst jetzt gar nicht an das, was du eben gesagt hast. Warum sagst du es dann und wirkst dabei so unzufrieden? Ich verstehe das nicht. Aber dieses traurige Gesicht, das du machst, mag ich nicht. Ich muss dich unbedingt aufmuntern.

Otter stand auf und legte seinen Kopf auf Emmas Knie.

»Nanu? Was ist denn mir dir?«, wunderte sie sich und beugte sich über ihn.

Daraufhin hob er den Kopf und stupste ihre Nase mit der seinen an. Dann leckte er ihr über die Wange. Emma lachte. »Hey, ist ja schon gut. Du meinst wohl, ich soll nicht soviel Trübsal blasen, was? Hast ja Recht, das bringt sowieso nichts. Und die dämliche Physik-Nachhilfe geht ja schnell vorbei.«

Na ja, so ganz hast du es noch nicht kapiert, aber immerhin – ein Anfang.

»Komm, lass uns noch ein Stückchen laufen. Aber bald müssen wir wieder nach Hause.« Mit neuer Energie stand Emma auf und rannte los. Otter sprang mit einem fröhlichen »Wuff!« neben ihr her.

»Sollen wir um die Wette laufen? Das ist gemein, du hast doch vier Füße und bist viel schneller!« Emma blieb stehen, löste die Leine von Otters Halsband und rannte wieder los. »Komm! Bis zum Ende der Wiese!«

Das ließ Otter sich nicht zweimal sagen, denn am Ende der Wiese wartete – *jawohl!* – der Weiher. Er rannte los.

»O nein!« Emma schlug sich gegen die Stirn. »Otter, warte! Nicht in den Weiher springen!«

Wasser! Wasser! Halt, Stopp! Was ist das denn?

Otter blieb am Rand es Weihers wie angewurzelt stehen.

Da ist ja gar kein Wasser mehr! Aber dafür eine harte, kalte Fläche.

Er berührte die grauweiße Eisfläche vorsichtig mit einer Pfote.

Moment mal. Eis! Na so was.

Hinter ihm kam Emma völlig außer Atem zum Stehen. »Puh, da hab ich ja noch mal Glück gehabt. Tja, Otter, der Weiher ist zugefroren. Komm von dem Eis weg, das ist bestimmt viel zu dünn und hält dein Gewicht nicht aus.«

Enttäuscht machte Otter ein paar Schritte rückwärts und wandte sich dann von dem erstarrten Gewässer ab.

So ein Pech. Ein schönes Bad wäre jetzt genau das richtige gewesen!

7. Kapitel

»Nun kommt schon, nicht so langsam!«, rief Karl und stiefelte den steilen Waldweg hinauf. Das gefrorene Laub knisterte unter seinen Schritten. Irgendwo in den Baumwipfeln hockten zwei Krähen und unterhielten sich krächzend. »Der Förster hat mir gesagt, in der Schonung dort oben können wir uns einen schönen Weihnachtsbaum aussuchen. Aber wenn ihr so langsam geht, ist es ja dunkel, bevor wir angekommen sind.«

»Mensch Papa, wir können nicht so schnell!«, keuchte Tommi. »Du hast ja viel längere Beine als wir.«

Karl lachte. »Nehmt euch mal ein Beispiel an Otter. Der läuft voraus wie der Wind, obwohl seine Beine noch viel kürzer sind als eure.«

»Dafür hat er ja auch vier davon«, maulte Emma, musste jedoch ebenfalls lachen.

Es war jedes Jahr das gleiche, wenn sie nach einem Christbaum Ausschau hielten. Meistens mussten sie irgendwo im tiefsten Wald nach den Stellen suchen, die der Förster ihnen vorgeschlagen hatte, und ihr Vater, der sich wie ein Kind auf die jährliche Weihnachtsbaum-Aktion freute, scheuchte sie und Tommi durch die Gegend, ohne daran zu denken, dass er der einzige in der Familie war, der regelmäßig Sport trieb.

»Mama war schlauer«, jammerte Tommi übertrieben laut. »Sie ist schön zu Hause geblieben. Mann, es ist saukalt!«

»Tommi!« Karl drehte sich um und hob tadelnd den Finger. Doch dann wies er wieder nach vorne. »Seht, da ist es schon! Emma, gib mir mal die Säge.«

»Die Bäume stehen aber alle eng zusammen«, meinte sie. »Da finden wir bestimmt keinen schönen Weihnachtsbaum.«

»Ach was, wir haben doch gerade erst angefangen zu suchen. Geht ihr mal links herum, ich schaue auf der rechten Seite.« Karl klemmte sich die Säge unter den Arm und marschierte los.

Emma zuckte mit den Schultern. »Na gut. Komm, Tommi. Otter! Los, geh mit uns! Vielleicht findest du ja einen schönen Baum.«

Einen Baum finden?

Otter kam folgsam angetrabt.

Hier stehen doch Hunderte Bäume. Die müssen wir doch nicht erst suchen. Ein paar habe ich schon markiert.

»Der hier ist nicht schlecht.« Tommi zeigte auf eine kräftige kleine Fichte.

»Zu klein.« Emma winkte ab. »Aber die hier … nee, die ist ja auf der Rückseite schon total vertrocknet.«

»Emma! Tommi!«, schallte Karls Stimme durch den Wald. »Kommt mal her, ich hab einen gefunden!«

»Oh oh!« Die beiden grinsten einander an und rannten los. Otter stürmte bellend an ihnen vorbei.

»Wo denn?«, rief Tommi und blickte sich um. Dann sah er seinen Vater vor einer ausladenden Nordmanntanne stehen.

»Der Baum ist perfekt«, erklärte Karl.

Emma ging um die Tanne herum, die tatsächlich wie aus dem Bilderbuch da stand. »Ist die nicht ein bisschen zu groß?«

»Ach was, wir können sie ja ein Stück über dem Boden absägen.«

Karl wies auf einen Punkt am Stamm, etwa einen Meter über dem Boden.

»Mama kriegt einen Schreck, wenn sie den Riesenbaum sieht.« Tommi kicherte. »Ich find' ihn toll.«

»Also gut, dann mal los.« Karl setzte die Säge an, Emma zog sich ihre mitgebrachten Arbeitshandschuhe über und hielt den Stamm fest, damit er nicht auf sie kippte.

Was macht ihr denn da? Warum schneidet ihr denn den Baum ab?

Aufgeregt lief Otter um die drei herum.

»Darf ich mittragen?« Als der Baum am Boden lag, griff Tommi nach der Spitze.

Karl nickte. »Sicher, wenn er dir nicht zu schwer wird. Ich packe unten an. Emma, nimm du die Säge! Das ging ja diesmal richtig schnell. Eure Mama wird staunen.«

»Das fürchte ich auch«, murmelte Emma amüsiert, während sie ihren Vater und Tommi mit dem noch immer viel zu großen Baum betrachtete.

Otter rannte erregt auf und ab und schnüffelte an der Tanne.

Was? Ihr nehmt den Baum jetzt auch noch mit? Wozu braucht ihr den denn? Bäume sind doch dazu da, dass wir Hunde unser Revier daran markieren. Sonst sind sie doch zu nichts nütze, oder?

»Komm, Otter, ich nehme dich lieber an die Leine, sonst fällt Papa gleich noch über dich.« Mit einer raschen Handbewegung legte Emma Otter die Leine an, und er sah verwundert zu ihr auf.

Na gut, dann gehe ich eben langsamer. Aber das mit dem Baum finde ich doch so aufregend. Ist der vielleicht für mich? Aber in unserem Garten stehen doch auch Bäume und die haben wenigstens nicht so pieksende Nadeln.

Zuhause angekommen wunderte Otter sich nicht schlecht, als Karl und Tommi den Baum ins Wohnzimmer schleppten und dort in einem Standfuß befestigten. Die unteren Äste der Tanne ragten teilweise bis weit ins Zimmer, auf der rechten Seite drückten sie sich an der Seitenlehne des schwarzen Ledersessels hoch.

Ein Baum im Haus? Was ist denn jetzt los? Den darf ich doch dann bestimmt nicht markieren. Jetzt verstehe ich gar nichts mehr.

»Was ist das denn, Karl?« Andrea war die Kellertreppe heraufgekommen und im Türrahmen zum Wohnzimmer stehen geblieben. Langsam stellte sie den vollen Wäschekorb ab und betrachtete mit großen Augen die Tanne.

»Der Baum ist toll, Mama, oder?« Tommi grinste von einem Ohr zum anderen.

»O ja, ganz toll.« Noch immer ungläubig schüttelte Andrea den Kopf. »Karl, findest du nicht, der Baum ist ein bisschen … riesig?«

»Ach, was, der ist genau richtig. Wir müssen nur den Sessel ein Stück zur Seite schieben und unten noch ein paar Äste kappen, dann ist er perfekt.« Strahlend gab Karl ihr einen Kuss und schob dann den Couchtisch ein Stück zur Seite.

»Und wie sollen wir jetzt an den Bücherschrank kommen?«

»Für die paar Tage ist das doch nicht so wichtig, oder?«

»Das sagt die Leseratte in unserer Familie.« Nun doch amüsiert sah sich Andrea den Baum genauer an. »Schön gewachsen ist er ja. Ich hoffe nur, wir haben genügend Christbaumkugeln, um dieses Ungetüm vollständig zu schmücken.«

Tommi warf sich auf die Couch und kickte die Schuhe von den Füßen. »Wir können ja noch Kugeln kaufen gehen. Du schmückst den Baum doch sowieso erst am Tag vor Heiligabend, oder? Also haben wir noch zwei Tage Zeit.«

»Wie Recht du hast.« Andrea zupfte ihn am Ohr. »Räum bitte deine Schuhe aus dem Weg. Und Otter … Otter! Geh von dem Baum weg! Wehe, du hebst dein Bein!«

Mach ich doch gar nicht. Aber schnüffeln wird doch wohl erlaubt sein. Es riecht hier jetzt wie im Wald. Sehr angenehm. Aber noch besser riechen die Plätzchen da auf dem Tisch.

Otter wandte sich von der Tanne ab und tapste auf den Couchtisch zu. Schnüffelnd hob er die Nase und sah Andrea dann mit schräg gelegtem Kopf an.

Andreas lachte. »Du weißt auch, was gut ist, wie? Emma, geh mit Otter in die Küche und gib ihm einen Hundekuchen. Sonst plündert er am Ende noch den Plätzchenteller.«

»Okay, dann muss ich aber noch Physik lernen. Stefan kommt morgen, um mir Nachhilfe zu geben.«

»Stefan? Ich dachte, du seiest mit einem Jan verabredet.«

»Ja, danach.«

»Wer ist Jan? Nicht Andy-Schmandy?«, rief Tommi dazwischen. »Ich dachte, der wäre so toll!«

»Halt die Klappe!« Emma knuffte Tommi in die Seite.

»Halt sie doch selber! Und wer ist Stefan? Hast du jetzt schon zwei Freunde? Papa, Emma hat zwei Freunde gleichzeitig. Dann ist sie doch eine Bigi... bigomisin, oder?«

Karl lachte. »Bigamistin, meinst du. Nein, das wäre sie nur, wenn sie mit zwei Männern gleichzeitig verheiratet wäre. So ist sie nur ...« Er hielt inne, runzelte die Stirn und schob seine Brille zurecht. »Emma, warum bist du mit zwei Jungen an einem Tag verabredet? Findest du das in Ordnung?«

»Ach, Papa, Stefan ist doch keine Verabredung! Er hilft mir nur bei Physik. Und er ist auch gar nicht mein Typ. Und überhaupt! Ich werde im Januar sechzehn! Da kann ich ja wohl selbst entscheiden, was ich tue!« Aufgebracht stemmte Emma die Hände in die Hüften.

»Ist ja gut, ist ja gut. Ich will nichts gesagt haben.« Abwehrend hob Karl die Hände. »Die junge Dame weiß also, was sie tut. Ich will nur hoffen, dass dann nicht wieder der große Katzenjammer kommt.«

»Karl!« Andrea sah ihm in die Augen und schüttelte warnend den Kopf.

Emmas Miene wurde finster. »Also so einen Mist muss ich mir ja wohl nicht ...«

»Emma, geh am besten in dein Zimmer. Ich komme gleich mal rauf.« Andrea wies mit dem Kinn zur Tür.

»Aber ... Ach, was soll's. Komm, Otter, wir gehen

rauf.« Wütend drehte Emma sich um und stürzte aus dem Zimmer. Otter legte die Ohren an und flitzte hinter ihr her.

Warte doch mal! Was ist denn los?

»So was Blödes. Ich bin doch kein Baby mehr«, grollte Emma. Sie setzte sich auf den Hocker vor ihrer Frisierkommode und starrte wütend ihr Spiegelbild an. »Was sagst du dazu, Otter? Er behandelt mich noch immer, als wäre ich erst fünf!«

Ich weiß noch immer nicht, um was es überhaupt geht! Schau doch nicht so grimmig!

Otter legte ihr den Kopf aufs Knie und schnaufte.

»Ich weiß, du kannst auch nichts dafür.« Zärtlich fuhr Emma dem Hund durch das dichte Fell hinter seinen Ohren. »Was soll's! Ich werde jetzt wirklich mal Physik lernen, sonst hält mich Stefan morgen wahrscheinlich für eine totale Niete. Das muss ja nicht sein, oder?«

Wenn du es sagst.

Aufmerksam beobachtete Otter, wie Emma nach ihrer Schultasche griff, ein Buch herauszog und sich damit aufs Bett warf. Er legte sich neben dem Bett auf den Teppich und beschloss, ein Weilchen zu dösen.

Als es wenig später an der Tür klopfte und Andrea eintrat, hob er nur kurz den Kopf, legte ihn aber sogleich wieder auf seine Pfoten und beschränkte sich darauf, kurz mit der Schwanzspitze zu zucken. Zu mehr hatte er keine Lust. Der Ausflug in den Wald hatte ihn müde gemacht.

Andrea setzte sich auf die Bettkante. »Deine Physiklehrerin meinte beim letzten Elternsprechtag, du hättest in ihrem Fach arg nachgelassen.«

Emma zog einen genervten Flunsch. »Deshalb übe ich ja auch. Was kann ich dafür, wenn ich das mit der Reibung und diesem ganzen verdammten Mist nicht kapiere?«

»Emma! Hör bitte auf zu fluchen. Ich habe dich doch überhaupt nicht dafür verurteilt. Mit Physik hatte ich auch nie etwas am Hut. Ich dachte nur ... In den anderen Fächern hast du nicht nachgelassen. Das freut uns natürlich, aber es wundert mich ein bisschen. Warum nur Physik?«

»Weiß ich auch nicht.« Emma starrte missmutig in ihr Buch, doch dann klappte sie es mit einem Mal heftig zu. »Hey, du glaubst doch wohl nicht etwa, ich wäre nur schlechter geworden, damit Stefan ... Also echt, Mama! Wofür hältst du mich eigentlich? Stefan ist ja ganz nett, aber er ist eigentlich gar nicht mein Typ.«

»Ist er nicht?«

»Nein. Und selbst wenn, würde ich nie auf so eine dämliche Idee kommen. Meinst du, ich will mir wegen einem Typ den Notendurchschnitt vermasseln?«

»Dann bin ich ja beruhigt.« Andrea lächelte über das aufgebrachte Gesicht ihrer Tochter. »Weißt du, ich hab so was nämlich mal versucht, da war ich in der elften Klasse. Aber bei mir war es Mathematik. Es gab da so einen Jungen in der Abiturklasse, der gefiel mir sehr, aber ich wusste einfach nicht, wie ich ihn auf mich aufmerksam machen sollte. Er war ein Mathe-Ass, ich in diesem Fach nur Durchschnitt. Tja, und da lag es nahe ...«

»Du hast dich wegen ihm im Unterricht verschlechtert?« Emma riss verblüfft die Augen auf. »Das war doch wohl hoffentlich nicht der, der dich damals so hat sitzen lassen?«

Andrea lachte. »Nein, das war ein anderer und ein ganzes Jahr vorher. Und ja, ich bin absichtlich ein halbes Jahr lang in Mathe schlechter geworden und musste mir deshalb einiges von unserem Lehrer anhören. Schließlich hat er den Jungen gebeten, mir Nachhilfe zu geben.«

»Also hat dein Plan auch noch funktioniert?« Kopfschüttelnd drehte Emma das Physikbuch in den Händen.

»Und wie er geklappt hat! Nach ein, zwei Nachhilfestunden stellte sich nämlich heraus, dass der besagte Junge schon länger ein Auge auf mich geworfen und sich nur nicht getraut hatte, mich anzusprechen.« Bei der Erinnerung lächelte Andrea wieder. »Aber was ich damit sagen wollte, ist, dass das vielleicht einmal bei mir funktioniert hat, aber ich würde es dennoch nicht gutheißen, wenn du so etwas tätest, Emma. Es gibt auch andere Wege …«

»Mama!« Emma verdrehte die Augen. »Ich hab dir doch gesagt, dass ich nicht deshalb schlechter geworden bin. Ehrenwort! Ich kapiere den Stoff nur einfach nicht.« Sie hielt inne und sah ihre Mutter neugierig an. »Von dieser Sache hast du vorher noch nie geredet. Was ist denn aus diesem Mathe-Ass geworden?«

Etwas verlegen zuckte Andrea mit den Achseln. »Ich habe ihn geheiratet.«

Emma klappte die Kinnlade herunter. »Du hast …? Papa war das? O Gott, Mama!«

»Was denn? Natürlich nicht gleich. Du weißt doch, wann wir geheiratet haben und auch, dass wir vorher schon einige Jahre zusammen waren. Na, und jetzt weißt du auch, wie es dazu gekommen ist.«

»Du hast doch immer gesagt, ihr hättet euch vor dem Eingang der Fachhochschule kennen gelernt.«

Andrea nickte. »So war es im Grunde auch. Wir trafen uns vor der ersten Nachhilfestunde dort, denn er hatte vorher einen Termin in der Fachhochschule, um sich für das Architekturstudium einzuschreiben.«

Emma ließ sich in ihre Kissen sinken und schlug das Buch wieder auf. »Also wirklich, was man nicht alles über die eigenen Eltern erfahren kann! Na ja, ich muss jetzt wirklich Physik lernen, aber bestimmt nicht, um Stefan dann für seine Nachhilfe zu heiraten!« Andrea blinzelte ihr zu. »Für die Nachhilfe habe ich deinen Vater auch nicht geheiratet. Aber du weißt doch, wo die Liebe hinfällt …«

»Ja, ja. Aber bei mir fällt momentan gar nix. Und schon gar nicht auf Stefan. Der ist viel zu … ich weiß auch nicht.«

»Aha. Das sind meistens die besten.«

»Mama!«

»Ich geh ja schon.« Andrea lachte, strich Otter leicht über den Rücken, was der Hund mit einem Schwanzwedeln quittierte, und ging zur Tür. »Aber ich werde mir diesen Stefan trotzdem morgen mal ansehen.«

»O Gott, Mama, bitte nicht!«

»War doch nur ein Scherz!« Andrea schloss die Tür hinter sich.

8. Kapitel

Am nächsten Nachmittag klingelte es pünktlich um fünf vor zwei an der Haustür.

Tommi, der Otter gerade die Leine am Halsband befestigt hatte und halb in seinem Anorak steckte, riss die Tür auf.

»Hi.« Er musterte den groß gewachsenen blonden Jungen neugierig. »Bist du Jan? Emma ist oben.«

»Nein, ich bin Stefan.« Stefan grinste. »Kannst mich aber auch Jan nennen, wenn du dir das besser merken kannst. Hallo, Otter.« Er streichelte dem aufgeregt wedelnden Hund über den Kopf und ließ sich lachend abschlecken. »Hey, ich wünschte, alle würden sich immer so über meinen Besuch freuen!«

Ich freue mich jedenfalls. Was kümmern mich die anderen?

»Du siehst aber besser aus als Andy-Schmandy!«, befand Tommi mit Kennermiene.

Stefan lachte. »Das will ich doch sehr hoffen. Der Typ ist ein Idiot, was?«

»Klar!«, bestätigte Tommi. »Du bist cool.«

»Danke, du auch«, antwortete Stefan und blickte auf, als Emma die Treppe herunterkam.

»Hau ab, Tommi, du störst! Aber geh nicht allein in den Wald! Du weißt schon, wegen der Holzdiebe«, sagte sie und lächelte Stefan entschuldigend an. »Sorry, mein kleiner Bruder halt.«

Tommi streckte ihr die Zunge raus und verschwand mit Otter nach draußen.

»Ich weiß, ich hab eine kleine Schwester in seinem Alter. Die ist noch viel schlimmer.«

»Nee, bestimmt nicht!« Emma lachte. »Komm mit rauf, ich hab die Physiksachen schon vorbereitet.«

»Gemütlich hast du es hier«, sagte Stefan und sah sich in ihrem Zimmer um.

»Findest du? Die Kommode ist von meiner Uroma. Sie war immer total lieb und richtig vornehm, auch noch mit sechsundneunzig. Das weiß ich noch. Leider ist sie gestorben, als ich acht war. Aber sie hat immer gesagt, die Kommode ist nur für mich. Deshalb werde ich sie auch für alle Zeit behalten und eines Tages meiner Urenkelin vererben.«

»Aha, da hast du dir ja was vorgenommen. Willst du auch sechsundneunzig werden?«

»Aber klar, mindestens. Vielleicht sogar hundertzehn. Aber nur, wenn ich dann noch so fit bin wie damals Uroma.« Emma deutete auf ihren Schreibtisch, vor dem sie zwei Stühle zurechtgerückt hatte. »Dann lass uns mal anfangen. Aber ich warne dich, in Physik bin ich ein hoffnungsloser Fall. Ich wünschte, wir würden ein anderes Thema anfangen. Mit Reibung habe ich echt meine Probleme.« Sie setzte ich, und Stefan nahm neben ihr Platz.

»Tatsächlich? Nur in Physik oder auch im wirklichen Leben?«

»Hey!« Sie stieß ihm empört den Ellenbogen in die Seite.

»In Physik natürlich. Aber, wenn du es genau wissen willst, momentan auch ... im richtigen Leben.« Sie beschäftige sich angelegentlich mit ihrem Physikheft. Warum wurde sie nur plötzlich so nervös? Sie spürte, dass Stefan sie von der Seite ansah, und gleichzeitig, wie ihre Wangen heiß wurden.

»Ist das so?«

»Wenn ich es sage.« Sie schlug demonstrativ das Buch auf. »Lass uns anfangen, ich habe doch gleich noch eine Verabredung.«

»Okay. Also, was hast du denn nicht verstanden?«

Emma vermied es, Stefan direkt anzusehen und zeigte ihm anhand ihres letzten Physiktests, wo ihre Schwäche lag. Dabei spähte sie unauffällig zu ihm hinüber, doch an seinem Gesichtsausdruck konnte sie nicht ablesen, was in ihm vorging.

Eine knappe dreiviertel Stunde später lehnte sich Stefan auf seinem Stuhl zurück. »Und wo war jetzt das Problem?«

Emma strich sich eine Haarsträhne hinters Ohr. »Weiß ich auch nicht. Das ist ja echt einfach. Irgendwie hab ich die Formeln immer verdreht. Aber du bist auch wirklich ein toller Lehrer, Stefan.«

»Ach, ich helfe gerne, wenn ich kann.« Er winkte ab. »Vielleicht kannst du mir ja dafür irgendwann mal in Französisch Nachhilfe geben.« Er stieß sie scherzhaft an. »In der Sprache natürlich.«

»Ha ha.« Emma stand auf und packte ihre Sachen zusammen. »Wenn du ...« Ihr Blick fiel aus dem Fenster, und sie griff sich entsetzt an den Kopf. »O verdammt! Das ist nicht gut, gar nicht gut!«

»Was ist denn los?« Verwundert trat Stefan ebenfalls ans Fenster.

»Da kommt Tommi mit Otter!«, rief Emma. »Und Otter ist klatschnass!«

Augenblicke später hörte man bereits, wie die Haustür geöffnet wurde. Emma stürmte aus ihrem Zimmer und die Treppe hinab, doch da war das Unglück bereits in vollem Gange. Tommi hatte Otter vor der Haustür von der Leine losgemacht, und der Hund rannte pfeilgerade durch den Flur und auf die Wohnzimmertür zu.

Ab ins Warme! Der Bach ist toll aber auch ziemlich kalt.

»Otter, halt! Bleib stehen!«, brüllte Tommi erschrocken.

Ohne sein Tempo zu drosseln, stieß Otter mit der Nase die Wohnzimmertür auf und stürmte in den Raum.

O verflixt, was ist das denn? Wie kommt denn der Baum ins Wohnzimmer?

Mit einer filmreifen Drehung versuchte Otter dem Ungetüm von Weihnachtsbaum auszuweichen und gleichzeitig seinen Lauf abzubremsen. Er schlitterte über die Fliesen, verfing sich in einem kleinen Läufer und erwischte die Tanne mit voller Breitseite.

Der Baum kippte um, stieß mit der Spitze gegen den Leuchter, der bedenklich zu schwanken begann, riss ein paar Bücher aus dem Regal zu Boden und warf zuletzt eine große Vase samt Inhalt um, die klirrend zu Bruch ging. Wasser ergoss sich quer durch das Wohnzimmer.

Otter jaulte erschrocken auf und flüchtete hinter die Couch.

»Otter, o nein!« Emma rannte ins Wohnzimmer und wäre beinahe selbst über den quer liegenden Weihnachtsbaum gefallen. »Otter, komm her! Wo bist du denn?«

»Was ist denn hier los?« Karl kam aus seinem Arbeitszimmer geeilt und blieb wie angewurzelt in der Wohnzimmertür stehen. »Das darf doch wohl nicht wahr sein! OTTER! Dieser verfluchte KÖTER! Seht euch an, was er hier für ein Chaos angerichtet hat!«

»Aber Papa«, piepste Tommi erschrocken.

»Damit ist jetzt ein für allemal Schluss!« Karl stürzte auf Otter zu, der sich verängstigt an Emma presste.

Ich habe den Baum vergessen. Tut mir leid. Seid bitte nicht böse.

»Nicht, Papa!«, rief Emma, als Karl den winselnden Otter am Halsband packte. In diesem Moment klingelte es an der Haustür.

»Lass Otter los. Er kann doch nichts dafür!«, heulte Tommi.

Doch Karl zerrte Otter unbarmherzig am Halsband zur Haustür. »Und seht euch die Schweinerei an. Überall Wasser und Schlammspritzer!« Er riss die Haustür auf. »RAUS mit dir, du Untier!«

Mit einem unsanften Stoß beförderte er Otter vor die Tür.

He, was soll ich denn draußen? Es tut mir doch leid!

»Mach, dass du mir aus den Augen kommst! Ich will dich hier drin nicht mehr sehen!«

Ich geh ja schon.

Mit eingezogenem Schwanz und einem verzweifelten Jaulen rannte Otter in den Garten.

Erst jetzt bemerkte Karl den jungen Mann, der unschlüssig vor der Haustür stand. »Entschuldigung.«

Mit Mühe rang Karl um Fassung und blickte über die Schulter auf den heulenden Tommi und die entsetzte Emma. Dann wandte er sich dem Besucher wieder zu. »Sie sind bestimmt Stefan. Kommen Sie herein.« Mit diesen Worten drehte sich Karl um und verschwand in seinem Büro. Die Tür klappte hörbar hinter ihm zu.

»Äh, mein Name ist Jan. Ich wollte …« Jan trat ein und ging auf Emma zu. »Hi, Emma. Bisschen chaotisch hier, was? Sollen wir abhauen?«

»Ich … du …« Emma fuhr sich mit beiden Händen durchs Haar. Erst jetzt erinnerte sie sich an Stefan, der auf dem unteren Treppenabsatz stand und sie besorgt anblickte.

»Alles klar mit dir?«, fragte er.

Sie nickte. »Ich glaube schon. Vielleicht solltest du jetzt gehen.«

»Okay.« Stefan nickte ebenfalls, nicht besonders froh allerdings, und warf Jan einen wenig freundlichen Blick zu. Dann streichelte er Emma kurz über den Arm. »Wird schon wieder. Wir sehen uns.«

Emma wandte sich an Jan. »Hallo. Tut mir leid, aber …« Die Haustür fiel hinter Stefan ins Schloss. Etwas irritiert blickte sie dorthin, wo er eben noch gestanden hatte.

»Dann mal los«, sagte Jan. »Ich lade dich auf einen Kaffee ins *Bistro Carmen* ein.«

Emma riss sich zusammen und blickte Jan ins Gesicht, der sich offenbar keine Gedanken um die Szene von eben machte. Plötzlich ärgerte sie sich darüber. »Du, ich glaube, das ist keine gute Idee. Vielleicht ein andermal.« Sie ging zur Tür. »Ich muss mich um Tommi kümmern und um Otter. Es wäre besser, wenn du wieder gehst.«

»Aber warum denn? Jetzt hab ich mir extra von meinem Job frei genommen. Komm schon! Der Zwerg beruhigt sich schon wieder.« Jan lächelte unbekümmert, was Emma jedoch noch mehr aufregte.

»Ich hab aber jetzt keine Lust mehr!«, giftete sie.

Jan zuckte mit den Schultern. »Okay, dann eben nicht. Bist ein bisschen empfindlich, was? Oder hast du was mit diesem Stefan? Physik-Nachhilfe – dass ich nicht lache!« Er machte kehrt und verließ das Haus.

Aufatmend drehte Emma sich zu ihrem noch immer schluchzenden Bruder um. »Komm schon, ist doch nicht so schlimm. Los, wir gehen raus und kümmern uns um Otter, ja?«

»Papa ist so gemein! Ich wollte Otter doch abtrocknen.«

»Ich weiß.« Emma warf sich ihre Jacke über und ging nach draußen. »Komm, Tommi, Otter wird ein bisschen Trost brauchen. Er ist bestimmt total verschre… O nein!« Entsetzt starrte Emma auf das weit offen stehende Gartentor. »Otter! Wo bist du? Komm her, mein Junge!«, lockte sie, obwohl sie bereits wusste, dass der Hund sie nicht hörte.

»Wo ist Otter?«, fragte Tommi und trat ebenfalls ins

Freie. Sofort fiel sein Blick auf das offene Tor. »Ist er weg? Emma, Otter ist weg!«, schrie er verzweifelt. Er rannte quer durch den Garten und auf die Straße. Doch weit und breit war keine Spur von Otter zu sehen. »Er ist weg, Emma! Und Papa ist Schuld!«

Wieder begannen die Tränen bei Tommi zu fließen. Emma rannte zu ihrem Bruder und nahm ihn in den Arm. »Ich weiß, Tommi. Aber Otter ist bestimmt nicht weit weg. Wir finden ihn ganz bald wieder.«

»Nein, er ist weg! Weg!«, schluchzte Tommi.

Emma hielt ihn fest und blickte zum offenen Gartentor. Auch ihr kamen nun die Tränen. Was war, wenn Otter etwas passierte? Wenn ein Auto ... Sie mochte es sich gar nicht ausmalen. Aber Otter war ein kluger Hund. Er würde bestimmt auf sich aufpassen und bald wieder zurück sein.

»Komm, wir gehen rein. Wir müssen Papa Bescheid sagen.«

»Nein, wir müssen Otter suchen!«

»Wir müssen jetzt erst mal Papa Beschied sagen und dann überlegen, was wir machen.«

In diesem Moment trat Karl aus der Tür. »Was soll denn das Geplärre schon wieder?«, fragte er unwirsch.

Emma blickte ihn zornig an. »Otter ist weggelaufen, weil dieser Idiot von Jan das Gartentor offen gelassen hat. Musstest du den armen Hund unbedingt rausschmeißen? Jetzt ist er bestimmt total verängstigt.«

Karl warf einen Blick auf das Gartentor. Im ersten Augenblick sah er ein wenig entsetzt aus, doch dann zuckte er mit den Schultern. »Der Hund kommt schon wieder,

Emma. Spätestens, wenn er Hunger hat.« Er wandte sich ab und wollte wieder ins Haus gehen.

»Papa!«, schrie Tommi aufgebracht und wischte sich mit beiden Händen über die Augen. »Wir müssen ihn suchen. Du musst uns helfen, bitte!«

Karl blickte verärgert über die Schulter. »Ich muss gar nichts. Oder doch, das Chaos im Wohnzimmer muss ich beseitigen. Was glaubt ihr, was eure Mutter sagt, wenn sie das sieht?« Er blickte auf seine Armbanduhr. »Auch das noch! Ich habe einen Termin mit einem Kunden. Das hätte ich beinahe vergessen. Emma, räumt ihr drinnen auf?«

Emma sah ihren Vater verständnislos an. »Wie kannst du nur so herzlos sein? Otter ist weg! Wir müssen doch was tun! Und dich interessiert nur dieser blöde Termin.«

Karl drehte sich zu ihr um und verschränkte die Arme vor der Brust. »So einen Ton will ich von dir nicht hören, junge Dame. Geht rein und räumt auf. Bis ihr fertig seid, ist der Hund garantiert wieder da. Weit kann er ja wohl nicht sein, und wohin soll er auch sonst gehen?« Als Tommi wieder aufschluchzte, entspannte sich seine Miene ein wenig. »Also gut, wenn es euch beruhigt, dann werde ich auf dem Weg zu meinem Termin nach ihm Ausschau halten. Und jetzt rein mit euch, es ist kalt.« Er ging voran, nahm sich seine Jacke von der Garderobe, holte seine Aktentasche aus dem Büro und war wenig später wieder draußen. Emma und Tommi hörten den Motor des Jeeps anspringen. Sie standen beide unschlüssig im Flur, bis Tommi sagte: »Ich will Otter suchen, Emma.«

Sie nickte. »Ich auch. Aber wir müssen erst das Wohnzimmer aufräumen, sonst gibt es noch mehr Ärger. Und Mama kommt auch gleich nach Hause. Sie hilft uns bestimmt. Geh und hol einen Putzeimer und den Mopp. Dann kannst du den Flur putzen, ich bringe den Baum in Ordnung.«

Tommi nickte unglücklich, tat aber, was Emma ihm aufgetragen hatte. Seufzend ging sie ins Wohnzimmer, stellte den Baum wieder auf und sammelte die Scherben und umher liegenden Blumen auf. Die Bücher kamen ins Regal zurück, der Läufer wieder an seinen Platz. Die Wasserlache war ebenfalls schnell beseitigt.

Gerade als Tommi zur Terrassentür hinausging, um den Putzeimer auszuleeren, kam Andrea nach Hause.

»Nanu?« Sie stellte ihren Einkaufskorb ab und hängte ihre Umhängetasche an die Garderobe. Dabei fiel ihr Blick auf den glänzend nassen Fußboden. »Was ist das denn? Seit wann macht ihr beiden denn den Hausputz? Oder hat Otter sich mal wieder verewigt?«

»O Mama.« Emma wischte sich die feuchten Hände an der Jeans ab. »Otter ist weggelaufen.« Sie schilderte mit wenigen Worten, was geschehen war. Andrea schüttelte verwundert den Kopf. »Was ist nur mit diesem Hund los, dass er es regelmäßig schafft, unseren Haushalt auf den Kopf zu stellen?«

»Mama!« Empört verschränkte Emma die Arme vor der Brust und ähnelte mit einem Mal sehr ihrem Vater. »Otter kann doch gar nichts dafür. Er ist doch ein Hund! Bestimmt hat er den Baum nicht mit Absicht umgeworfen. Gut, Tommi hätte ihn nicht von der Leine lassen dürfen, aber was sollen wir denn jetzt tun?« Sie drehte sich um und sah ihren Bruder an, der mittlerweile hinter ihr aufgetaucht war. Dann wandte sie sich wieder an ihre Mutter. »Wir wollen jetzt nach ihm suchen. Hilfst du uns?«

Andrea strich sich die Haare aus der Stirn und nickte. »Also gut. Aber sag, hattest du nicht heute eine Verabredung?«

Emma verdrehte die Augen. »Das ist mir doch so was von sch…« Sie hielt inne. »Ich habe Jan weggeschickt. Otter ist jetzt viel wichtiger!«

Andrea überlegte kurz. »Dann geht los, am besten trennt ihr euch und sucht in verschiedenen Richtungen. Nehmt eure Handys mit. Ich bleibe hier, falls Otter doch noch von selbst auftaucht.« Sie strich Tommi über den Kopf. »Nun mach nicht so ein Gesicht. Otter ist doch nicht dumm. Bestimmt ist er spätestens zum Abendessen wieder hier.«

»Und wenn nicht?« Tommi zog sich seinen Anorak an und schob sein Handy in die Tasche.

»Er wird zurückkommen, da bin ich mir ganz sicher«, sagte Andrea überzeugt.

»Komm, lass uns losgehen!« Emma wickelte sich ihren Schal um den Hals, zog den Reißverschluss ihres Mantels zu und steckte sich ihre Handschuhe ein.

»Geh du nach rechts, zum Dorfanger«, meinte sie, als sie auf der Straße standen. »Ich suche drüben beim Wildacker.«

»Aber nicht allein in den Wald, habt ihr verstanden?«, rief Andrea ihnen mahnend zu. »Geht nur zusammen und auch dann nicht zu weit. Die Polizei hat noch immer keine Spur von den Holzdieben, und wer weiß, was die machen, wenn ihnen jemand begegnet.«

»Okay.« Tommi war sichtlich erleichtert, dass er endlich nach Otter suchen durfte. Er sog die kalte Luft ein. »Es riecht nach Schnee.«

Emma nickte und sah hinauf zu den Wolken, die schon den ganzen Tag den Himmel bedeckten. »Ich hoffe, es fängt erst morgen an. Bis nachher und viel Glück!«

Tommi marschierte los, und auch Emma machte sich auf den Weg. Leider waren nirgends Spuren zu erkennen. Sie ging mit weit ausholenden Schritten hinaus aufs freie Feld; dort rief sie nach Otter, doch ohne Erfolg. Alle Wege, die sie bisher mit ihm gegangen war, lief sie ab, doch Otter war und blieb verschwunden.

Wind kam auf und pfiff in hohen Tönen. Dazwischen meinte Emma auch noch ein Klirren oder Klimpern zu hören, doch sie konnte sich auch getäuscht haben.

Plötzlich klingelte ihr Handy. Sie blickte auf das Display und meldete sich dann. »Hast du ihn gefunden?«

»Nein.« Tommi klang wieder weinerlich. »Er ist nicht am Dorfanger gewesen. Frau Reimbold war dort und meinte, sie hätte ihn bestimmt gesehen.«

»Aha.« Verzagt nickte Emma vor sich hin. Frau Reimbold war eine nette ältere Dame, die jeden Tag mit ihrer Katze an der Leine am Dorfplatz spazieren ging. Die Katze trug so ein komisches Geschirr, und Emma hatte sich schon oft darüber amüsiert. Aber wenn Frau Reimbold sagte, sie habe Otter nicht gesehen, dann war es auch so. Ihr entging nämlich so gut wie nichts. »Dann such weiter! Hast du schon am Weiher oder hinten im Wald an der Kapelle geschaut?«

»Da will ich jetzt hin. Alleine wollte ich nicht, wegen Mama …«

»Okay, ich komme gleich zu dir.« Emma schaltete das Handy ab und machte sich im Laufschritt auf den Weg zurück ins Dorf.

Eine Stunde später standen Emma und Tommi wieder vor ihrem Haus und blickten einander ratlos an.

»Otter ist wie vom Erdboden verschluckt.« Sie rieb sich die Hände, die trotz der Handschuhe eiskalt geworden waren. »Aber Papa ist wieder da, vielleicht hat er jetzt eine Idee.«

9. Kapitel

»So ein Unsinn! Der Hund taucht schon wieder auf. Und so schnell verhungert er auch nicht.« Karl schüttelte ungehalten den Kopf über Tommis Ängste. Allerdings warf er selbst einen kurzen Blick zum Fenster. »Es fängt an zu schneiden«, stellte er fest.

»Auch das noch!« Emma kaute auf ihrer Unterlippe. »Papa, ein Hund kann auch erfrieren. Und es ist schon dunkel!«

»Er erfriert nicht!« Mit wütendem Gesicht verließ Karl das Wohnzimmer, und Augenblicke später klappte die Tür zu seinem Büro.

»Er ist so gemein!« Tommi schluchzte. »Ich will Otter wiederhaben!«

»Ich weiß, Schatz.« Andrea nahm ihn in den Arm. »Du kennst doch Papa. Er meint es nicht so.«

»Und was sollen wir jetzt tun?«, fragte Emma, die zum Fenster getreten war und hinausstarrte. Die Flocken fielen dicht an dicht. Der Vorgarten und die Straße waren bereits unter einer dünnen weißen Decke verschwunden.

Otter war nach seiner Flucht durch das Gartentor quer durchs Dorf gerannt und hatte dann den Weg eingeschlagen, der zum Wildacker führte. Nach dem ersten Schrecken hatte er diesen umrundet und seine Lieblingsstellen markiert.

Danach hatte er eigentlich umkehren wollen, doch in seinem Kopf hallte immer wieder die Stimme seines Herrchens: »Ich will dich hier drinnen nicht mehr sehen!«

Ich darf nicht nach Hause, sonst schimpft er. Hat er mich jetzt aus dem Rudel ausgeschlossen?

Otter wusste es nicht und umrundete ein weiteres Mal den Wildacker. Die Angst vor weiterer Schelte hielt ihn davon ab, heim zu laufen. Also schlug er schließlich den Pfad zum Wald ein, den er erst ein- oder zweimal gegangen war. Hier roch es interessant nach anderen Hunden und Tieren, die er nicht kannte.

Schnüffelnd tappte er von Baum zu Baum. Die Fährte eines Hasen beschäftigte ihn eine Zeitlang so sehr, dass er nicht merkte, wie er vom Weg abkam.

Das ist aufregend! Hier gibt es ja so viel zu entdecken.

Otter streunte durch Büsche und Unterholz, schnüffelte hier, buddelte da, fand eine Spitzmaus, die erschrocken vor ihm davonlief.

So entfernte er sich immer weiter vom Wildacker und der Gegend, die ihm vertraut war. Langsam wurde es dämmrig und schließlich dunkel. Otter spürte wieder das Verlangen, nach Hause zu laufen.

Ich soll doch nicht nach Hause! Aber ich will so gerne zu Tommi und Emma. Sie haben ja nicht geschimpft.

Otter blieb stehen und blickte sich um. Er war noch nie mitten in der Nacht im Wald gewesen. Das Knarren der kahlen Äste im Wind klang unheimlich. Irgendwo raschelte es, und plötzlich sah Otter einen riesenhaften schwarzen Schatten vor sich auftauchen.

Aufjaulend und mit eingezogenem Schwanz machte er kehrt und rannte davon. Im nächsten Moment scheute der Hirsch vor dem ungewohnten Laut und flüchtete in die entgegengesetzte Richtung.

Auf einer kleinen Lichtung blieb Otter schließlich stehen. Sein Herz raste vor Aufregung, und erst hier merkte er, dass es zu schneien begonnen hatte. Schnee war lustig, das wusste er. Er schnappte nach ein paar Flocken und spürte dann, dass er durstig war. Und hungrig.

Ich muss nach Hause! Da gibt es was zu fressen.

Er drehte sich um seine eigene Achse, um herauszufinden, in welcher Richtung es nach Hause ging. Mit der Nase am Boden folgte er seiner eigenen Fährte, doch das war gar nicht mehr so einfach, denn der Schnee überdeckte inzwischen an vielen Stellen die Gerüche.

Verwirrt blieb Otter stehen und leckte sich über die Nase, an der ein Schneehäubchen haftete.

Hm, der Schnee ist wie kaltes Wasser. Ich habe Durst.

Vorsichtig biss er in die weiße Pracht vor seinen Füßen und schüttelte sich.

Das ist zu kalt!

Dennoch schnappte er ein zweites und drittes Mal zu, bis der erste Durst gestillt war. Der Schnee in seinem Magen führte jedoch dazu, dass Otter zu frieren begann. Wieder schüttelte er sich und lief auf und ab. Ihm fiel ein, dass er ja nach Hause wollte.

Mittlerweile konnte er in dem dichten Schneetreiben

kaum mehr etwas erkennen. Die Nase wieder am Boden lief er quer über die Lichtung und wieder in den Wald hinein, jedoch in die falsche Richtung, denn seine Fährte war nun ganz verschwunden und die Dunkelheit hier im Wald beinahe undurchdringlich.

Nach Hause, nach Hause!

Er rannte wieder durch Unterholz und gelangte schließlich zu einem Weg.

Endlich!

Mit großen Sprüngen folgte Otter dem Waldweg, entfernte sich jedoch immer weiter vom Dorf. Als er es bemerkte, war er bereits gute drei Kilometer gelaufen.

Verunsichert sah er sich in dem dunklen Wald um. Hier gab es weit und breit nur hohe kahle Stämme, die unheimlich in den finsteren Himmel ragten. Otter schüttelte sich, um den nassen Schnee abzuschütteln.

Ich mag Wasser, aber der Schnee hier ist viel zu kalt! Ich will mich an der Heizung aufwärmen. Tommi soll mich mit dem Handtuch abrubbeln.

Mit einem leisen Winseln tapste er weiter und blieb plötzlich erschreckt stehen. Neben dem Weg, ein Stück hinter den ersten Baumreihen, war etwas in seinem Blickfeld aufgetaucht. Wieder ein Untier?

Starr wie ein Standbild blickte Otter das dunkle Etwas an. Nein, das war kein Tier.

Vorsichtig näherte er sich dem Ding und war erleichtert, als er erkannte, um was es sich handelte.

Otter stand vor einem baufälligen alten Jägerunterstand, gerade groß genug für einen Menschen.

Da drinnen schneit es nicht. Vielleicht hört es ja bald auf, wenn ich mich da hineinlege. Ob Tommi und Emma mich dann abholen?

Otter tappte durch die Öffnung zwischen zwei schräg stehenden Balken. Der Unterstand war eng und windschief, das Dach jedoch noch dicht, und zwei quer liegende Bretter bildeten eine kleine Nische, in die er nun hineinkroch. Er rollte sich zusammen und blickte unglücklich durch die Bretter hindurch nach draußen, wo die kalte weiße Decke immer höher wurde. Die Spuren, die er hinterlassen hatte, waren längst zugeschneit.

Ich will hier nicht sein. Aber wie komme ich nach Hause? Nimmt Herrchen mich wieder auf? Ich habe Hunger!

Wieder winselte Otter leise und legte den Kopf auf seine Pfoten.

10. Kapitel

Tommi streckte den Kopf durch die Zimmertür. »Darf ich reinkommen?«

Emma stand am Fenster und starrte wieder auf die Straße. »Klar, komm rein. Er taucht einfach nicht wieder auf.«

»Ich hab Angst.« Tommi zog den Kopf zwischen die Schultern und trat neben seine Schwester. »Bestimmt erfriert er da draußen. Vielleicht ist er schon …«

»Ach was, so schnell erfriert ein Hund wirklich nicht.« Emma bemühte sich um einen sorglosen Ton, doch so ganz gelang ihr das nicht. »Ausgerechnet dieses Jahr kriegen wir weiße Weihnachten!«

»Ich habe keine Lust auf Weihnachten. Ohne Otter will ich nicht feiern.« Tommi schniefte, blickte jedoch mit trockenen Augen nach draußen.

Plötzlich fiel Licht auf den Vorgarten. Die Haustür hatte sich geöffnet, und Emma und Tommi beobachteten, wie ihr Vater nach draußen trat, zur Straße ging und sich umblickte.

»Er sucht nach Otter«, sagte Emma leise, während sie zusah, wie ihr Vater sich die Mütze tiefer ins Gesicht zog und in Richtung Dorfanger stapfte.

»Warum kommt Otter nicht wieder?«, fragte Tommi. »Meinst du, er hat sich verlaufen?«

»Kann ich mir nicht vorstellen.« Emma schüttelte den Kopf. »Hunde finden doch immer wieder nach Hause. Sie folgen einfach ihrer eigenen Fährte.«

»In dem Schnee?« Zweifelnd deutete Tommi mit dem Kinn auf die dicken Flocken, die vom Himmel segelten.

»Ich weiß auch nicht.«

Eine Weile schwiegen sie und hingen ihren Gedanken nach.

Plötzlich sah Tommi zu Emma auf. »Du glaubst auch nicht mehr an den Weihnachtsmann, oder? Ist doch bloß eine Geschichte für Kleinkinder.«

Überrascht blinzelte sie. »Wie kommst du denn jetzt darauf?«

Tommi zuckte verlegen mich den Achseln. »Weiß ich auch nicht. Ich dachte nur, wenn es den Weihnachtsmann wirklich gäbe, könnte der uns vielleicht helfen. Aber es ist ja bloß ein Märchen.«

Emma nickte und sah wieder hinaus. »Oma sagt immer, dass an Weihnachten alles möglich ist. Übermorgen ist Heiligabend.«

»Wenn ich noch an den Weihnachtsmann glauben würde, würde ich alle Wünsche von meinem Wunschzettel streichen und nur noch bitten, dass Otter zurückkommt.«

»Du schreibst noch einen Wunschzettel?«

Tommi biss sich erneut verlegen auf die Lippe. »Nur so aus Spaß. Da gibt es eine Adresse im Internet, das ist angeblich die Webseite vom Weihnachtsmann. Weißt du, da steht, er hätte sich jetzt auch die ganze moderne Technik zugelegt.«

»Aha.« Emma schmunzelte.

»He, lach nicht so! Ist doch nur ein Witz. Dachte, es könnte ja nicht schaden, mal einen Wunschzettel dorthin zu schreiben. Es gibt dafür auf der Seite einen extra Link. Eine Antwort hab ich auch gekriegt.«

»Und was stand da drin?«

Tommi zuckte mit den Schultern. »Ach, nur dass der Weihnachtsmann sich bemüht, alle Wünsche zu erfüllen, und dass man fest daran glauben muss und dass an Weihnachten gar nicht die Geschenke das Wichtigste sind. War aber eine nette E-Mail. Ich hab sie abgespeichert.« Tommi hielt inne und zog die Stirn kraus. »Eigentlich schon komisch. In dem Wunschzettelformular hab ich vergessen, meine E-Mail-Adresse anzugeben. Trotzdem ist die Antwort bei mir angekommen. Und dann stand da auch noch was von vielen Grüßen an meine Schwester, dabei habe ich gar nichts von dir geschrieben.«

Erstaunt sah Emma ihn von der Seite an. »Kannst du mir die E-Mail mal zeigen?«

Gemeinsam gingen sie in Tommis Zimmer und schalteten den alten PC ein, den Karl vor einiger Zeit ausrangiert hatte. Tommi öffnete sein E-Mail-Programm und klickte dann auf die Mail, in deren Absender ›Der Weihnachtsmann‹ stand.

Emma überflog die Zeilen und spürte mit einem Mal ein leichtes Schaudern. Eine Gänsehaut breitete sich über ihren Rücken aus.

»Komisch ist das schon. Aber wer weiß, wie die an solche Informationen kommen. Da muss man echt aufpassen. Andererseits …« Sie zuckte mit den Schultern und wunderte sich gleichzeitig über ihren Einfall. »Schaden kann es ja nicht, wenn wir da mal hinschreiben, was meinst du? Kann ja wohl nichts Schlimmes passieren.«

Tommi nickte und rief die Internetseite des Weihnachtsmannes auf. Er klickte auf das Wunschzettel-Formular und sah seine Schwester dann fragend an. »Was sollen wir denn schreiben?«

11. Kapitel

Der erste Tag der Weihnachtsferien begann mit einem sehr frühen Frühstück. Weder Emma noch Tommi hatten es lange in ihren Betten ausgehalten. Karl war erst spät am Abend von seiner Suche nach Hause gekommen, und Andrea hatte beinahe die ganze Nacht in der Küche verbracht und gehofft, dass Otter doch noch auftauchen würde. Entsprechend übernächtigt wirkte sie.

»Wenn wir ihn nicht bald finden, müssen wir im Tierheim Bescheid geben«, meinte sie und starrte in ihren Kaffeebecher.

»Sollen wir nicht gleich noch mal losgehen?«, fragte Tommi. »Oder wir hängen überall Plakate auf mit seinem Bild. Papa, kannst du nicht solche Plakate am Computer machen?«

Karl nickte düster. »Unglaublich, was wir mit diesem Hund für Ärger haben.«

»Also Papa!« Empört starrte Emma ihn an. »Das ist ja wohl nicht wahr! Du hast ihn doch rausgeworfen! Wenn du dich nicht immer gleich so aufregen würdest, wäre das alles gar nicht passiert. Wie kannst du bloß Otter die Schuld geben? Er ist doch ein Hund!«

Andrea rieb sich über die dunkel geränderten Augen. »Da

hat Emma nicht ganz Unrecht, Karl. Otter ist nur ein Hund, wir können von ihm keinen Verstand erwarten. Vielleicht haben wir in letzter Zeit ein bisschen überreagiert.«

»Ein bisschen?«, quiekte Tommi.

Emma warf ihm einen kurzen Blick zu. »Stimmt, ein bisschen ist echt untertrieben. Ihr habt ständig auf Otter herumgehackt. Dabei ist er so ein toller Hund. Gut, er macht viel dreckig, doch das würde ein anderer Hund bestimmt auch. Das haben uns die Leute im Tierheim doch schon gesagt. Und ich finde es auch gar nicht so schlimm. Aber ihr wolltet das von Anfang an nicht akzeptieren. Ich verstehe nicht, warum ihr euch überhaupt für einen Hund entschieden habt. Ihr hättet besser einen Goldfisch genommen!« Mit einem lauten Klacken stellte Emma ihr Saftglas auf dem Tisch ab. Sie hatte sich jetzt so richtig in Fahrt geredet. »Ihr predigt uns doch ständig, wir sollen jeden Menschen so nehmen, wie er ist, und tolerant sein. Und was ist mit euch? Oder gilt das vielleicht nicht für Hunde? Otter hat auch ein Recht darauf!«

»Emma, mäßige bitte deine Stimme.« Andrea legte ihrer Tochter eine Hand auf den Arm. »Und vielleicht hast du ja sogar …«

»Schaut mich nicht so anklagend an!«, unterbrach Karl. »Ich sehe schon, jetzt geht es wieder gegen mich. Aber ob ihr es glaubt oder nicht, ich habe den Hund nicht vor die Tür gesetzt, damit er wegläuft.«

»Otter – er heißt Otter!«, protestierte Tommi.

Karl warf ihm einen ungehaltenen Blick zu. »Das weiß ich selbst, verdammt!«

»Warum hast du ihn denn überhaupt aus dem Haus geworfen?«, rief Andrea. »Dir hätte doch klar sein müssen, dass das überhaupt nichts bringt. Woher soll der Hund – Otter – denn wissen, wofür er damit bestraft wird? Wahrscheinlich hast du ihm so viel Angst eingejagt, dass er nur noch flüchten wollte. Das Gartentor war doch vorher schon mal offen, und er ist nicht gleich ausgebüchst.«

»Jetzt fang du auch noch an!« Karl war ganz weiß im Gesicht geworden. »Wie soll man ihm den sonst beikommen?«

»Auf jeden Fall nicht so. Und so wie ich es verstanden habe, hat er ja auch nicht absichtlich den Weihnachtsbaum umgeworfen.« Nun wurde Andrea mit jedem Wort lauter. »Wenn ich so darüber nachdenke, hat Emma wirklich Recht. Wenn wir Otter behalten wollen, müssen wir uns auch mit seinen kleinen Fehlern arrangieren. Die ganze Aufregung führt doch zu nichts.«

»Jetzt darf ich mich nicht einmal mehr aufregen, was?«, blaffte Karl. »Meine Idee war der Hund – ja, ja, Otter – jedenfalls nicht.«

»Ach, hör doch auf! Deine Eltern haben auch schon immer Hunde gehalten. Machen die etwa nie Ärger? Denk doch bitte mal an deine Kindheit zurück!« Andrea ärgerte sich. »Aber dir ist derzeit anscheinend nicht zu helfen. Bist du vielleicht auch noch froh, dass Otter weg ist?«

»Das darf ja wohl nicht wahr sein!« Entgeistert schüttelte Karl den Kopf. »Ich kann kaum glauben, was mir hier vorgeworfen wird! So einen Unsinn höre ich mir nicht einen Augenblick länger an!« Er stand auf, griff nach seinem Kaffeebecher und verließ die Küche. Kurz darauf fiel die Bürotür ins Schloss.

Andrea stützte den Kopf in beide Hände. »Das hätte jetzt nicht sein müssen. Im Streit wird man immer gleich so ungerecht. Ich glaube, wir sind alle ein wenig überreizt.« Sie hob den Kopf wieder. »Komm, Tommi, wir ziehen uns an und gehen noch mal auf die Suche nach Otter.«

Tommi, der dem Streit mit eingezogenem Kopf gefolgt war, sprang erleichtert auf und rannte in den Flur, um seinen Anorak zu holen.

»Emma, geh bitte zu deinem Vater und hilf ihm mit dem Plakat.«

»Was für ein Plakat?«

Andrea seufzte. »Das Plakat, an dem er seit heute früh um halb fünf herumbastelt. Druckt einen Stapel davon aus und hängt sie überall im Umkreis auf.«

»Er hat schon ein Plakat entworfen?« Emmas Augen wurden kugelrund. »Warum war er denn dann eben noch immer so gemein?«

Andrea seufzte. »Emma, Kind, er hat ein schlechtes Gewissen.«

»Mama?«, rief Tommi aus dem Flur.

»Ja, ja, ich komme schon.« Wieder strich Andrea ihrer Tochter über den Arm. »Du hattest wirklich Recht. Dein Vater weiß das auch.«

Damit stand auch sie vom Frühstückstisch auf. Emma räumte die kaum berührte Wurst- und Käseplatte zurück in den Kühlschrank, stellte die Marmeladengläser an ihren Platz zurück und trug dann das fast unbenutzte Geschirr ab.

Dabei dachte sie über die Worte ihrer Mutter nach. Als die Küche schließlich aufgeräumt war, ging sie hinüber zur Bürotür, klopfte leise an und streckte den Kopf in das Zimmer.

»Komm rein, Emma!« Karl winkte sie zu sich. »Schau mal, ist dieses Bild hier in Ordnung oder kann man Otter auf dem anderen besser erkennen?«

12. Kapitel

Als Otter am frühen Morgen aus seinem Erschöpfungsschlaf erwachte, war er beinahe eingeschneit. Trotz der hohen Bäume ringsum hatte sich der Schnee in hohen Verwehungen um den alten Jägerunterstand aufgetürmt.

Zunächst war Otter verwirrt und wusste nicht, wo er sich befand, bis ihm plötzlich alles wieder einfiel.

Ich bin weggelaufen. Herrchen war sehr böse. Ich habe Hunger und Durst und es ist kalt. Ich muss jetzt nach Hause.

Entschlossen kroch Otter unter den schützenden Brettern hervor und tappte zwischen zwei Schneewehen hinaus Richtung Waldweg.

Doch wie merkwürdig und fremd die Welt um ihn herum aussah! Alles war tief verschneit, der Weg fast nicht mehr zu erkennen. Bei jedem Schritt sank Otter weit in die weißkalte Decke ein.

Wo gibt es denn hier was zu fressen? Und wie soll ich nach Hause kommen? Ich kann ja kaum laufen, das ist anstrengend!

Otter machte mehrere große Sätze, um aus einem Schneeberg herauszukommen, und landete schließlich auf dem Pfad, auf dem er am Vorabend gelaufen war. Hier war die Schneedecke dünner, und er lief sofort in die Richtung, von der er glaubte, gestern gekommen zu sein. Alle Spuren und Gerüche waren überdeckt, dennoch hatte er instinktiv den richtigen Weg eingeschlagen.

Jetzt muss ich aber wirklich bald zu Hause sein. Mein Magen knurrt schon ganz arg.

Er begann zu rennen, doch ganz plötzlich hielt er an und hob die Nase in den Wind. Ein seltsamer neuer Geruch schlug ihm entgegen.

Was ist das denn?

Jetzt hörte er auch lautes Atmen und Schnaufen und dumpf polternde Schritte wie von vielen Füßen gleichzeitig.

Augenblicke später kreuzte eine Rotte Wildschweine seinen Weg.

Als sie ihn sahen, rannten sie noch schneller als zuvor. Eine Sau jedoch, um einiges größer und schwerer als Otter, blieb mitten auf den Weg stehen und starrte ihn feindselig an.

Erschrocken machte Otter ein paar Schritte rückwärts.

Was ist das denn für ein Tier?

Die Sau kam ein, zwei Schritte auf ihn zu und stieß eine Art Schnauben oder Grunzen aus. Otter zog den Schwanz ein.

Ich tu dir nichts, wenn du mir auch nichts tust!

Er fegte um seine eigene Achse und stob davon.

Die Sau senkte den Kopf zu Boden, schob mit ihrer Nase den Schnee auf dem Weg beiseite, wandte sich dann um und lief gemächlich den anderen Wildschweinen hinterher.

Nach einigen hundert Metern blieb Otter stehen und blickte sich um. Er war wieder ganz allein weit und breit.

Entmutigt und beschämt über seine Angst ging er seinen Spuren nach, bis er wieder vor seinem Unterschlupf stand.

Ich muss einen anderen Weg nehmen. Aber vielleicht ist es besser, ich warte, bis Tommi und Emma mich abholen. Bestimmt holen sie mich ab.

Er schob sich wieder zwischen die Bretter und legte sich in die Mulde, die er hinterlassen hatte.

Hier ist es nicht so kalt wie draußen. Aber lange will ich nicht mehr hier bleiben.

13. Kapitel

»Hey, Emma, was machst du denn da?«

Emma, die gerade eines der Plakate an die Litfasssäule neben dem Bushaltehäuschen klebte, drehte sich um und sah sich Stefan gegenüber. Er war in einen dicken Mantel gehüllt und hatte sich einen Schal beinahe bis über die Ohren um den Hals geschlungen.

Neugierig trat er näher an das Plakat heran und schob den Schal ein wenig nach unten, um besser sprechen zu können. »Ist euch Otter weggelaufen? Wie konnte das denn passieren?«

Unwillkürlich machte sie einen Schritt zur Seite, weil Stefan ihr so nahe gekommen war. Warum sie das nervös machte, konnte sie sich nicht erklären. »Na gestern! Du weißt doch, was bei uns los war. Papa hat ihn rausgeworfen, und da ist er weggelaufen.«

Stefan machte ein besorgtes Gesicht. »Stimmt, als ich rausging, war das Gartentor offen. Ich hab mir gar nichts dabei gedacht.« Er hielt kurz inne. »O je, und er ist die ganze Nacht nicht zurückgekommen? Das ist wirklich übel.«

Emma nickte unglücklich. »Wir wissen auch nicht mehr weiter. Niemand will ihn gesehen haben, und dann hat es auch noch so stark geschneit! Wer weiß, wo er hingelaufen ist. Vielleicht findet er jetzt nicht mehr nach Hause, oder er traut sich nicht, weil mein Vater so gemein zu ihm war. Vielleicht erfriert er sogar!« Sie wandte sich ab und presste die Lippen zusammen. Auf gar keinen Fall wollte sie jetzt losheulen! Bestimmt hielt Stefan sie dann für ein hysterisches Kleinkind. Doch die ersten Tränen brannten bereits heiß in ihren Augen, und sie musste sich sehr anstrengen, sie zurückzuhalten.

»Hey, komm schon.« Stefan fasste sie am Arm und drehte sie zu sich herum. »Das wird schon wieder.«

Sie schüttelte den Kopf und hielt ihren Blick fest auf den Boden gerichtet. »Ich muss weiter, noch mehr Plakate aufhängen«, brachte sie schließlich mühsam hervor.

Stefans Hand lag noch immer auf ihrem Arm.

»Soll ich dir dabei helfen?« Er lächelte, als sie nun doch den Kopf hob. »Ich wollte zwar eigentlich mit dem nächsten Bus in die Stadt fahren und noch ein paar Weihnachtsgeschenke kaufen, aber das kann ich später auch noch.«

»Fährst du nicht mit dem Roller?«

»Nee, nicht bei dem Wetter. Die Straßen sind noch gar nicht alle geräumt. Also was ist, soll ich dir helfen?«

»Das … das brauchst du nicht. Die paar Plakate kann ich auch allein aufhängen. Ist ja keine schwere Arbeit. Und ich möchte nicht, dass du meinetwegen …« Sie hatte wieder Richtung Boden gesprochen.

»Emma!«

Überrascht über seinen veränderten Tonfall blickte sie ihm wieder ins Gesicht. Er wirkte verdrossen und ein wenig wütend. »Ich habe doch gesagt, es macht mir nichts aus. Ich würde dir gerne helfen, und wenn es nur moralischer Beistand ist. Mensch, ich kann mir doch vorstellen, wie schlimm das für euch ist! Als ich klein war, ist meine Katze auf Nimmerwiedersehen verschwunden.« Sein Griff an ihrem Arm verstärkte sich kurz, dann ließ er ganz plötzlich los. »Aber es ist natürlich was anderes, wenn du mich absolut nicht dabei haben willst. Ich will dir bestimmt nicht auf die Nerven gehen.«

»Du gehst mir nicht auf die Nerven«, sagte Emma leise.

Doch, dachte sie gleichzeitig überrascht, das tust du. Nur nicht so, wie du glaubst …

»Versteh mich nicht falsch, Stefan. Ich will dich nicht loswerden. Es ist nur …«

»Was?« Abwartend sah er sie an und hielt ihren Blick gefangen, bis sie spürte, dass ihre Wangen ganz heiß wurden. Ihr Herz vollführte mittlerweile einen Trommelwirbel in ihrer Brust, dass sie beinahe keine Luft mehr bekam.

»Ich weiß nicht.«

Er schwieg weiter, doch sein Blick machte sie immer kribbeliger.

»Du machst mich nervös«, gab sie schließlich zu.

Einen Moment lang wirkte Stefan überrascht, doch dann stahl sich ein Lächeln auf seine Lippen und wanderte hinauf bis zu seinen Augen. »Das …«, er hob die Hand wieder und legte sie vorsichtig an ihre Wange. Die Wolle seiner Handschuhe fühlte sich weich und rau zugleich an. »… ist interessant. Du machst mich nämlich auch nervös, weißt du. Vielleicht …« Mit der anderen Hand zog er sie sanft zu sich heran und ließ sie dabei keinen Moment aus den Augen.

Emmas Herz holperte und raste dann weiter. Sie wusste, dass man das Pochen inzwischen an ihrer Halsschlagader sehen musste. Ihre Wangen brannten, als sei alles Blut aus ihrem Körper geradewegs in ihren Kopf geschossen.

»Guten Morgen, ihr beiden. Ein bisschen früh für ein Stelldichein, oder? Ist euch hier draußen nicht zu kalt?«

Sie fuhren erschrocken herum und sahen sich Frau Reimbolt und ihrer Katze, wie immer mit Geschirr und Leine, gegenüber. Die alte Dame lächelte freundlich.

»Wir, äh …« Emma sah unsicher zu Stefan auf.

Er grinste Frau Reimbolt an. »Kalt ist uns eigentlich nicht, nein. Geht es Ihnen und Ihrer Katze gut?«

Frau Reimbolt zwinkerte ihm zu. »Nein, kalt ist euch bestimmt nicht, das sehe ich. Und danke der Nachfrage, uns geht es ausgezeichnet. Aber jetzt müssen wir auch weiter. Falls wir uns nicht mehr sehen, wünsche ich euch und euren Familien ein gesegnetes Weihnachtsfest.«

»Ihnen ebenso«, antwortete Stefan und sah ihr einen Moment lang nach, bis die alte Dame außer Hörweite war. Dann wandte er sich wieder Emma zu und schmunzelte. »Nicht sehr romantisch, was?«

Sie stieß die Luft aus und konnte endlich wieder etwas befreiter atmen. »Nicht sehr«, bestätigte sie und schaffte sogar ebenfalls ein kleines Lächeln. Als er ihre Hand nahm, jagte ihr Puls jedoch gleich wieder los.

»Meinst du, dein Bruder findet mich immer noch cool, wenn ich das hier mache?« Er zog Emma wieder an sich, und noch ehe sie überrascht nach Luft schnappen konnte, lagen seine Lippen sanft auf ihren. Ihr wurde noch heißer, und fast meinte sie, ihr eben noch wie wild schlagendes Herz habe für einen Moment ausgesetzt.

Im nächsten Moment registrierte sie jedoch enttäuscht, wie sich Stefan rasch wieder zurückzog und ihr prüfend ins Gesicht sah.

Sie war mittlerweile ganz außer Atem und strich sich hastig eine Haarsträhne, die sich aus ihrem wollenen Stirnband gelöst hatte, aus dem Gesicht. Seinem Blick wich sie jedoch nicht aus, auch wenn sie befürchtete, jeden Moment den Verstand zu verlieren. So etwas hatte sie noch nie erlebt.

»Ich weiß es nicht«, antwortete sie schließlich atemlos. »Aber mich findet er ja auch nicht cool, also wird ihn das hier auch nicht schockieren ….« Sie trat nun ihrerseits auf Stefan zu und küsste ihn. Dann spürte sie voll Freude, wie er die Arme um ihre Taille legte. Lediglich die dick wattierten Jacken dämpften die Berührung ein wenig.

Auch Stefan atmete befreit auf. »Dann wird er sich bestimmt bald daran gewöhnen, oder?«

Emma nickte. »Ich hoffe es.«

Sie lächelten einander glücklich an, bis Emma wieder einfiel, weshalb sie überhaupt hier standen. Ihr Gesicht verfinsterte sich, und sie blickte zum Bushaltehäuschen, auf dessen Bank sie die Plakate abgelegt hatte. Der Wind hatte einige von ihnen zu Boden geweht.

Stefan drückte sie noch einmal kurz an sich, dann ließ er sie los und hob die Blätter auf. »Komm, wir hängen die Plakate jetzt auf und überlegen dann zusammen, wo wir noch nach Otter suchen können.«

»Wir waren doch schon überall, Tommi und ich. Und

mein Vater ist sogar noch heute Nacht losgegangen. Otter ist wie vom Erdboden verschluckt!«

»Habt ihr schon mal beim Tierheim angerufen? Vielleicht hat ihn jemand eingefangen und dorthin gebracht.«

Emma schüttelte den Kopf. »Die hätten sich dann schon bei uns gemeldet. Otter ist doch nur zur Probe bei uns. Die hätten schön gemeckert, wenn er so wieder bei ihnen aufgetaucht wäre. Und er hat doch auch so eine Kapsel am Halsband, in der unsere Adresse steckt.«

Gemeinsam zogen sie los und hängten die Plakate an Straßenlaternen und einer Plakatwand auf. Danach gingen sie zu Emmas Haus, wo sie gleichzeitig mit Tommi und Andrea ankamen, die mit dem Auto unterwegs gewesen waren.

Tommi sprang aus dem Golf und rannte auf die beiden zu. »Sind die Plakate alle draußen? Mama und ich haben nichts …« Er hielt inne und beäugte die beiden argwöhnisch.

Stefan hatte Emmas Hand genommen.

»Wieso haltet ihr Händchen?« Tommi verzog das Gesicht. »Seid ihr jetzt etwa zusammen?«

Emma blickte kurz zu Stefan auf, der ihr rasch zublinzelte. »Sieht so aus, Tommi. Ist das schlimm?«

»Naaa ja.« Tommi schüttelte sich demonstrativ, um zu zeigen, dass er nicht viel davon hielt. »Du bist immer noch besser als dieser Andy oder der Typ von gestern.« Damit wandte er sich ab und rannte zur Haustür.

»Da hab ich ja noch mal Glück gehabt.« Stefan lächelte.

Inzwischen war auch Andrea aus dem Golf ausgestiegen.

Sie ging auf Stefan zu und streckte ihm die Hand hin. »Hallo. Wie ich sehe, haben wir Verstärkung bei unserer Suche bekommen?«

Stefan nickte und schüttelte ihre Hand.

»Lass mich raten«, meinte sie und blickte zwischen ihm und Emma hin und her. »Du bist bestimmt Stefan, nicht wahr? Ich habe dich schon mal im Ort gesehen. Seid ihr nicht erst vor kurzem hergezogen?«

»Sind wir. Wir haben vorher in der Stadt, gleich neben dem Gymnasium, gewohnt. Meine Eltern haben vor einem halben Jahr ein Haus hier im Ort gekauft.«

»Schön.« Andrea deutete zum Haus. »Dann kommt mal rein, ihr beiden. Ich mache Kaffee und heißen Kakao zum Aufwärmen.« Besorgt blickte sie zum Himmel. »O je, es sieht schon wieder nach Schnee aus. Langsam mache ich mir wirklich Sorgen um Otter.«

14. Kapitel

Sie saßen alle in der Küche bei Kaffee, Kakao und selbstgebackenen Plätzchen und berieten, wie die Suche weitergehen sollte, als Karl ebenfalls zurückkehrte. Er hatte einen letzten Kundenbesuch vor seinem Weihnachtsurlaub gemacht und war auf dem Rückweg mit dem Jeep noch einmal rund ums Dorf gefahren.

Nun betrat er die Küche und zog sich rasch einen Stuhl heran.

»Hm, Kaffee, sehr gut. Es ist verdammt kalt draußen«, sagte er und bemerkte erst jetzt Stefan, der neben Emma saß und ihr gerade etwas zuflüsterte.

Andrea lächelte. »Karl, das ist Stefan, Emmas Freund. Ich glaube, ihr habt euch gestern schon kurz kennen gelernt.«

»Ach, sieh mal an.« Karl musterte Stefan sehr aufmerksam, dann streckte er ihm seine Hand quer über den Tisch entgegen. »Hab ich das gestern doch richtig mitbekommen.«

Sie schüttelten einander kurz die Hände, und Karl blinzelte Emma zu. »Gute Wahl, junge Dame. Ich hatte schon so meine Befürchtungen, als gestern Nachmittag dieser – wie hieß er noch gleich? – vor der Tür stand.«

»Papa!« rief Emma entrüstet und spürte schon wieder die Röte in ihr Gesicht steigen.

Stefan stieß sie scherzhaft in die Seite. »Hey, da ist was Wahres dran. Ich hatte da, ehrlich gesagt, auch so meine Befürchtungen.«

Emma starrte ihn an, wie er sie fröhlich angrinste und ihr ebenfalls zublinzelte. Sein glückliches Gesicht brachte sie jedoch auch wieder zum Lächeln.

Karl hüstelte, und Andrea meinte: »Ich sehe schon, da hättet ihr euch keine Gedanken zu machen brauchen. Aber wir sollten uns jetzt wieder auf unser Problem konzentrieren.« Sie sah zum Fenster und verzog besorgt das Gesicht. »Herrje, es schneit schon wieder! Und wie! Bei dem Wetter macht es kaum Sinn, nach draußen zu gehen.«

»Aber wir müssen Otter finden!«, protestierte Tommi und warf ein angebissenes Plätzchen zurück auf seinen Teller. »Wir können doch nicht hier drinnen sitzen und warten, bis er erfriert!«

Betreten sahen sich alle an.

»Tommi, bestimmt hat Otter ein Plätzchen gefunden, wo er vor dem Wetter geschützt ist«, versuchte Andrea ihn zu trösten, jedoch ohne Erfolg.

»Woher willst du das wissen? Außerdem hat er bestimmt Hunger und ... Ich will ihn jetzt sofort weiter suchen!« Tommis Stimme zitterte, und in seinen Augen glänzten die Tränen.

Stefan sah nun ebenfalls zum Fenster hinaus und nickte dann. »Okay, wenn du darfst, gehen wir noch mal los. Aber wir müssen uns warm einpacken, Tommi. Emma, kommst du auch mit? Sechs Augen sehen mehr als vier.«

»Klar!« Sie sprang auf und holte ihren Mantel. »Irgendwo

muss Otter doch sein. Vielleicht sollten wir noch mal im Wald suchen.«

»Das habe ich mir auch überlegt«, stimmte Stefan zu, während er sich seinen Schal wieder um den Hals wickelte.

»Bleibt aber nicht zu lange draußen, sonst verkühlt ihr euch noch! Und denkt an die Holzdiebe. Ich will nicht, dass ihr in Schwierigkeiten geratet. Wenn ihr jemandem begegnet, den ihr nicht kennt, macht einen Bogen um ihn!«, mahnte Andrea.

Emma nickte. »Wenn wir wirklich diese Typen sehen, rufen wir per Handy die Polizei. Aber bei dem Wetter sind die bestimmt nicht unterwegs.«

Besorgt erhob Andrea sich und zog sich dann auch einen Mantel über. »Ich gehe gleich noch mal zum Dorfplatz. Karl, bleibst du beim Telefon, falls sich jemand auf die Plakate hin meldet?«

»Ja, ja, keine Sorge.« Karl goss sich noch eine Tasse Kaffee ein und trug sie hinüber ins Wohnzimmer.

»Also, dann lasst uns mal losgehen«, meinte Stefan. Er ergriff wieder Emmas Hand und drückte sie leicht.

Tommi, der schon bei der Tür war, drehte sich kurz um und betrachtete die beiden streng. »Aber nur, wenn ihr nicht dauernd herumknutscht oder so.«

»Schon gut!« Stefan lachte. »Damit warten wir, bis wir wieder zurück sind.«

Tommi rannte zufrieden hinaus.

Stefan sah ihm kurz nach, dann wandte er sich Emma zu und küsste sie rasch. »Kleiner Vorschuss«, sagte er zwinkernd. »Hat er ja nicht gesehen.«

Hinter ihnen hüstelte Karl vernehmlich, dann klappte die Wohnzimmertür.

Emma nickte und folgte Stefan hinaus auf die Straße.

Sie gingen bis zum Waldrand. Dicht trieben die Flocken umher, die Schneedecke war bereits auf Wadenhöhe angewachsen. Nach einigen Überlegungen wählten sie den breitesten der drei Wege, die in den Wald hineinführten.

Wieder und wieder riefen sie nach Otter und lauschten, doch weit und breit war nichts zu hören als das leise Knarren der kahlen Äste im Wind und das Knirschen ihrer Schritte im Schnee.

15. Kapitel

Eine Weile hielt Otter es noch in seinem Unterschlupf aus, dann wurde es ihm zu ungemütlich, und er kroch wieder auf den Weg. Seine Glieder waren vor Kälte schon ganz steif geworden, obwohl der Schnee rings um den Unterstand die schlimmste Kälte abhielt.

Ungelenk stakste er durch das weiße Nass, erleichterte seine Blase an einem Baumstamm und schnüffelte dann an seinen bereits leicht verwehten Pfotenspuren herum. Auf diese Weise lief er erneut den Weg vom Morgen bis zu der Stelle, an der ihm die Wildschweine begegnet waren. Unsicher blieb er stehen. Der Schreck über die unheimliche Begegnung steckte ihm noch in den Gliedern.

Zwar war weit und breit kein Wildschwein, ja nicht einmal ein Hase oder ein Vogel zu sehen oder zu hören, doch Otter zögerte trotzdem weiter zu gehen.

Er wusste instinktiv, dass er den Weg nach Haus hätte finden müssen, aber die Ereignisse der letzten beiden Tage hatten ihn sehr verunsichert. Er war nur wenig älter als ein Jahr, und die Erfahrung, ganz allein und menschenverlassen an einem fremden Ort zu sein, hatte er noch nie gemacht.

Ich kann hier nicht bleiben. Meine Menschen sollen mich endlich holen.

Mit einem leisen Winseln tappte er noch eine Weile umher, dann machte er kehrt und trottete zurück in die Richtung, aus der er gekommen war.

Es fing wieder an zu schneien. Die eisigen Flocken legten sich dicht und unangenehm auf sein Fell, und er musste sich immer wieder schütteln, um zu verhindern, dass sie auch den dichteren Unterpelz durchnässten.

Das ist anstrengend, und ich habe solchen Hunger! Warum holt mich denn niemand?

Wieder winselte er unglücklich und blieb mit hängender Rute mitten auf dem Weg stehen.

Plötzlich hob er jedoch den Kopf und spitzte die Ohren.

Was ist das? Sind das Menschen? Kommen Emma und Tommi und holen mich endlich?

Er lauschte, doch nun war nichts mehr zu hören. Verzagt ließ er den Kopf hängen, doch im nächsten Moment hob er ihn wieder.

Da klingelt doch etwas! So ein Geräusch machen doch nur Menschen.

Aufmerksam lauschend machte er ein paar Schritte vorwärts. Das Klingeln war weit entfernt. Er begann zu rennen, so schnell er konnte, und bellte mehrmals in der Hoffnung, damit auf sich aufmerksam zu machen.

Er rannte den Weg zurück, bis er wieder an dem Unterstand ankam. Unsicher blieb er stehen und lauschte erneut. Zunächst blieb alles still, doch dann hörte er aus der Ferne Motorengeräusche näher kommen. Otter spitzte die Ohren und rannte los, quer durch das Unterholz, immer den Geräuschen nach. Er gelangte an einen schmalen

Pfad, auf dem mehrere paar Stiefel Spuren hinterlassen hatten. Aufgeregt schnüffelte er daran und heulte freudig auf.

Das sind Menschen. Die helfen mir und bringen mich nach Hause!

Plötzlich hörte er auch einen Ruf, dann die Stimmen von mehreren Männern. Es konnte nicht mehr weit sein.

Hinter einer Biegung sah er sie schließlich: Drei in dicke Jacken gekleidete Männer, die sich neben einem kleinen LKW an einem Polter Holz zu schaffen machten.

Otter lief näher und bellte, doch im gleichen Moment heulte eine Kettensäge auf, so dass die Männer nicht auf ihn aufmerksam wurden.

»Mach schnell, Gero!« rief einer der Männer seinem Kumpel mit der Säge zu. »Das Ding macht einen Höllenlärm. Nicht, dass uns noch jemand hört!«

Die Kettensäge verstummte.

»Ach was, Manni, das merkt doch keiner. Um die Zeit und bei dem Wetter ist doch kein Mensch unterwegs. Außerdem bin ich gleich fertig. Muss nur noch …«

Was er noch musste, ging im erneuten Kreischen der Säge unter.

Otter legte die Ohren flach an den Kopf. Solchen Lärm mochte er gar nicht. Dennoch lief er immer näher an die Männer heran, und als die Säge endlich wieder verstummte, bellte er freundlich und wedelte heftig mit seiner Rute.

Hallo! Könnt ihr mich nach Hause bringen? Bestimmt kennt ihr den Weg.

»Verdammt noch mal, wo kommt dieser Köter denn

plötzlich her?«, rief der dritte Mann erschrocken und sah sich um. Auch die anderen blickten alarmiert in alle Richtungen.

Otter kam noch näher und umtänzelte sie aufgeregt.

Los, helft mir!

»Verdammtes Mistvieh, hau ab!« Gero wedelte mit der freien Hand herum und hätte beinahe die Motorsäge fallen lassen.

Vor Schreck legte Otter die Ohren an.

Hey, was ist denn? Ich will doch nur nach Hause!

»Ja, verschwinde, blöder Köter! Nicht, dass du uns noch die Bullen auf den Hals hetzt!« Manni ging drohend auf Otter zu und trat in seine Richtung, wirbelte jedoch nur etwas Schnee auf.

Was soll das? Das gefällt mir nicht.

Mit noch immer angelegten Ohren knurrte Otter warnend.

Noch einmal trat Manni nach ihm. »Weg! Verschwinde, Mistköter!«

Erschrocken und erbost fletschte Otter die Zähne.

So nicht!

»Nun verjag' ihn schon, Manni!«, rief der dritte Mann ungehalten. »Wenn der Besitzer hier auftaucht, haben wir ein Problem.«

»Der Köter haut aber nicht ab«, sagte Manni. »Scheint bösartig zu sein. An den geh ich nicht ran.«

»So ein Quatsch!« Gero legte die Säge auf den Holzpolder. »Gib mir mal das Brecheisen. Dem zeig ich schon, wer der Herr ist!«

»Willst du ihn etwa erschlagen?« Manni sah ihn nun doch leicht entsetzt an.

»Warum nicht? Hat doch nichts hier zu suchen.« Gero bückte sich und packte einen Ast, der neben dem Pfad lag. Damit ging er auf Otter zu, der wieder drohend knurrte.

»Los, hau ab, du Töle!« Gero fuchtelte mit dem Ast vor Otters Kopf herum und traf ihn an der Nase.

Mit einem wütenden Bellen zuckte Otter zurück, dann schoss er vor und schnappte nach dem Mann. Er erwischte ihn an der Hand und schmeckte Blut. Über sich selbst erschrocken stob Otter ein paar Meter zurück und bellte aufgeregt.

»Mist, verdammter! Der Köter hat mich gebissen!«

»O Mann, ihr werdet doch wohl mit einem Hund fertig werden!« Der dritte Mann bückte sich ebenfalls und hob einen Stein auf, zielte und warf.

Der Stein traf Otter an der Seite. Er jaulte auf und rannte los.

Warum macht ihr das? Ich tu' euch doch nichts? Ich wollte auch nicht beißen! Aber der Ast hat so weh getan.

Wieder flog ein Stein, der nur wenig an seinem Kopf vorbeizischte.

Otter zog den Schwanz ein und hetzte den Weg zurück, den er gekommen war. Er folgte den Spuren bis zu dem Jägerunterstand.

Der Schnee, der bisher nur leicht gerieselt war, fiel immer dichter, so dass selbst die hohen, dichten Tannenwipfel keinen Schutz mehr boten. Auch hatten sich die Flocken jetzt verändert. Sie waren nicht mehr groß und bauschig, sondern wie eisiges Pulver. Otter vernahm das leise Knistern in der Luft und schüttelte sich erneut. Sein Herz pochte heftig nach dieser schrecklichen Begegnung.

Die Menschen sind böse, warum werfen sie mit Steinen? Allein kann ich den Weg nach Hause nicht finden; lieber verstecke ich mich hier vor dem Schnee.

Otter krabbelte wieder in seinen Unterschlupf und rollte sich dort fest zusammen. In ihm stieg eine tiefe Traurigkeit auf. Seine Menschen waren so weit weg, und er vermisste sie.

Die Nase fest auf die Vorderpfoten gedrückt, lauschte er dem Rieseln des Schnees und stieß dabei immer wieder ein leises, sehnsüchtiges Winseln aus.

16. Kapitel

»Das hat keinen Sinn, wir müssen umkehren, Tommi. Es ist ja schon fast dunkel, und so weit in den Wald kann Otter unmöglich gelaufen sein«, meinte Stefan nach beinahe dreistündiger Suche. »Außerdem werden wir noch alle krank, wenn wir uns nicht langsam wieder aufwärmen.«

»Aber irgendwo muss Otter doch sein!« Tommis Stimme klang hoffnungsvoll, doch seine Miene drückte inzwischen nur noch Enttäuschung aus. »Wir müssen ihn finden!«

»Du hast ja Recht, aber das hier bringt wirklich nichts mehr«, befand nun auch Emma und rieb die Fingerspitzen aneinander, die trotz der Handschuhe taub vor Kälte geworden waren. »Lass uns nach Hause gehen und uns was anderes überlegen. Vielleicht hat ihn ja auch tatsächlich jemand gefunden und mitgenommen. Bestimmt sogar, sonst hätten wir ihn doch längst finden müssen.«

»Ich will aber nicht nach Hause gehen!« Tommi verschränkte eigensinnig die Arme vor dem Körper.

»Komm schon, wir haben doch nicht mal Taschenlampen dabei«, sagte Stefan. »Gleich können wir überhaupt nichts mehr sehen. Und es schneit noch immer. Los, komm mit uns nach Hause!«

Tommi protestierte wieder, doch auch er sah ein, dass die Suche unter diesen Umständen keinen Sinn mehr hatte.

»Und wenn wir zu Hause Taschenlampen holen?«, warf er ein.

»Lass uns erstmal aufwärmen, dann sehen wir weiter, ja!« Emma zog sich ihren Schal fester ums Gesicht und schauderte.

Stefan legte ihr den Arm um die Schulter. »Du frierst. Wir müssen wirklich schnellstens ins Warme.«

»Hört ihr das? Da fährt ein großes Auto!« Tommi blieb nochmals stehen. »Man hört den Motor ganz deutlich. Ist bestimmt ein Transporter oder LKW. Ob das die Holzdiebe sind?«

»Glaub ich nicht, es ist doch schon dunkel, und bei dem Schnee fahren die sich doch nur fest«, meinte Stefan. »Außerdem kann man gar nicht erkennen, von wo genau das Geräusch kommt. Könnte auch drüben von der Landstraße herüberschallen.«

»Los, kommt, ich will hier weg«, drängte Emma. »Wenn es doch die Diebe sind, will ich ihnen bestimmt nicht begegnen.«

Stefan nickte, und die drei stapften los, so schnell es die Schneedecke erlaubte.

Als sie endlich zu Hause ankamen, wurden sie von Andrea und Karl bereits ungeduldig erwartet. Andrea hatte wieder heißen Kaffee und Kakao vorbereitet und verfrachtete die drei sofort in die warme Küche.

»Nichts«, berichtete Emma auf die Frage ihres Vaters. »Es gibt einfach keine Spur von Otter. Vielleicht hat ihn jemand gefunden und mitgenommen. Aber dann hätte sich derjenige doch melden müssen, oder?«

»Vielleicht auch nicht. Es gibt Menschen, die einfach Tiere stehlen«, gab Karl zu bedenken.

»O nein, hoffentlich nicht!« Besorgt sah Emma zwischen ihren Eltern hin und her. »Was sollen wir jetzt machen?«

»Ich will wieder raus und ihn mit der Taschenlampe suchen!«, rief Tommi und wollte schon wieder von seinem Stuhl aufspringen.

Doch Karl hielt ihn am Arm fest. »Nein, das wirst du nicht. Für heute müssen wir die Suche beenden. Ich …«

»Ich will aber noch mal suchen!« schrie Tommi aufgebracht.

Andrea schüttelte streng den Kopf. »Nein Tommi, heute nicht mehr. Du bleibst schön im Haus. Am besten gehst du gleich mal duschen, damit du dir keine Erkältung holst. Du auch, Emma«, mahnte sie.

Emma nickte traurig und wandte sich an Stefan. »Jetzt konntest du gar nicht deine Geschenke kaufen fahren.«

»Ach was, das ist doch nicht schlimm.« Er winkte ab. »Otter ist viel wichtiger.« Er sah auf die Uhr. »Aber ich muss mich, glaube ich, langsam mal zu Hause blicken lassen. Ich habe zwar heute Mittag meine Mutter kurz angerufen, aber wahrscheinlich wartet sie jetzt mit dem Abendessen auf mich. Mein Vater müsste inzwischen auch da sein.«

Emma und Stefan standen auf, er verabschiedete sich von Karl und Andrea, klopfte Tommi aufmunternd auf die Schulter, und Emma brachte ihn zur Tür.

Dort blieben sie einen Augenblick stehen.

»Danke, dass du uns bei der Suche geholfen hast.«

Stefan zog Emma lächelnd an sich. »Das hab ich doch gern gemacht.«

Sie nickte und blinzelte eine Träne weg.

»Hey, nicht weinen. Bestimmt taucht Otter ganz bald wieder auf. Daran musst du glauben!«, sagte er und gab ihr einen zärtlichen Kuss.

Sie hielte einander noch eine Weile fest umschlungen, dann hob Emma den Kopf und meinte: »Grüß deine Eltern von mir, ja. Schließlich bin ich Schuld daran, dass du jetzt zu spät zum Essen kommst.«

»Ach, wenn du der Grund bist, sollten sie sich besser daran gewöhnen. Aber so streng sind sie auch wieder nicht. Sie werden dich bestimmt mögen. Sie wissen nämlich, dass ich einen guten Geschmack habe.« Er zwinkerte ihr zu.

»Meine Eltern mögen dich auch.«

»Das ist sehr gut«, erwiderte er und beugte sich vor, bis seine Lippen ganz nah an ihrem Ohr lagen. »Ich glaube nämlich, dass ich dich liebe«, flüsterte er.

Emmas Puls begann wieder zu jagen, und ein heißer Blitz fuhr aus ihrer Magengrube geradewegs in ihr Herz.

Atemlos sah Stefan ihr in die Augen, bis sie lächelte und ihre Stimme wieder fand. »Ich glaube, ich liebe dich auch«, raunte sie zurück, reckte sich und küsste ihn.

Als aus der Küche Stühlerücken zu hören war, lösten sie sich widerstrebend voneinander.

»Ich rufe dich nachher noch mal an, ja!«, meinte Stefan und strich ihr sanft mit den Fingerspitzen über die Wangen.

»Okay.« Sie gab ihm einen letzten Kuss, dann machte er sich auf den Weg. Emma blickte ihm mit heftig klopfendem Herzen nach. Er drehte sich noch einmal kurz um und winkte ihr grinsend zu, dann verschwand er um die Ecke.

17. Kapitel

Emma saß auf ihrem Bett und hielt ihr Herzkissen fest an sich gedrückt. In ihr tobten die widersprüchlichsten Gefühle. Auf der einen Seite machte sie sich schreckliche Sorgen um Otter und war kurz davor, in Tränen auszubrechen, auf der anderen Seite fühlte sie sich überglücklich und genoss das Herzklopfen bei jedem kleinsten Gedanken an Stefan.

Vor einer halben Stunde hatte er sie auf ihrem Handy angerufen, ihr noch einmal Mut gemacht und eine gute Nacht gewünscht. Seither hatte sie sich nicht mehr von ihrem Bett wegbewegt. Durch die geschlossene Tür drang Tommis Stimme, der nur unter Protest schlafen ging, und die beruhigenden und tröstenden Worte ihrer Mutter. Dann war es wieder ruhig.

Kurz darauf klopfte es an Emmas Tür, und Andrea streckte den Kopf herein. »Störe ich?«

Emma schüttelte den Kopf. »Komm rein.«

Andrea zog die Tür hinter sich zu und setzte sich zu ihrer Tochter auf die Bettkante. »Was für ein Tag, nicht wahr? Ich hoffe, Tommi schläft gleich ein. Ich weiß sonst nicht mehr, was ich mit ihm machen soll.« Sie seufzte. »Wo mag Otter bloß stecken? Ich bin inzwischen auch fast überzeugt, dass ihn jemand aufgelesen und mitgenommen haben muss. Er kennt die Wege hier doch mittlerweile und hat sich bestimmt nicht verlaufen.«

Wieder nickte Emma. »Und es ist jetzt so kalt und der ganze Schnee …«, setzte sie tonlos hinzu. Sie rieb sich die Augen, konnte jedoch nicht verhindern, dass ihr ein paar Tränen über die Wangen rollten. »Und morgen ist Heiligabend. So ein schreckliches Weihnachtsfest habe ich noch nie erlebt.«

»Nun komm, Emma, wir dürfen die Hoffnung nicht aufgeben. Morgen fragen wir bei den Tierheimen in der Umgebung nach. Das wird vielleicht Ärger mit sich bringen, aber das ist nicht zu ändern. Wir haben Otter nur zur Probe, also müssen wir in den sauren Apfel beißen.«

Sie schwiegen eine Zeitlang und hingen ihren Gedanken nach, dann strich Andrea ihrer Tochter sanft über den Arm. »Aber ganz so schrecklich ist dieses Weihnachten vielleicht doch nicht.« Sie lächelte, als Emma erstaunt den Kopf hob. »Dein Stefan ist ein toller Kerl.«

Emma wurde rot. »Mama, er ist nicht mein …« Sie brach ab und musste plötzlich grinsen. »Doch, ist er wohl. Er ist mein Stefan. Findest du mich blöd, weil ich das erst nicht kapiert habe? Ich hatte wirklich nicht gedacht … Und dann stand er heute Morgen plötzlich an der Bushaltestelle, und es hat ›Klick‹ gemacht.«

»Mein Schatz, das ist nicht blöd, das ist ganz normal«, antwortete Andrea ernsthaft. »Das Leben spielt nun mal so, man weiß nie, was an der nächsten Ecke auf einen wartet. Aber das Schicksal wollte es so und hat beschlossen, dass ihr zusammen gehört. Das ist doch schön, findest du nicht?«

Emma wurde verlegen. »Danke, Mama. Aber … hat Papa nicht gemeckert?«

Andrea schüttelte den Kopf. »Warum sollte er? Glaubst du, er weiß nicht, dass du beinahe erwachsen bist? Und soweit ich das beurteilen kann, gefällt ihm Stefan auch sehr gut. Das hast du doch auch selbst gehört, nicht wahr?«

Emma schüttelte sich. »Wie peinlich!«

»Ach was!« Andrea lachte. »Das war noch gar nichts. Du hättest mal meinen Vater hören müssen, als ich Papa zum ersten Mal mit nach Hause gebracht habe. ›Wie alt sind Sie? Was haben Sie beruflich vor? Was machen Ihre Eltern? Können Sie sich vorstellen, eine Familie zu ernähren?‹«

Emma riss entsetzt die Augen auf. »Nee, echt? Das hat Opa alles gefragt?«

Andrea nickte schmunzelnd. »Das und noch einiges mehr. Und alles noch vor dem Einschenken des Kaffees und obwohl Mutti ihn unter dem Tisch dauernd getreten hat. Aber dein Vater hat es mit Humor genommen, was mein Glück war. Immerhin hätte er sich auch so verschrecken lassen können, dass er nie wieder zu uns gekommen wäre.«

»Papa doch nicht!«, meinte Emma und kicherte. »Aber da muss ich mit Opa wirklich mal ein Wörtchen reden, wenn er und Oma übermorgen kommen. Waren Papas Eltern auch so schlimm?«

»Aber klar!« Andrea lachte hell auf. »Was glaubst du, was mich meine Schwiegermutter auf Herz und Nieren geprüft hat, bevor sie mich zur Tür hereingelassen hat! Aber das kannst du sie doch auch fragen; sie kommen doch übermorgen ebenfalls. Vielleicht kannst du Stefan auch einladen? Zwar ist Weihnachten, und wahrscheinlich wird er keine Zeit haben …«

»Doch. Er hat mich eben angerufen und gesagt, dass seine Mutter mich gerne am zweiten Feiertag einladen würde. Am ersten Feiertag bleiben sie meistens unter sich, und am zweiten Tag kommt dann bei ihnen die ganze Familie.«

»Siehst du!«, Andrea zwinkerte ihr zu. »Das passt doch wunderbar! Also lade ihn nur ruhig für übermorgen ein. Das Tribunal deiner vier Großeltern wird er schon überleben.«

»O Gott! Die werden doch nicht etwa …?«, rief Emma erschrocken und setzte sich kerzengerade auf.

Andrea winkte lachend ab. »Ach was, so schlimm wird es schon nicht werden. Aber sie freuen sich bestimmt, ihn kennen zu lernen.«

Beruhigt ließ sich Emma wieder in ihre Kissen sinken und spielte mit ihrem Samtherz herum. »Du nimmst die Sache mit uns echt ernst, oder?«

Aufmerksam legte Andrea den Kopf auf die Seite und sah ihr in die Augen. »Du nicht?«

»Doch.« Emma presste das Herz wieder an sich. »Doch, ich glaube, das ist ziemlich ernst. Und das kommt so unerwartet.«

»Ich weiß.«

»Mama, er hat gesagt, er glaubt, er liebt mich.«

Andrea nickte nur. »Und du?«

Emma schwieg einen Moment, dann atmete sie tief ein. »Ich habe gesagt, ich glaube, ich liebe ihn auch.«

Ein kleines Lächeln umspielte die Lippen ihrer Mutter. »Und ist das nicht das schönste Gefühl, das es gibt?« Andrea rückte näher an Emma heran und nahm sie in die Arme. »Meine Große, das habe ich schon gewusst, als ich euch heute Mittag vor dem Haus traf. Ich habe es an seinen Augen gesehen und an deinen.« Sie löste sich wieder etwas von ihrer Tochter und zwinkerte ihr wieder zu. »Das hätte ein Blinder mit Krückstock auf zehn Meilen Entfernung gesehen.«

»Mama!« Emma wurde wieder rot und zog Andrea an sich. »Du bist die beste Mutter, die man haben kann.« Eine kurze Weile verharrten sie in der Umarmung, dann rückte Emma ein Stück ab. »Mama?«

»Hm?«

»Darf ich dich was fragen?«

»Aber sicher doch.«

»Gewöhnt man sich eigentlich irgendwann daran? An dieses dauernde Herzklopfen und all das, meine ich? Weil … weißt du, wenn das noch lange so weitergeht, kriege ich irgendwann bestimmt einen Herzinfarkt oder so was. Stefan muss nur meine Hand nehmen, und …«

»Emma«, meinte Andrea und strich ihr übers Haar. »Wenn es eine gute Beziehung ist, wird sich das niemals ändern. Manchmal sehe ich deinen Vater an, wenn er lächelt oder wenn er auf mich zukommt, und bekomme selbst heute, nach fünfundzwanzig Jahren, noch weiche Knie.«

Emma legte das Herzkissen neben sich. »Also muss ich wohl damit leben, was?«

Andrea lachte. »Du musst und du wirst. Und du wirst es gar nicht anders haben wollen.« Sie stand auf. »Ich denke, wir gehen jetzt alle zu Bett, damit wir morgen wieder fit sind. Was meinst du?«

Emma nickte und griff nach ihrem Nachthemd.

»Außerdem werde ich deinem Vater noch Bericht erstatten müssen.«

»Mama!«

»Keine Angst, ich erzähle die gekürzte und zensierte Version.« Mit einem Blinzeln zog Andrea die Tür hinter sich zu.

Emma war beinahe schon eingeschlafen, als es erneut leise klopfte und dann ein Schatten auf ihr Bett zukam. Erschrocken setzte sie sich auf. »Tommi!« Sie rieb sich die Augen. »Was willst du denn hier? Du sollst doch längst schlafen!«

»Ich kann aber nicht«, antwortete Tommi leise, und sie erkannte an seiner zitternden Stimme, dass er wieder geweint haben musste. »Emma, ich will Otter wiederhaben.«

Sie klopfte auf die Bettkante, und er setzte sich neben sie.

»Ich auch.« Sie überließ ihm ein Stück ihrer Decke. »Aber jetzt, mitten in der Nacht, können wir doch gar nichts tun. Morgen früh …«

»Vielleicht ist er morgen schon verhungert und erfroren!« Tommi hieb mit der Faust auf die Matratze. »Er ist jetzt schon die zweite Nacht da draußen!«

»Wahrscheinlich ist er gar nicht mehr draußen«, meinte

Emma nachdenklich. »Sonst hätte er längst wieder hierher gefunden. Kann schon sein, was Papa gesagt hat, dass ihn jemand mitgenommen hat.«

»Das will ich aber auch nicht! Das ist doch gemein«, jammerte Tommi und rieb sich über die Augen, wobei er die Tränen über das gesamte Gesicht verteilte. »Alles ist so gemein. Wenn Papa ihn nicht rausgeworfen hätte ... Und nicht mal die von der Weihnachtsmann-Webseite haben geschrieben.«

»Echt nicht? Na ja, so kurz vor Heiligabend sind die bestimmt total beschäftigt«, sagte Emma. »Wann hast du denn zuletzt deine E-Mails abgerufen?«

Tommi zuckte mit den Schultern. »Nach dem Abendessen.« Er seufzte. »Mensch, nicht mal der Weihnachtsmann interessiert sich für Otter.«

Emma legte ihm den Arm um die Schulter und zog ihn an sich. »Hey, so ist es doch gar nicht. Wir versuchen doch alle, ihn wiederzufinden.«

»Ja, und dann gibt Papa ihn sowieso im Tierheim ab«, maulte Tommi.

»Das glaube ich nicht«, meinte sie. »Aber jetzt sollten wir wirklich schlafen, damit wir morgen früh wieder fit sind.«

Tommi rutschte von der Matratze und ging zur Tür. Dort drehte er sich noch einmal um. »Emma?«

»Hm?«

»Meinst du, ich sollte meine E-Mails noch mal checken?«

»Kannst du ja machen. Aber sei bloß leise.«

»Okay.« Tommi ließ die Tür leise hinter sich ins Schloss gleiten, und Emma sank wieder in ihre Kissen.

Sie schlief nicht besonders gut und wachte immer wieder kurz auf. Einmal meinte sie, Otters kalte Nase an ihrem Arm zu spüren, ein andermal glaubte sie, Hundegebell in der Ferne und unheimliche Schritte im Haus zu hören. Erst am frühen Morgen fiel sie in einen tieferen Schlaf.

18. Kapitel

Otter steckte in der Klemme. Er hatte eine Weile geschlafen, war noch einmal nach draußen gekrochen, hatte sich erleichtert, etwas Schnee geleckt und war dann wieder in sein Versteck zurückgekehrt. Dort war es durch den ringsum aufgetürmten Schnee um einiges wärmer als draußen, und so fühlte er sich dort wohler und sicherer. Der Hunger nagte an ihm, dennoch nickte er wieder ein und träumte von Tommi, Emma und einem riesigen Napf Hundefutter.

Als er erneut erwachte, war es stockdunkel.

Wo ist denn der Ausgang?

Otter wollte hinauskriechen, doch es hatte mittlerweile so stark geschneit, dass die Öffnung von einer weißen Wand verschlossen wurde. Aufgeregt kratzte Otter an dem weißen Nass.

Ich will hier raus! Ich kriege ja keine Luft mehr!

Doch je mehr er scharrte, desto mehr Schnee kam ihm entgegen und füllte seinen Liegeplatz. Schließlich schaffte er es, ein winziges Luftloch freizukratzen. Er streckte die Nase hindurch, zog sie jedoch rasch wieder zurück und musste heftig niesen. Draußen schneite es noch immer leicht.

Was mache ich denn jetzt? Ich will endlich wieder nach Hause. Holt mich doch bitte!

Verzweifelt setzte er sich auf, so gut es unter den schiefen Brettern seiner Zuflucht ging, und setzte zu einem langgezogenen Geheul an. In der Stille der Nacht hallte seine Stimme unheimlich und laut wider, dass er sich selbst erschreckte. Er hielt kurz inne, dann begann er von neuem.

Jemand muss mich doch hören!

Irgendwann hörte er jedoch wieder auf zu heulen, legte sich hin, presste die Nase auf die Vorderpfoten und winselte nur noch leise vor sich hin.

Plötzlich schrak er auf.

Da ist wieder dieses Klingeln! Das habe ich doch schon mal gehört!

Da ist doch jemand.

Er sprang auf und streckte witternd die Nase zum Luftloch hinaus. Es hatte zu schneien aufgehört.

Erneut klingelte es in der Ferne.

Otter wurde ganz aufgeregt, begann wieder wie wild zu scharren und bellte dabei mehrmals so laut er konnte.

Hier bin ich! Hier bin ich!

Das Klingeln wurde leiser. Verzweifelt bellte Otter wieder und wieder und buddelte sich durch die Schneewehe, die ihn gefangen hielt.

Dann, endlich, hatte er es geschafft, sich den Weg nach draußen zu bahnen. Er kroch auf den Weg, schüttelte sich heftig und sah sich um. In der Dunkelheit war kaum etwas zu erkennen. Auch das Klingeln hatte aufgehört.

Wo seid ihr? Kommt zurück!

Wieder bellte er und lauschte dann. Alles war still.

Ratlos lief Otter einige Schritte auf und ab und hob witternd die Nase. Da war doch etwas? Der Wind trug ihm einen fernen Geruch zu.

Otter richtete alle Sinne auf diese Witterung und blieb wie angewurzelt stehen, als er ganz weit weg einen winzigen Lichtpunkt auf- und abtanzen sah. Er bellte einmal und noch einmal, traute sich jedoch noch nicht, dem Licht entgegen zu rennen. Täuschte er sich auch nicht?

Der Punkt wurde größer, kam näher. Wieder bellte Otter und lauschte. Dann stieß er plötzlich ein schrilles Freudengeheul aus.

Auf Zehenspitzen schlich Tommi die Treppe hinab. Auf dem Rücken trug er einen schweren Rucksack, seine Schneestiefel hielt er in den Händen, damit er niemanden durch seine Schritte aufweckte.

Licht traute er sich auch nicht zu machen, also legte er im dunklen Flur den Rucksack ab, schlüpfte in die Stiefel und zog seinen dicken Anorak an. Auch wenn er sie eigentlich hasste, nahm er auch noch die Wollmütze und die Handschuhe und wickelte sich einen Schal mehrfach um den Hals.

Sein Herz klopfte heftig, als er den Rucksack wieder schulterte und nach der Klinke der Haustür griff.

Da fiel ihm noch etwas ein. »Futter!«, flüsterte er aufgeregt vor sich hin. »Otter hat bestimmt Hunger.« Eilig lief er in die Küche und zog eine Packung Hundekuchen aus dem Vorratsschrank. Die quetschte er noch in den Rucksack, dann schlich er wieder zur Haustür.

Doch noch einmal machte er kehrt, zog die Schublade an

der Garderobe auf und nahm die große Stablampe in die Hand, die dort für den Fall lag, dass der Strom ausfiel. Er lauschte noch einmal, ob auch wirklich niemand etwas gemerkt hatte, und öffnete entschlossen die Tür.

Klirrende Kälte empfing ihn, doch wenigstens schneite es nur ganz sachte. Vorsichtig zog er die Tür hinter sich ins Schloss und stapfte los.

Der Weg durch das Dorf kam ihm um diese Zeit, weit nach Mitternacht, ganz merkwürdig vor. Alles war still, die Straßenlaternen waren verschneit und warfen nur ein diffuses Licht zu Boden. Seine Schritte knirschten im Schnee, und in der Stille hallte dieses Geräusch besonders laut.

Immer wieder blickte Tommi sich um, weil er glaubte, jemand müsse ihn hören und wolle ihn vielleicht aufhalten.

Als er die letzten Häuserreihen hinter sich ließ und auf das freie Feld kam, wurde es richtig finster um ihn. Rasch schaltete er die Taschenlampe ein und leuchtete den tief verschneiten Feldweg ab.

»Ich gehe noch mal in den Wald«, murmelte er und empfand die Stille nicht mehr so unheimlich, als er seine Stimme hörte. »Wir sind gar nicht weit genug gegangen. Bestimmt ist Otter da. Bestimmt! Er muss da sein.«

Nachdem er die Felder durchquert hatte, tauchte er in die noch finsterere Schwärze des Waldes ein. Den Lichtpunkt der Lampe immer ein paar Schritte vor sich gerichtet, stapfte er mutig geradeaus. Ab und zu knirschten die kahlen Äste der Bäume, und sogar das Rieseln des Schnees war jetzt deutlich zu hören.

Tommi lief bis zu der Stelle, an der sie am Nachmittag kehrtgemacht hatten und blieb unsicher stehen. »Wo soll ich denn jetzt langgehen?« Wieder hatte er laut gesprochen. Er leuchtete nach links und rechts und entschied sich dann. »Geradeaus. Bestimmt laufen Hunde immer geradeaus.« Er schniefte und zwinkerte heftig. »Ich will meinen Otter zurück!« Langsam ging er weiter. »Ich finde ihn, und dann laufen wir zusammen weg! Papa ist so gemein. Er darf ihn nicht zurück ins Tierheim bringen.«

Erschrocken blieb Tommi stehen, als er neben sich ein heftiges Schnaufen hörte. Wie erstarrt lauschte er dem unheimlichen Geräusch, das sich in seine Richtung zu bewegen schien. Sein Herz pochte heftig gegen seine Rippen, und er hielt den Atem an. Was war das?

Plötzlich hörte das Schnauben auf.

Tommi nahm all seinen Mut zusammen und drehte den Lichtstrahl ganz langsam nach rechts. Zwei schwarze Augen starrten ihn aus dem Unterholz heraus an.

Entsetzt sog Tommi die Luft ein, und dieses Geräusch schien sein Gegenüber zu erschrecken. Mit einem lauten Grunzen schüttelte die schwere Wildsau ihren Kopf, machte kehrt und rannte durch das Unterholz davon.

»O Mann!« Tommi ließ die Hand mit der Taschenlampe sinken und atmete heftig ein und aus. »Mann o Mann«, wiederholte er und spürte, wie seine Knie zu zittern anfingen. Fast hätte er sich einfach in den Schnee sinken lassen.

Doch ein Gedanke ließ ihn dann doch rasch weitergehen: »Hoffentlich fressen Wildschweine keine Hunde!«

Mit allem Mut, den er aufbrachte, stapfte er den Waldweg

entlang und versuchte, nicht auf das beklemmende Gefühl zu achten, das ihn beschlich, je länger er unterwegs war.

»Ist mir egal!«, versuchte er sich selbst Mut zu machen. »Ich muss Otter finden, und dann bleibe ich bei ihm. Ich will gar nicht mehr nach Hause, wo alle so gemein sind.«

Während er den Weg entlang stapfte, bildete er sich ein, über sich ein leises Klingeln zu hören, doch zu sehen war weit und breit nichts als Bäume und Dunkelheit.

Nach einiger Zeit wurden Tommis Schritte jedoch langsamer und schleppender. Die Aufregung, die ihn wach gehalten hatte, verflog nach und nach, und er wurde immer müder. Mehrmals gähnte er und rieb sich die Augen. Schließlich blieb er stehen und überlegte, ob er sich irgendwo ausruhen sollte, als plötzlich ein furchterregendes Geheul die nächtliche Stille zerriss.

19. Kapitel

Als Emma am Morgen aufwachte, wurde es bereits langsam hell. Ihr Wecker zeigte nach acht Uhr an. Von unten drangen leise Geräusche zu ihr, die anzeigten, dass ihre Mutter dabei war, das Frühstück zu bereiten.

Gähnend streckte sie sich und kroch aus dem Bett. Heute war Heiligabend! Kurz spürte sie einen Anflug von Vorfreude und ein wohliges Magenkribbeln, das sie, seit sie klein gewesen war, immer am Morgen des Heiligen Abend überkommen hatte. Doch dann fiel ihr Otter ein. Sie zog sich ihren Morgenmantel über und schlurfte ins Bad.

Nachdem sie sich gewaschen hatte, fühlte sie sich etwas besser. Sie wollte gerade zurück in ihr Zimmer gehen, als ihr Tommi einfiel. Normalerweise schlief er gerne lange, doch heute hätte sie erwartet, dass er schon vor allen anderen auf der Matte stehen würde. Aber seine Stimme war unten nicht zu hören. Nur Emmas Eltern, die sich leise unterhielten.

Einem Impuls folgend öffnete sie Tommis Zimmertür und lugte hinein. Das Bett war zerwühlt, aber leer. Sie zog die Stirn kraus. War er doch schon unten?

Da fiel ihr Blick auf den Monitor des Computers. Der Bildschirmschoner – lachende Elefanten – tanzte darüber. Neugierig trat sie an den PC und drückte die Leertaste.

Das geöffnete E-Mail-Programm sprang ihr ins Auge. Tommi hatte anscheinend doch noch eine Nachricht von der Weihnachtsmannseite bekommen. Emma setzte sich und scrollte zum Text. Dann wurden ihre Augen groß.

Lieber Tommi, liebe Emma, stand da. *Ihr werdet sehen, alles wird gut. Euer geliebter Hund Otter …* Woher kannten die den Namen? Den hatten sie doch gar nicht genannt? … *wird bald wieder bei Euch sein. Ihr werdet ihn finden, so wie er Euch gefunden hat, als er zu Euch kam.* Wieder runzelte Emma die Stirn. Otter war tatsächlich in dem großen Freilaufgehege des Tierheims schnurstracks auf sie zu gelaufen, was den Ausschlag gegeben hatte, ihn zu mitzunehmen. *Ihr müsst nur daran glauben und noch ein wenig suchen. Gebt ihm und dem Geist der Weihnacht eine Chance und hört auf euer Herz, denn ihr wisst: Am Heiligen Abend ist alles möglich. Der Weihnachtsmann.*

Ungläubig schüttelte sie den Kopf. Was für eine merkwürdige E-Mail! Dann durchfuhr sie ein ungutes Gefühl. Sie blickte sich noch einmal im Zimmer um. Der Kleiderschrank stand sperrangelweit offen. Als sie herantrat, fiel ihr auf, dass Tommis dicker Schneeanzug fehlte. Auch die Stiefel waren fort sowie der Rucksack, den er immer mit zu den Pfadfindern nahm. Sein Handy jedoch lag neben der Tastatur auf dem Schreibtisch.

»O nein, auch das noch!«, rief sie und rannte hinunter in die Küche. »Tommi ist weg!« Gleichzeitig mit ihren Worten stieß sie die Küchentür auf, die laut gegen die Anrichte knallte. »Er hat seinen Schneeanzug angezogen. Er ist weg!«

Andrea und Karl hoben alarmiert die Köpfe. »Was ist los? Wo ist Tommi?«

»Weg!«, rief Emma ungeduldig. »Er hat so eine blöde Mail vom Weihnachts…« Als sie die verständnislosen Blicke ihrer Eltern sah, brach sie ab. »Er ist irgendwann heute Nacht weggelaufen.« Ihr fiel etwas ein. Sie rannte in den Flur und riss die Schublade an der Garderobe auf. »Die große Stablampe ist auch weg!«

Inzwischen waren Andrea und Karl ebenfalls aufgesprungen.

»Das kann doch wohl nicht wahr sein!«, rief Andrea und rannte die Treppen hoch. »Er ist wirklich nicht da!«, drang ihre Stimme von oben. »Wir müssen sofort zur Polizei!« Eilig kam sie wieder herunter.

Karl schüttelte den Kopf. »Damit sollten wir noch warten. Weit kann er doch bei diesem Wetter nicht sein. Vielleicht ist er auch bei einem Freund …«

»Um diese Uhrzeit?« Empört fasste sich Andrea an den Kopf. »Was machen wir denn jetzt?« Ihr kam eine Idee. »Emma, hat er sein Handy mitgenommen?«

Emma schüttelte den Kopf. »Das liegt oben.«

»Wir suchen ihn«, sagte Karl und bemühte sich um eine ruhige Stimme. Emma sah ihm jedoch an, dass auch er im höchsten Maße aufgeregt war. »Und alles wegen einem Hund!«

»Klar wegen Otter, was sonst!«, schrie Emma ihn aufgebracht an. »Kannst du das echt nicht verstehen?«

Karl sah sie streng an. »Schrei mich nicht an, junge Dame! Natürlich kann ich das verstehen. Aber schau mal bitte nach draußen! Es hat heute Nacht noch mehr geschneit. Tommi kann sich eine Unterkühlung holen, wenn er die ganze Nacht da draußen herumgelaufen ist. Wir werden sofort mit dem Jeep losfahren und ihn suchen. Andrea, zieh dir etwas Warmes an.« Er wandte sich wieder an Emma. »Hast du eine Ahnung, wo er hingelaufen sein könnte?«

Emma schüttelte den Kopf. »Er kann überall sein. Vielleicht im Wald hinter dem Weiher? Da konnten wir gestern nicht mehr suchen. Ich weiß nicht.« Plötzlich fiel ihr etwas ein. »Hey, wenn so viel Schnee liegt, können wir vielleicht seine Spuren verfolgen!« Sie rannte zur Haustür und öffnete sie. Doch dann ließ sie entmutigt die Schultern hängen. »O nee, so ein Mist! Die haben heute schon den Schnee von der Straße geräumt!«

Karl blickte ihr über die Schulter. Tatsächlich führten frische Spuren durch den Garten, die jedoch an der Straße endeten, wo sich links und rechts hohe Schneeberge aufgetürmt hatten. »Das wäre wohl auch zu einfach gewesen. Also los, wir sollten keine Zeit verlieren. Emma, du bleibst hier am Telefon, falls er sich von irgendwo meldet oder wir dich brauchen.«

»Wenn wir ihn in einer Stunde nicht gefunden haben, gehen wir zur Polizei«, fügte Andrea hinzu.

Kurz darauf fiel die Haustür hinter den beiden ins Schloss, und der Motor des Jeeps heulte auf.

Emma zog sich an und wanderte dann unruhig im Haus herum, von einem Zimmer ins nächste und wieder zurück.

Sie hasste es, hier warten zu müssen. Sie konnte rein gar nichts tun!

Erregt trat sie ins Wohnzimmer und betrachtete den Tannenbaum, der noch immer ungeschmückt dastand.

Abrupt drehte sie sich um und lief in die Küche, setzte sich an den Tisch und stützte den Kopf in die Hände.

Lange hielt sie es jedoch nicht aus, dann sprang sie auf.

»Ich werde verrückt, wenn ich hier so tatenlos rumsitzen muss!«, fluchte sie.

In einem spontanen Entschluss lief sie in den Keller und schleppte die beiden Kisten mit dem Weihnachtsbaumschmuck ins Wohnzimmer. »Wenn schon Weihnachten ist, kann ich auch den Baum schmücken. Auch wenn wir nichts zu feiern haben«, flüsterte sie vor sich hin und schüttelte gleichzeitig den Kopf über sich. Jetzt führte sie schon Selbstgespräche!

Die Lichterketten gleichmäßig auf der Tanne zu verteilen war gar nicht so einfach. Gewöhnlich machten das ihre Eltern gemeinsam.

Emma brauchte fast eine halbe Stunde, bis sie mit dem Ergebnis ihrer Bemühungen zufrieden war. Probehalber schloss sie die Ketten ans Stromnetz an und betrachtete nickend ihr Werk. Dann begab sie sich an die roten und goldenen Kugeln, die bunten Glöckchen, weißsilbrigen Sterne und das Lametta.

Über eine Stunde später packte sie die leeren Kartons wieder in den Keller und sank befriedigt in einen Sessel. Ihre Aufregung hatte sie nun abreagiert, die Besorgnis blieb jedoch. Warum meldeten sich ihre Eltern denn nicht? Waren sie inzwischen schon bei der Polizei? Wo steckte Tommi nur? Ob er Otter gefunden hatte? Hoffentlich war ihm in der Nacht da draußen nichts passiert!

In diesem Moment klingelte es an der Haustür. Emma schrak auf und lief im Eilschritt hin, um zu öffnen.

»Hi, Emma, frohe Weihnachten!« Stefan lächelte sie an und hielt ihr ein kleines, liebevoll verpacktes Päckchen hin. Als er ihr Gesicht sah, stutzte er jedoch: »Was ist los? Ist was passiert?«

»Tommi ist weggelaufen!«, platzte es aus Emma heraus. Sie trat einen Schritt zur Seite, damit Stefan eintreten konnte. »Er ist irgendwann heute Nacht losgezogen. Meine Eltern suchen ihn gerade.«

»Auch das noch!« Stefan biss sich auf die Lippen, dann nahm er Emma fest in die Arme. Dankbar hielt sie sich einen Augenblick an ihm fest. »Was soll ich denn jetzt machen? Ich muss hier warten und auf das Telefon aufpassen. Aber ich will lieber selbst nach ihm suchen.«

Sie blickte auf und begegnete seinem besorgten Blick.

»Kann ich gut verstehen, aber …« Er stockte. Dann hellte sich seine Miene auf. »Ich hab eine Idee! Habt ihr eine Telefon-Anlage? Dann kannst du doch die Anrufweiterleitung auf dein Handy schalten. So können wir uns auch noch auf die Suche machen, sind aber trotzdem erreichbar. Ich rufe schnell zu Hause an und gebe Bescheid, dass ich mit dir losziehe.«

Emma nickte, wollte aber gleichzeitig den Kopf schütteln. »Das mit der Anrufweiterleitung ist eine gute Idee.

Aber du kannst doch nicht am Heiligen Abend mit mir zusammen auf Suche gehen! Was sollen denn deine Eltern dazu sagen?«

»Die verstehen das, wenn ich ihnen erkläre, um was es geht.« Er zog sein Handy hervor. »Kümmere du dich um die Telefonanlage, umso schneller können wir losgehen.«

20. *Kapitel*

»Und wo sollen wir jetzt suchen?«, fragte Emma, als sie wenig später auf der Straße standen.

»Wohin sind denn deine Eltern gefahren?«

Emma hob die Schultern. »Vielleicht in den Wald hinter dem Weiher. Mit dem Jeep kommen sie da bestimmt noch durch.«

»Okay.« Stefan nickte. »Dann gehen wir zu dem Waldstück, in dem wir gestern gesucht haben. Tommi wollte dort doch unbedingt noch mal hin.«

»Aber wir waren doch bestimmt an die zwei Kilometer tief im Wald, oder?«, warf Emma skeptisch ein. »Ich kann mir gar nicht vorstellen, dass Otter noch weiter gelaufen sein soll.«

»Ich auch nicht«, stimmte Stefan zu. »Aber versuchen sollten wir es. Vielleicht finden wir ja Spuren von Tommi.«

Da Emma nichts Besseres einfiel, stimmte sie schließlich zu. Doch schon als sie den Ortsrand erreichten, verließ sie der Mut. Der Schnee hatte anscheinend sämtliche Kinder des Dorfes mit ihren Schlitten auf die Hügel und Felder ringsum gelockt. Schneebälle flogen quer über den Weg, begleitet von lauten Rufen, Lachen und Gekreische. Mehrere Hunde tobten zwischen den Kindern und umtänzelten die überall aus dem Boden wachsenden Schneemänner, -frauen und -tiere.

»Was ist denn hier ausgebrochen?«, wunderte Stefan sich. »Da ist aber nix mit Spuren.« Er deutete auf den Weg, der von unzähligen Fuß- und Kufenabdrücken übersät war.

»Anscheinend haben alle Eltern ihre Kinder aus dem Haus geworfen, um in Ruhe die Bescherung vorzubereiten«, meinte Emma enttäuscht. »Und jetzt?«

»Lass und trotzdem zum Waldrand gehen. Da hinten ist nicht ganz so viel los. Die meisten Kinder dürfen wahrscheinlich auch gar nicht alleine in den Wald gehen.« Stefan nahm Emmas Hand und lief voran. Pfiffe und Gekicher folgten ihnen. Ein Junge in Tommis Alter grinste sie an, machte überlaute Kussgeräusche und warf dann einen Schneeball, der Emma um Haaresbreite verfehlte.

»Blödmann!«, rief sie, drehte sich jedoch nicht um.

Am Waldrand angekommen, sahen sich die beiden aufmerksam um.

»Hier sind noch immer zu viele Spuren«, meinte Stefan. »Gehen wir ein Stück auf dem Waldweg von gestern.«

Emma nickte und zog sich den Schal ein Stück über die Nase.

Nach etwa dreihundert Metern wurde es immer ruhiger. Das Gekreisch und Gejohle der Schlittenfahrer war nur noch ganz gedämpft von Ferne zu hören, Spaziergänger waren hier nicht unterwegs.

»Schau, hier sind nur zwei oder drei Leute entlanggegangen. Unsere Spuren von gestern sind gar nicht mehr zu erkennen.« Stefan deutete auf den Boden. »Und jemand ist mit einem Wagen erst kürzlich hier lang gefahren. Könnten das deine Eltern gewesen sein?«

»Vielleicht.« Emma betrachtete die Reifenspuren. »Das könnte unser Jeep gewesen sein, aber der Förster fährt ein ähnliches Modell und der Wildhüter ebenfalls.«

»Hm.« Stefan blickte in den Wald hinein. »Da vorne biegen zwei Spuren nach links ab, eine führt weiter geradeaus.« Er stapfte zu der einzelnen Spur und untersuchte sie. »Leider kann man nicht erkennen, ob die Spur von Tommi ist. Ich meine, sie ist ein bisschen zu groß, oder?«

Emma trat neben ihn und musterte die Abdrücke. »Schwer zu sagen, aber Tommi hat ziemliche Quadratlatschen. Größe 42.«

Sie folgten der einsamen Spur und hielten Ausschau nach irgendeinem Zeichen, fanden jedoch keines.

»Hörst du das?« Emma blieb plötzlich stehen und lauschte. »Da klingelt doch was, oder?«

Auch Stefan horchte und nickte dann. »Klingt wie diese altmodischen Schlittenschellen. Hast du doch bestimmt auch schon mal im Fernsehen gesehen, oder? Vielleicht machen hier irgendwelche Leute eine Schlittenfahrt mit Pferden. So richtig romantisch, mit allem Drum und Dran, im verschneiten Wald …« Ein Lächeln umspielte kurz seine Lippen. »Das sollten wir auch mal machen, demnächst irgendwann.«

Emma konnte nicht anders, sie musste ebenfalls lächeln. »Das wäre toll! Aber komisch, dass man nur das Klingeln hört. Hier gibt es doch nicht so viele Wege; müsste uns der Schlitten nicht irgendwo begegnen?«

»Tut er vielleicht noch«, meinte Stefan. »Die Fußspuren führen immer weiter. Vielleicht sind sie tatsächlich von Tommi.«

»Wenn die Schlittenleute hier entlang kämen, könnten wir sie fragen, ob sie ihn gesehen haben«, meinte Emma hoffnungsvoll. »Wir müssten jetzt ungefähr an der Stelle sein, wo wir gestern umgekehrt sind, nicht wahr?«

»Ungefähr«, stimmte Stefan zu. »Weißt du, wie weit der Weg hier noch führt und wo er endet?«

»Früher sind wir ziemlich oft hier spazieren gegangen. Der Weg führt von hier aus noch bestimmt zwei oder drei Kilometer geradeaus, allerdings in leichten Windungen. Da gehen dann auch mehrere Pfade links und rechts ab.« Sie überlegte kurz. »Irgendwo müssten auch mehrere alte Jägerunterstände stehen. Keine Ahnung, ob die heute noch benutzt werden. Inzwischen wurden ja neue Hochsitze gebaut.«

»Könnte Tommi sich dort versteckt haben?« fragte Stefan nachdenklich.

Emma hob die Schultern. »Vielleicht zum Verschnaufen. Aber er ist ja auf der Suche nach Otter, da wird er sich bestimmt nicht irgendwo hinsetzen.«

»Schauen wir trotzdem mal nach.« Entschlossen ging Stefan wieder los, immer den Spuren im Schnee nach. Emma folgte ihm ein Stück, als plötzlich ihr Handy klingelte.

»Warte mal!« rief sie und schaute auf den Display. »Papa? Habt ihr ihn gefunden? Wo …?«

Stefan kehrte um, während Emma lauschte. Sie verzog enttäuscht das Gesicht. »Und jetzt fahrt ihr zur Polizei?

Nein, ich bin nicht zu Hause. Ich habe alle Anrufe auf mein Handy umgeleitet und bin mit Stefan noch mal in den Wald … Okay, bis dann.«

Sie schaltete ihr Handy aus. »Mein Vater hat sich auf einem Feldweg mit dem Jeep festgefahren«, erklärte sie. »Mama musste einem Bauern Bescheid geben, der die beiden mit dem Trecker aus dem Graben gezogen hat. Sie haben keine Spur von Tommi und wollen jetzt in die Stadt zur Polizei.« Sie hob den Kopf. »Da ist das komische Klingeln schon wieder.«

»Komm, gehen wir noch ein Stück. Wie weit ist es noch bis zu den Unterständen?«

»Ich weiß es nicht genau. Der erste müsste bald in Sicht kommen.«

Emma und Stefan staksten weiter durch den Schnee, der an einigen Stellen durch den Wind zu hohen Wehen aufgetürmt war. Der Pfad machte hier eine sehr lang gezogene Biegung nach rechts. Stefan deutete auf eine aufgewühlte Stelle am Wegesrand. »Hier scheinen vor kurzem Wildschweine entlang gekommen zu sein. Vielleicht sollten wir ein bisschen aufpassen. Begegnen möchte ich denen lieber nicht.«

»Ich auch nicht!« Emma schauderte. »Da sind noch andere Abdrücke im Schnee. Die könnten von Pfoten stammen!«

»Ein Fuchs vielleicht?«

»Oder ein Hund!« Emma blickte sich mit neuer Aufmerksamkeit um.

21. Kapitel

Das Geheul kam so unerwartet und plötzlich, dass Emma und Stefan zusammenschraken. Im nächsten Moment schoss etwas Haariges auf sie zu und warf Emma beinahe um.

»Otter!« Sie kniete sich in den Schnee und ließ es zu, dass der Hund ihr Gesicht leckte. Immer wieder bellte er aufgeregt, bis sie ihn fest an sich zog. »Da bist du ja, Otter. Wo kommst du denn bloß her?« Ihr stiegen Tränen der Freude und Erleichterung in die Augen.

Auch Stefan ging in die Hocke und streichelte Otters Kopf. »Hallo, Alter. Du hast uns ja ganz schön in Atem gehalten. Ist Tommi bei dir?«

Als er Tommis Namen hörte, legte Otter den Kopf auf die Seite.

Tommi? Der schläft in meinem Versteck.

Er bellte und rannte ein Stück voraus.

»Komm!« Stefan half Emma beim Aufstehen, und sie folgten dem erneut bellenden Hund.

»Wie ist er bloß so weit in den Wald gekommen?«, wunderte Emma sich. »Und warum ist er nicht zurückgekommen?«

Stefan zuckte mit den Schultern. »Vielleicht hat er vor lauter Schnee den Weg nicht mehr gefunden. Ich habe ...«

»Psst!« Emma legte den Zeigefinger an die Lippen und wies dann auf den verfallenen Jägerunterstand, der vor ihnen in Sicht kam. Otter hatte sich vor etwas Rotblaues gesetzt, das sich als Schlafsack entpuppte, in den sich Tommi fest eingerollt hatte und schlief. Neben ihm lag eine Plastiktüte mit einem Rest Hundekuchen und sein Pfadfinderrucksack, aus dem eine Stablampe herausragte.

»O Mann, Tommi!«, seufzte Emma voller Erleichterung und wischte sich die letzten Tränen aus den Augenwinkeln. Dann trat sie auf ihren Bruder zu und rüttelte ihn leicht an der Schulter. »Hey, wach auf!«

Tommi brummelte etwas und blinzelte dann. Als er Emma erkannte, war er schlagartig hellwach.

»Emma! Stefan! Wo kommt ihr denn her?« Er sah sich um. Otter kam von der Seite und stupste ihn mit seiner feuchten Nase an.

Zeit aufzustehen, kleiner Freund.

»Ich habe Otter gefunden«, triumphierte Tommi und legte dem Hund die Arme um den Hals. Otter ließ es sich gefallen und leckte Tommis Ohr. »Hab ich nicht gesagt, wir müssen hier noch weiter suchen? Aber ihr wolltet ja unbedingt nach Hause. Der Weihnachtsmann hat mir geschrieben, dass ich noch mal suchen soll!«

»Der Weihnachtsmann?«, fragte Stefan. »Was soll das heißen, er hat dir geschrieben? Es gibt doch überhaupt …«

»Ich erzähl dir das später«, unterbrach Emma ihn schnell und mit einem warnenden Blick.

Überrascht hob Stefan die Brauen, sagte jedoch nichts.

Emma gab ihm einen schnellen Kuss auf die Wange. »Ich

rufe mal Papa an, damit sie nicht die Polizei verrückt machen.«

»Wieso Polizei?«, wunderte Tommi sich, während er sich aus dem Schlafsack schälte.

Stefan knuffte ihn in die Seite. »Du hast uns ganz schön Angst gemacht. Einfach so mitten in der Nacht zu verschwinden! Deine Eltern sind losgefahren, um dich zu suchen, und wollen jetzt sogar eine Suchmeldung bei der Polizei machen.«

»Oh oh!« Tommi zog betroffen den Kopf zwischen die Schultern. »Das ist nicht gut, oder? Kriege ich jetzt Ärger?«

Emma, die bereits das Handy aus der Tasche gezogen hatte und wahlte, hob die Schultern. »Wenn du Glück hast, sind sie froh, dass du wieder da bist, und vergessen zu schimpfen.« Sie hielt das Handy ans Ohr und lauschte. »Mist, kein Empfang hier«, sagte sie dann. »Wir müssen ein Stück den Weg zurückgehen. Los, pack deine Sachen zusammen, dann gehen wir nach Hause!«

Tommi tat, wie ihm geheißen. Als er sich den Rucksack und den Schlafsack auf den Rücken schnallte, hielt er jedoch inne und schüttelte den Kopf. »Ich gehe nicht mit. Wir müssen doch Otter mitnehmen, und wenn Papa ihn sieht, bringt er ihn sofort ins Tierheim.«

»Ach was, das wird er schon nicht, nach allem, was passiert ist«, warf Stefan ein.

Doch Tommi nickte heftig. »Tut er doch. Das hat er nämlich gesagt. Ich hab's genau gehört!«

Emma sah ihn erstaunt an. »Wann hast du das gehört?«

»Na gestern, nee, heute Nacht. Bevor ich weg bin, habe ich gehört, wie Papa im Schlafzimmer zu Mama gesagt hat, dass Otter im Tierheim besser aufgehoben wäre. Und Mama hat gesagt, dass wir ihn dazu erst mal finden müssen. Und ich hab ihn jetzt gefunden. Aber er soll nicht zurück ins Tierheim. Ich will ihn behalten!«

»Ich doch auch«, versuchte Emma ihrem Bruder zu beruhigen. »Aber wir können ihn ja nicht ewig hier im Wald verstecken. Es ist kalt, und er hat bestimmt riesigen Hunger. Und du hast schon ganz blaue Lippen.«

»Ich will aber …«

»Tommi«, unterbrach Stefan. »Ich würde auch vorschlagen, dass wir jetzt zu euch nach Hause gehen. Dort könnt ihr dann noch immer versuchen, eure Eltern zu überreden. Und schau mal, Otter ist auch schon ganz wild darauf, ins Warme zu kommen.«

Tatsächlich rannte Otter aufgeregt voraus und wieder zurück und versuchte, seine drei Freunde dazu zu animieren, endlich loszugehen.

Schließlich konnten sie Tommi doch noch überreden, mit ihnen zu gehen.

Emma versuchte noch zweimal, ihre Eltern anzurufen, doch sie bekam einfach keinen Empfang.

»Komisch, eben ging es doch auch«, wunderte sie sich.

Erst als sie an die Stelle kamen, an denen zwei Fußspuren abbogen, während Tommis Abdrücke allein weitergeführt hatten, nickte sie erleichtert. »Aha.«

Sie blieben stehen, und Emma lauschte dem Klingelzeichen.

»Papa? Wir haben Tommi gefunden! Ja, alles in Ordnung. Und Otter haben wir auch … Ja ehrlich! Im Wald hinter den Wildackern. Kommt ihr uns abholen? Okay, bis gleich.« Sie steckte ihr Handy wieder ein. »Sie kommen uns am Waldrand abholen.«

»Hört ihr das?«, rief Tommi plötzlich aufgeregt. »Dieses Klingeln? Das hab ich auch heute Nacht schon mal gehört. Klingt wie die Glöckchen am Weihnachtsmannschlitten.«

»Ach was, das sind bestimmt Leute, die eine Schlittenpartie machen«, widersprach Emma. »Da sind auch die Spuren.« Sie wies auf Kufenspuren, die an der Weggabelung von ihnen fortführten.

»So ein Quatsch!«, widersprach Tommi. »Die sind bestimmt vom Weihnachtsmann. Hier ist doch noch nie einer mit dem Schlitten gefahren. Und schon gar nicht nachts!« Er zog seinen Rucksack aus und ließ den Schlafsack daneben fallen. »Wisst ihr was, ich geh' mal gucken. Das Klingeln ist doch ganz laut, kann bestimmt nicht weit sein!«

»Nein, Tommi, wir gehen jetzt nach Hause!«, rief Emma ihm hinterher.

Er war jedoch schon ein gutes Stück gerannt und drehte sich nun um. »Nee, ich will sehen, ob es der Weihnachtsmann ist. Er kann nämlich machen, dass Otter bei uns bleibt!« Damit rannte er weiter.

Emma und Stefan sahen einander unschlüssig an. »Wir sollten ihm folgen, sonst ist er wieder verschwunden«, meinte Emma.

»Was soll das alles eigentlich? Was hat er dauernd mit dem Weihnachtsmann?«, fragte Stefan verwundert.

Sie gingen Tommi hinterher, dicht gefolgt von Otter, der seine Menschen auf keinen Fall wieder verlieren wollte.

Ich dachte, wir gehen heim, wo es schön warm ist? Machen wir jetzt noch einen Spaziergang? Was zu fressen wäre mir aber lieber.

Emma erklärte Stefan kurz, was es mit den E-Mails von der Weihnachtsmann-Homepage auf sich hatte und schloss mit den Worten: »Ich weiß auch nicht, warum er sich so da hineinsteigert. Natürlich weiß er, dass der Weihnachtsmann nur ein Märchen ist. Aber er …« Sie stockte und blieb abrupt stehen.

»Was ist los?«, wunderte Stefan sich.

»Schau mal!« Aufgeregt zeigte Emma auf Waldboden. »Die Kufenspuren hören hier ganz plötzlich auf. Aber der Schlitten kann sich doch nicht in Luft aufgelöst haben, oder?«

»Eigentlich nicht«, stimmte Stefan zu und suchte den Boden nach Spuren ab. »Wo ist Tommi überhaupt?«

22. Kapitel

Sie beeilten sich, Tommis Abdrücken im tiefen Schnee zu folgen. Auf diesem Seitenweg hatte sich die weiße Pracht so hoch aufgetürmt, dass Otter beinahe wie ein Känguru springen musste, um mit ihnen Schritt zu halten.

»Tommi?«, rief Emma.

Weit und breit war kein Laut zu hören, nur eine Krähe krächzte irgendwo über ihnen.

»Tommi? Komm schon, das ist nicht witzig. Wir wollen nach Hause.«

Wieder blieb alles still. Die Krähe erhob sich mit lautem Flügelschlag in die Lüfte oberhalb der Baumwipfel.

Stefan und Emma sahen einander besorgt an.

Plötzlich gellte ein Schrei durch den Wald. Die beiden schraken zusammen.

»War das Tommi? Verdammt!« Beim Versuch, noch schneller zu laufen, rutschte Emma aus und schlug der Länge nach hin.

Ein weiterer Hilfeschrei schallte durch den Wald.

Stefan fasste Emma am Oberarm und zog sie hoch. Otter bellte aufgeregt und hüpfte in grotesken Sprüngen voraus.

Als sie um eine Wegbiegung kamen, sahen sie zu ihrem Entsetzen Tommi in einem halb zugefrorenen Entenweiher hilflos mit den Armen rudern.

»Hilfe! Emma, zieh mich raus!« Seine Stimme klang jetzt schon undeutlich.

»O Gott, Tommi!« Unsicher trat Emma an den Rand des Weihers.

»Pass auf, hier ist es glitschig! Tommi ist hier auch ausgerutscht«, warnte Stefan und hielt sie am Arm zurück.

»Aber was sollen wir denn machen? Er erfriert in dem Wasser!«

Tommi versuchte ungelenk, zum Ufer zu gelangen, doch seine Bewegungen wurden bereits langsamer und kraftlos.

»Emma! Emma!«, rief er immer schluchzend.

Otter rannte indes laut bellend am Ufer auf und ab.

Hey, kleiner Freund, komm aus dem Wasser! Das ist doch viel zu kalt für dich.

»Ich suche nach einem langen Ast oder so etwas!«, rief Stefan aufgeregt und blickte sich um, doch unter der Schneedecke war nichts dergleichen auszumachen.

»Tommi!« Wieder versuchte Emma, näher an das Ufer zu gelangen, rutschte jedoch aus und wäre beinahe selbst ins Wasser gestürzt. Nur mit Mühe konnte sie sich fangen.

Warum kommt Tommi denn nicht raus? Ich helfe ihm!

Laut kläffend machte Otter ein paar Schritte rückwärts, rannte los und sprang in den Weiher. Das Wasser spritzte nach allen Seiten.

Emma schrie erschrocken auf. »Nein, Otter, nicht!«

Stefan war sofort wieder neben ihr, und sie beobachteten, wie Otter zielstrebig auf Tommi zu schwamm. Als er bei ihm ankam, fasste Tommi kraftlos nach Otters Fell, und der Hund zog den Jungen ans Ufer. Das Gewicht des Jungen drückte ihn beinahe ganz unter Wasser, dennoch schaffte er es, die Böschung zu erreichen.

Emma und Stefan warfen sich fast gleichzeitig zu Boden und robbten so weit an den Uferrand, bis sie Tommis Arme fassen konnten. Hinter ihnen wurden Motorengeräusche laut, dann ertönte ein Schreckensschrei; Türen klappten.

Sie zogen Tommi mit vereinten Kräften an Land, während Otter neben ihnen schnaufend das Ufer hochkroch und sich kräftig schüttelte.

Das war knapp, Tommi. In so kaltes Wasser mag ja nicht mal ich reinspringen.

Im nächsten Moment waren Andrea und Karl an der Unglücksstelle.

»O mein Gott, mein Kind!« Andrea war kreidebleich. Sie nahm Tommis Gesicht zwischen ihre Hände. »Völlig unterkühlt!«

»Komm, er muss ins Auto und schnell aus den nassen Klamotten raus.« Karl zog Tommi auf die Beine. »Kannst du gehen?«

Er stützte seinen Sohn und brachte ihn zum Jeep. Dort schälte er ihn aus der Jacke und der Skihose. »Wir müssen sofort nach Hause.«

»Wir müssen ihn ins Krankenhaus bringen!«, rief Andrea aufgeregt dazwischen.

Doch Tommi schüttelte heftig den Kopf. »Nee, Mama«, sagte er mit klappernden Zähnen. »Ist nicht so schlimm. Ich will nach Hause. Mit Otter Weihnachten feiern.«

»Ich auch«, meinte Emma und stützte sich auf Stefans Arm. Ihre Knie zitterten noch immer vor Aufregung.

Otter, der sich wiederholt schüttelte, um sein Fell vom Wasser zu befreien, stupste sie leicht mit der Nase an.

»Mensch, Otter, du hast Tommi gerettet!« Emma kniete sich vor den Hund und umarmte ihn.

Auch Stefan strich ihm über den Kopf. »Du bis echt ein Held, Otter.«

Was ist denn ein Held? Ich habe doch nur Tommi aus dem Wasser gezogen. Ich will jetzt aber endlich ins Warme und was zu fressen.

Auffordernd bellte Otter und rannte auf den Jeep zu. Emma und Stefan folgten ihm.

»Wie habt ihr uns überhaupt hier gefunden, Papa?«, fragte Emma, als sich alle in den Wagen gequetscht hatten.

Andrea, die trotz der Enge auf dem Beifahrersitz Tommi auf dem Schoß hatte und versuchte, ihn mit einer Decke zu wärmen, wandte den Kopf. »Als ihr nicht am vereinbarten Treffpunkt zu sehen wart, sind wir ein Stück Waldweg gefahren und haben dann Tommis Rucksack und den Schlafsack gefunden. Warum seid ihr denn bloß auf diesem Seitenweg gegangen? Der führt doch nirgendwo hin!«

Otter, der im Fußraum vor der Rückbank hockte, versuchte, seinen Kopf zwischen den Vordersitzen durchzuschieben.

Emma begann nun auch langsam zu zittern, und Stefan zog sie ein Stück an sich. »Tommi ist den Schlittenspuren gefolgt, weil er dachte … ist ja egal. Wir wollten ihn aufhalten, aber er war schneller.«

»Was für Schlittenspuren?« Karl blickte überrascht in den

Rückspiegel. »Auf diesem Weg kann doch gar kein Schlitten fahren, das ist viel zu eng!«

»Da waren aber Spuren«, widersprach Tommi aufgeregt. »Ich dachte, das ist vielleicht der Weihnachtsmann.«

»Der was?« Karl sah ihn noch verblüffter an. Dann blickte er kurz über die Schulter. »Da waren keine Spuren. Die hätten wir doch gesehen. Und der Weg führt auch in eine Sackgasse. Ich weiß ja nicht, was ihr euch da eingebildet habt …«

»Wir haben uns das nicht eingebildet!«, rief Emma. »Stefan, da waren doch Kufensputen, oder nicht?«

Stefan nickte. »Wirklich, wir denken uns das nicht aus. Da waren Schlittenspuren, und die hörten dann mitten auf den Weg auf.«

Kopfschüttelnd konzentrierte Karl sich wieder aufs Fahren, und wenige Minuten später kamen sie zu Hause an. Andrea verfrachtete Tommi sofort nach oben und ließ ihm ein heißes Bad ein. Karl ging ebenfalls, um sich umzuziehen; Otter rannte schnurstracks in die Küche und stürzte sich auf seinen Napf mit den Hundekuchen.

Das ist aber wenig! Ich habe solchen Hunger, könnt ihr mir nicht so eine Dose mit Fleisch aufmachen?

Stefan und Emma blieben im Flur stehen.

»Ganz schön aufregend, was?« Stefan zog seine Handschuhe aus und strich Emma über die Wange. Obwohl ihr kalt war, knisterte die Berührung auf ihrer Haut.

Sie verzog das Gesicht. »Darauf hätte ich gut verzichten können. Aber Otter war wirklich toll. Dass er einfach ins Wasser gesprungen ist!«

Stefan nickte. »Ein richtiger Rettungshund.« Er zog Emma an sich. »Ich glaube, ich muss jetzt mal langsam nach Hause.«

Erschrocken sah Emma auf ihre Armbanduhr, die bereits weit nach Mittag anzeigte. »O je, nicht, dass du noch Ärger bekommst!«

»Ärger nicht, aber Frostbeulen. Meine Stiefel sind nicht mehr wasserdicht. Vorher musst du allerdings noch mein Geschenk aufmachen.« Er deutete auf das Päckchen, das vergessen auf der Garderobenablage unter dem Spiegel lag.

Emma nahm es und drehte es verlegen in den Händen. »Jetzt habe ich gar nichts für dich, wegen der ganzen Aufregung.«

Ein Lächeln glitt über Stefans Gesicht. »Macht doch nichts. Ich hätte auch nichts gehabt, wenn sich meine Mutter nicht gestern Abend noch hätte überreden lassen, mit mir in die Stadt zu fahren.«

»Du bist extra noch mal gefahren?« Überwältigt blickte Emma auf das Päckchen und wickelte es dann vorsichtig aus, um das Papier nicht zu beschädigen. Sie öffnete die kleine Schachtel und hob vorsichtig den Deckel.

»Ich hab die gleiche«, sagte Stefan leise und nestelte den Kragen seines Mantels auf.

Emma nahm die silberne Kette aus der Schachtel und betrachtete sprachlos den Anhänger, der aussah wie ein Puzzleteil, und auf dem ein großes *S* eingraviert war.

»Auf meiner ist ein *E*«, erklärte Stefan. »Da, die beiden Teilchen passen genau zusammen.« Zum Beweis nahm er seine Kette ab und hielt die beiden Anhänger aneinander.

Emma schluckte. »Das … das ist das schönste Geschenk, das ich jemals bekommen habe«, flüsterte sie und musste sich räuspern. Sie legte das Kettchen an und ließ sich dann erneut in Stefans Arme ziehen. »Sehen wir uns morgen?«

»Auf jeden Fall!« Stefan gab ihr einen Kuss, und auch das letzte bisschen Kälte verflüchtigte sich.

Von der Treppe her kam ein Geräusch, dann räusperte sich Karl betont laut.

Stefan blickte auf, dann zwinkerte er ihr zu. »Also, ich muss jetzt los. Bis morgen, ja?«

»Okay, bis morgen. Und sag deinen Eltern und deiner Schwester frohe Weihnachten von mir!« Emma sah ihm nach, wie er zum Gartentor ging, noch einmal winkte und dann im Laufschritt loslief.

23. Kapitel

»Und jetzt?« Emma beugte sich auf dem Küchenstuhl vor, während Karl eine Kanne Kaffee aufsetzte.

Otter, der inzwischen eine große Portion Hundefutter verputzt hatte, lag zufrieden unter dem Tisch.

»Was jetzt?« Karl drehte sich zu ihr um.

»Wie geht es jetzt weiter?«, fragte Emma ungeduldig. »Wegen Otter, meine ich.«

In diesem Moment wurden auf der Treppe Schritte laut, und Andrea rief: »So ein Glück, Tommi geht es schon wieder besser. Er kommt gleich runter. Ich muss jetzt unbedingt etwas zu essen machen, und außerdem haben wir noch gar nicht … O Emma!«

Der letzte Ausruf klang so überrascht, dass Karl und Emma aufmerkten und zur Küchentür liefen. Andrea stand im Wohnzimmer und blickte sprachlos auf den geschmückten Weihnachtsbaum.

Emma schmunzelte. »Ach so, das hatte ich vergessen. Den hab ich heute Morgen geschmückt, als ihr losgefahren seid.« Sie bückte sich und schloss die Lichterketten an die Steckdose an.

Mit einem Mal erstrahlte das Wohnzimmer in leuchtend weihnachtlichem Glanz.

»O Emma«, wiederholte Andrea gerührt und umarmte sie. »Das ist ja so … Dass du daran überhaupt gedacht hast! Und wie schön der Baum aussieht.«

»Na ja, ist ja schließlich Heiligabend.« Emma zuckte mit den Schultern.

»Ja, dann mache ich jetzt wirklich mal was zu essen. Karl, bereitest du inzwischen die Bescherung vor?« Andrea wandte sich in Richtung Küche.

»Aber klar doch.« Karl nickte.

Emma schaute etwas befremdet zwischen den beiden hin und her. »Was denn, wir gehen jetzt einfach zur Tagesordnung über?« Sie warf Tommi, der gerade das Wohnzimmer betrat, einen kurzen Blick zu. »Was ist denn nun mit Otter?«

Was ist mit mir?

Als Otter seinen Namen hörte, kam er rasch aus der Küche herbei.

»Was soll mit Otter sein?« Verwundert hob Andrea die Brauen.

Emma ließ sich auf den Sessel fallen und verdrehte die Augen. »Mensch, Otter hat Tommi gerettet, ist euch das überhaupt klar? Und ihr tut, als wäre nichts passiert!«

»Na komm schon, so ist es ja nicht.« Karl setzte sich ihr gegenüber, und auch Andrea nahm auf der Couch Platz. Tommi hockte sich auf die Sessellehne neben Emma.

»Doch«, rief er. »Otter hat mich gerettet!«

Andrea lächelte. »Natürlich hat er das, Tommi.« Sie strich Otter, der sich neben ihr niedergelassen hatte, über den Kopf. »So war das auch nicht gemeint. Natürlich tun wir nicht so, als wäre nichts passiert«, wandte sie sich wieder an Emma.

»Ihr wollt ihn aber trotzdem wieder ins Tierheim bringen.«

»Am besten wäre es wohl …«, setzte Karl an, doch Tommi schrie empört auf.

»Nein! Otter soll nicht ins Tierheim. Ich will ihn behalten! Ihr seid so gemein!« Sofort begannen wieder die Wuttränen zu fließen.

Andrea schüttelte den Kopf. »Nun lass Papa doch mal aussprechen, Tommi!«

»Ich will nicht! Ich will Otter!«

Als er erneut seinen Namen hörte, sprang Otter auf und bellte kurz. Unsicher blickte er seine Menschen an, um herauszufinden, ob sie etwas von ihm erwarteten.

Karl rieb sich die Stirn und seufzte übertrieben. »Tommi, glaubst du, das wüsste ich nicht? Ich wollte nur sagen, dass es vermutlich für meine Nerven besser wäre, wenn Otter wieder ins Tierheim kommt, aber …« Er hob die Hand, um Tommis erneuten Aufschrei abzuwehren. »Aber«, betonte er, »wenn ich das mit dem Seelenfrieden meiner Kinder bezahlen muss, kommt das natürlich nicht in Frage.«

Tommi machte große Augen.

»Heißt das, Otter darf bei uns bleiben?«, fragte Emma, die die Bedeutung von Karls Worten schneller erfasst hatte.

»Das sollte es heißen, ja.« Karl lächelte nun. »Ich kann außerdem einen Hund, der meinem Sohn das Leben gerettet hat, nicht mehr so einfach vor die Tür setzen. Wenn ich mir auch überlegen muss, ob ich kommendes Frühjahr statt des

Schwimmteiches nicht lieber einen Steingarten anlege. Sonst werden wir die Wasserschäden im Haus nie los.«

»Wir dürfen Otter behalten?«, versicherte sich Tommi mit einem Blick auf seine Mutter. Als sie nickte, schrie er begeistert auf. »Ja!« Er rutschte von der Sessellehne und umarmte Otter, der dies als Zeichen zum Spielen auffasste und freudig bellend versuchte, an Tommi hochzuspringen.

Auch Emma stand auf und ging zu ihrem Vater hinüber. »Danke, Papa.« Sie umarmte ihn fest. »Otter ist der beste Hund, den es auf der Welt gibt.«

»Das mag sein«, erwiderte Karl. »Aber er ist eben leider auch der wassersüchtigste.«

»Vielleicht können wir ihm beibringen, nicht in unseren neuen Schwimmteich zu springen«, schlug Tommi kichernd vor, während er mit Otter über den Boden kugelte.

Andrea lachte auf. »Ich fürchte, da haben wir jetzt schon verloren. Eher könnt ihr ihm beibringen, nur noch in unseren Teich zu springen und dafür nicht mehr in jede Pfütze, Bach oder Weiher.«

»Oder wir schenken ihm ein Plastikplanschbecken«, meinte Emma. Entspannt und glücklich lehnte sie sich wieder im Sessel zurück. »Aber wisst ihr was? Ich habe einen Bärenhunger!«

»O ja, du hast ja Recht!« Andrea stand auf und ging zur Küche. »Ich mache das Essen.«

Auch Karl erhob sich. »Dann lasst uns jetzt endlich zur Tagesordnung übergehen.« Er scheuchte alle aus dem Wohnzimmer und schloss die Tür.

24. Kapitel

Später am Abend, nachdem sie gegessen und die Geschenke ausgepackt hatten, saßen sie noch bei Weihnachtsmusik um den Tannenbaum herum. Tommi hatte sich auf der Couch zwischen seine Eltern gekuschelt, Emma saß wieder im Sessel und hatte ihre Füße auf Karls Schoß gelegt.

Otter, der unter dem Couchtisch gelegen hatte, sprang plötzlich auf und rannte aufgeregt bellend zur Terrassentür.

»Nanu, was ist denn jetzt?« Emma stand auf und schlüpfte in ihre Hausschuhe. »Musst du mal raus, Otter?« Sie öffnete die Terrassentür und folgte dem noch immer bellenden Hund hinaus.

Das Klingeln, kennst du das nicht?

Aufgeregt hüpfte Otter durch den Schnee und bellte den dunklen Himmel an.

»Was ist denn da?« Emma blickte ebenfalls nach oben. Jetzt hörte sie das leise Klingeln der Schellen ebenfalls. Am abendlichen Himmel leuchteten unzählige Sterne, der Mond stand als schmale Sichel dabei. »Ist ja gut, Otter, ich höre es ja. Aber es ist doch nicht zu se… O Mann!« Überwältigt starrte sie auf den schimmernden Sternenregen, der neben dem Mond glitzerte. »Mama, Papa, Tommi, kommt mal schnell!«, rief sie über die Schulter und schaute gleich wieder zum Himmel hinauf.

Otter bellte noch aufgeregter und tänzelte durch den Schnee.

»Was ist denn passiert?« Andrea kam zur Tür herausgestürzt, dicht gefolgt von Tommi und Karl, die, als sie Emmas ausgestreckten Arm sahen, ebenfalls nach oben blickten.

Tommi hatte den Kopf in den Nacken gelegt und drehte sich im Kreis. »Das ist der Schlitten vom Weihnachtsmann!«

Karl legte ihm eine Hand auf die Schulter. »Das ist eine Sternschnuppe oder ein Meteoritenhagel.«

Als die Lichter am Himmel langsam verblassten, hörte auch das Klingeln auf.

Karl wandte sich zur Tür. »Bestimmt ein Meteoritenhagel. Sehr ungewöhnlich«, meinte er.

Emma und Tommi sahen einander an und schüttelten die Köpfe.

Sie wussten es besser.

»Also gibt es ihn doch«, flüsterte Emma.

Tommi nickte. »Und er hat uns unseren Weihnachtswunsch erfüllt.«

Andrea hatte sich inzwischen ebenfalls wieder zur Tür gewandt.

»Kommt wieder rein, es ist kalt.« Sie blickte sich um. »Wo ist denn Otter?«

In diesem Moment kam ein Fluch von Karl aus dem Wohnzimmer.

»Otter, nein! Nicht auf den Läufer! Du machst ja alles nass und schmutzig!«

Emma und Tommi verdrehten die Augen. »Papa!«

Wuff!

Nachspiel

»Hey, macht mal das Radio lauter!«, rief Tommi am Morgen des zweiten Weihnachtstages, als sie gemütlich beim Frühstück saßen. »Da kommt was über die Holzdiebe.«

»Tatsächlich?« Andrea stand auf und regelte die Lautstärke höher, damit sie die Nachrichten besser verstehen konnten.

»... wurden gestern Abend drei Männer im Alter zwischen vierzig und fünfundvierzig Jahren festgenommen, nachdem eine Polizeistreife auf den LKW der drei aufmerksam geworden war. Wie die Polizisten berichteten, waren ihnen Spuren des Transporters aufgefallen, und als sie ihnen, wegen des hohen Schnees zu Fuß, folgten, hörten sie ein merkwürdiges Klirren und Klingeln, das sie geradewegs zu den mutmaßlichen Holzdieben führte. Die Männer waren so überrascht, dass sie sich ohne Gegenwehr festnehmen ließen. Einer von ihnen sei verletzt, so der Sprecher der Polizei. Es handelt sich offenbar um einen Hundebiss, der sich entzündet hat, weswegen die drei Männer sich unvorsichtigerweise länger als geplant in dem Waldstück aufgehalten hatten. Inzwischen liegen der Staatsanwaltschaft bereits drei Geständnisse vor ...«

Andrea drehte den Ton wieder leiser. »Na, so was! Zum Glück seid ihr den Dieben nicht begegnet.«

»Wir nicht. Aber vielleicht Otter?« Emma blickte auf den Hund hinab, der neben dem Küchentisch lag und hingebungsvoll an einem Kauknochen nagte.

Als sich nun plötzlich aller Blicke auf ihn richteten, hob er verwundert den Kopf.

Was ist denn? Ich hab wirklich nichts angestellt!

»Meinst du wirklich?«, fragte Tommi.

»Könnte doch sein«, erwiderte Emma. »Denn dass er ein echter Weihnachtsheld ist, wissen wir ja.«

Ein Weihnachtsengel auf vier Pfoten

Prolog

Ein sanfter Windhauch wehte durch den kleinen verwilderten Garten. Billa zwängte sich durch den Busch am Rande des Grundstücks, blieb mitten in einem überwucherten Blumenbeet stehen und schüttelte sich. Die Sonne, die gerade durch die Wolken stieß, ließ ihr schwarz-beige geschecktes Fell aufleuchten.

Sie blickte sich in dem Gärtchen um und dann an der Fassade des alten Hauses hoch. Ein guter Ort, schon immer.

Von der Straßenseite des Hauses her ertönte Kinderlachen. Billa spitzte die Ohren und ging langsam zum Rand des Grundstücks. Der niedrige Zaun, von dem es umgeben war, war nicht immer morsch gewesen, jetzt aber war er es, und sie konnte sich ohne Probleme durch eine Lücke hindurchzwängen. Neugierig schaute sie um die Hausecke und erblickte zwei Frauen und ein kleines Mädchen im Vorgarten.

Das Mädchen gefiel ihr, und sie prägte sich sogleich die Gesichtszüge der Kleinen ein. Dann schnüffelte sie kurz in die Luft; der Wind trug ihr den Geruch des Mädchens zu. Billa blickte nach oben zu den Wolken, die schnell vorbeizogen und sich dabei immer wieder teilten. Das Sonnenlicht blitzte hindurch und kitzelte Billas Nasenspitze. Sie schnaubte und schüttelte sich erneut, dann schaute sie wieder zu dem Mädchen hin.

Die Kleine tobte durch den Vorgarten, doch als erneut ein paar Sonnenstrahlen die Erde berührten, blieb sie stehen und sah zu Billa hinüber. Die Hündin erwiderte für einen Herzschlag lang den Blick des Mädchens, dann verschwand sie rasch. Zu früh. Es war noch zu früh.

1. Kapitel

»Verflixt und zugenäht!« Vergeblich versuchte Hannah, die Hintertür ihres neuen Domizils zu schließen. Doch jedes Mal sprang sie wieder auf. »Was ist denn das bloß?« Verärgert warf Hannah sich gegen die Tür und drückte gleichzeitig die Klinke. »Na endlich!« Stirnrunzelnd betrachtete sie den Zugang zu dem verwilderten kleinen Garten. Warum war ihr nicht schon bei der Hausbesichtigung aufgefallen, dass die Tür defekt war?

»Mama, in welcher Kiste sind meine Schlafanzüge?«, schallte die Stimme ihrer fünfjährigen Tochter aus dem Obergeschoss. Seufzend drehte Hannah sich um. »In dem Karton mit dem roten Punkt!«, rief sie zurück. »Warte, Paula, ich komme gleich.« Sie machte einen Schritt in Richtung Treppe, doch im nächsten Moment hörte sie hinter sich ein Klacken. Die Tür war wieder aufgesprungen, und durch den Spalt wehte ein feucht-kalter Luftzug herein.

»Das kann ja wohl nicht wahr sein!« Wütend lief Hannah in die Küche, schnappte sich einen noch fast vollen Umzugskarton und knallte ihn vor die Tür. Auf diese Weise blieb sie zumindest geschlossen, doch der Schlüssel ließ sich nicht drehen. »Eine Einladung für Einbrecher, was?«, brummte sie aufgebracht.

»Mama, hier sind zwei Kartons mit einem roten Punkt!«, rief Paula von oben.

Hannah warf der Tür noch einen bösen Blick zu, dann stieg sie ins Obergeschoss. »Mach doch beide Kisten auf!«, sagte sie zu Paula, die ratlos vor den beiden gekennzeichneten Kartons stand. Hannah riss selbst das Klebeband von einer der Kisten und griff hinein. »Siehst du!« Lächelnd drückte sie ihrer Tochter einen Schlafanzug in die Arme. »Und nun geh ins Bad und putz dir die Zähne. Ich mache inzwischen schon mal dein Bett fertig.«

Nachdem Paula eingeschlafen war, setzte sich Hannah in ihr neues Wohnzimmer und kramte den Mietvertrag aus ihrer Aktentasche hervor. Dass das alte Haus, das sie so günstig gemietet hatte, etwas renovierungsbedürftig war, hatte sie auf den ersten Blick gesehen. Und es machte ihr nichts aus, denn man konnte ja nach und nach ein paar Verschönerungsarbeiten vornehmen. Die nette Frau Bogner, die sie beim Besichtigungstermin herumgeführt hatte, hatte ihr versichert, dass sie dabei weitgehend freie Hand habe. Doch eine Hintertür, die sich nicht verschließen ließ, war ganz eindeutig Sache des Vermieters. Den hatte sie allerdings bisher noch gar nicht kennengelernt.

Hannah fand auf dem Dokument die Telefonnummer des Hausbesitzers, eines M. Marbach, und tippte sie in ihr Handy. Wenige Sekunden später runzelte sie erneut die Stirn, als eine Computerstimme ihr mitteilte: »Kein Anschluss unter dieser Nummer.«

Sie schaltete ihr Handy ab und schloss für einen Moment die Augen. »Das ist jetzt wohl ein schlechter Scherz«, murmelte sie. »Und ein Telefonbuch habe ich natürlich auch noch nicht.« Sie schüttelte den Kopf und legte den Mietvertrag beiseite. Dabei fiel ihr Blick auf ihren Laptop. Zwar hatte sie ihr Büro noch nicht fertig eingerichtet, aber die Telefon- und Internetverbindungen waren bereits installiert. Entschlossen nahm sie den Laptop und trug ihn nach oben. Es dauerte einen Moment, bis sie das Gerät für die neue Verbindung eingerichtet hatte, doch dann ließ sich problemlos das Online-Telefonbuch aufrufen.

»O nein!« Entnervt starrte sie auf die siebenundzwanzig Treffer, die der Name Marbach für die hiesige Postleitzahl und die mit M beginnenden Vornamen brachte. »Manfred, Marco, Marcus, Martin, Matthias, Michael … Die kann ich doch jetzt nicht alle anrufen! Wenn ich doch bloß nicht nur den Anfangsbuchstaben des Vornamens hätte.« Da ihr Vermieter auch nur eine Postfachadresse angegeben hatte, die sie nicht weiterbrachte, gab sie verärgert auf.

»Irgendwo hatte ich doch einen Zettel mit der Handynummer!«, erinnerte sie sich und durchforstete noch einmal die Mappe mit den Unterlagen zum Haus. Auf der Rückseite des Mietvertrags wurde sie schließlich fündig. Mit fliegenden Fingern tippte sie die Nummer ein und wartete. Es klingelte einmal, zweimal … Nach dem dritten Klingeln ertönte ein Knacken und Rauschen, dazwischen eine dunkle Männerstimme: »…bach?«

»Äh, ja, entschuldigen Sie die Störung.« Hannah strich sich ihr halblanges honigblondes Haar hinters Ohr und spähte auf ihre Armbanduhr. Es war kurz vor neun. »Mein Name ist Mayer, ich bin Ihre neue Mieterin und …«

»… Bitte? … Ganz schlechter Empfang hier …«, unterbrach die Stimme sie.

Hannah verdrehte die Augen. »Ich habe ein Problem mit der Hintertür, Herr Marbach. Sie lässt sich nicht abschließen.«

»Was?« Das kam diesmal ganz deutlich.

»Die Hintertür«, wiederholte Hannah. »Ich kann sie nicht ab…«

»… kann Sie kaum verstehen. Lassen Sie die Tür doch …«

»Wie bitte?« Hannah fluchte innerlich. »Ich möchte, dass Sie sich sofort darum kümmern, dass meine Tür repariert wird!«

»… jetzt keine Zeit. Morgen …«

»Aber …«

»… schicke ich Ihnen …«

»Was? Was?« Hannah verstand kein Wort mehr, und im nächsten Moment brach die Verbindung ganz ab. Sofort wählte sie noch einmal, doch diesmal ohne Erfolg. Offenbar hielt Herr Marbach sich in einem Funkloch auf. »Na toll, und eine Mailbox hat er wohl auch nicht«, grollte sie. Da sich die Tür auch nach weiteren Versuchen nicht schließen ließ, stapelte sie kurzerhand mehrere volle Umzugskisten davor. Das würde etwaige Eindringlinge hoffentlich abhalten, auch wenn sie nicht glaubte, dass sich hier am Rand einer Kleinstadt irgendwelche finsteren Gestalten herumtrieben. Trotzdem war das natürlich keine Lösung.

Achselzuckend schob er das Handy wieder in seine Jackentasche. Das fing ja gut an. Kaum war diese Frau – wie hieß sie doch gleich? Er hatte den Namen nicht verstanden – in seinem Haus eingezogen, schon hatte sie etwas zu meckern. Andererseits – die Hintertür des alten Hauses hatte schon länger eine Macke. Er würde einfach Onkel Richard zu ihr schicken. So schwer konnte es ja wohl nicht sein, die Tür zu reparieren. Wenn er nach Hause kam, würde er gleich bei ihm anrufen, dann brauchte er sich nicht selbst damit zu befassen.

2. Kapitel

»Du kannst dir gar nicht vorstellen, wie ich mich geärgert habe«, erzählte Hannah drei Tage später, während sie ihre Freundin Silke durch das Haus führte. »Aber zum Glück kam am nächsten Nachmittag dieser Herr Bogner und hat die Tür repariert. Er muss wohl ein Onkel oder so was von meinem Vermieter sein. Frau Bogner hat mir ja damals auch das Haus gezeigt. Ein nettes älteres Ehepaar. Dieser Herr Marbach hingegen …«

»Ach, er konnte doch bestimmt nichts dafür, dass er gerade in einem Funkloch war«, beschwichtigte Silke und schüttelte ihren schwarzen Lockenkopf. »Und er hat ja jemanden geschickt, der sich um die Tür gekümmert hat. Ist doch alles in Ordnung, oder nicht?«

»Ja, schon. Trotzdem habe ich mich eben ziemlich darüber aufgeregt.«

»Kein Wunder nach einem anstrengenden Umzug mit Kind und Kegel.« Silke lächelte. »Wo steckt Paula eigentlich?«

»Sie ist in ihrem Zimmer und schläft. Heute war der erste

Tag im neuen Kindergarten, und danach war sie ziemlich erschöpft. Aber sie brachte gleich eine Einladung zur Halloween-Feier mit nach Hause. Jetzt muss ich mich wohl noch schnell um ein passendes Kostüm kümmern.«

»Ist doch toll, dann lernst du gleich ein paar der Eltern kennen!« Silke blinzelte ihr zu. »Und wer weiß, vielleicht ist ja ein netter alleinerziehender Vater dabei.«

»Nun hör schon auf!« Hannah stieß ihre Freundin kichernd in die Seite. »Du schaust dir zu viele von diesen Hollywood-Schnulzen an. Glaub mir, eine Kindergartenfeier ist der letzte Ort, an dem man den Mann fürs Leben findet.«

»Das dachte ich von Supermärkten bisher auch.« Silke hielt Hannah lächelnd zum wiederholten Male ihren Verlobungsring unter die Nase.

»Das ist etwas anderes. Du hast dir gleich den Filialleiter geangelt.«

»Ein guter Fang, nicht wahr?«

Die beiden Frauen lachten herzlich, dann wurde Hannah wieder ernst. »Aber mal etwas anderes. Meinst du, ich sollte für Paula langsam ein Haustier anschaffen? Eine Katze vielleicht? Sie wünscht sich schon lange ein Tier. In der alten Wohnung war ja kein Platz, aber hier ... Das wäre doch ein schönes Geschenk zu Weihnachten.«

»Warum nicht?« Silke goss sich noch einen Kaffee ein und lehnte sich auf der Couch zurück. Ihr Blick wanderte zum Fenster, das auf den Garten hinausging. »Eine Katze würde sich hier bestimmt wohlfühlen. Kommt doch einfach mal bei uns im Tierheim vorbei.«

»Vielleicht machen wir das. Ach, Paula, da bist du ja!« Hannah winkte ihre Tochter zu sich, die mit geröteten Wangen und verstrubbelten Haaren in der Wohnzimmertür aufgetaucht war. »Schau, ich habe dir einen warmen Kakao gemacht.«

Paula lächelte. »Danke, Mama. Hallo, Silke, hast du wieder neue Tiere im Tierheim?«

»Aber klar doch. Gestern bekamen wir ein Chamäleon herein. Aber das konnten wir gleich weiter vermitteln. Und zwei Papageien, die machen vielleicht einen Krach!«

»Was ist ein Camelon?«

»Chamäleon«, verbesserte Silke, doch bevor sie zu einer Erklärung ansetzen konnte, sprang Paula plötzlich auf und rannte zum Fenster. »Da ist er wieder!«

»Was? Wer ist dort?« Alarmiert stand auch Hannah auf und trat ans Fenster heran.

»Na, der Weihnachtsengel!«

Verblüfft schaute Hannah auf ihre Tochter hinunter. »Was für ein Weihnachtsengel? Ich sehe nichts.«

»Jetzt ist er wieder weg. Aber er war im Garten, ich hab's genau gesehen!« Paula starrte noch einen Moment in die Wildnis vor dem Fenster, dann ging sie zurück zur Couch und setzte sich.

»Wovon spricht sie denn?«, wunderte sich Silke.

Hannah zuckte mit den Schultern. »Wenn ich das wüsste! Sie behauptet schon, seit wir das Haus besichtigt haben, das Haus würde von einem Engel beschützt, deshalb wollte sie auch unbedingt hier einziehen.«

»Von einem Engel?« Silke schmunzelte. »Nun, ich kann mir Schlimmeres vorstellen. Wie sieht dieser Engel denn aus, Paula?«

»Na, wie Engel eben aussehen«, antwortete das Mädchen mit ernstem Gesicht. »Mit Flügeln und Licht und so. Aber dieser Engel ist auch ein Hund.«

»Ein was bitte?« Hannah und Silke blickten sie überrascht an.

Paula nickte. »Ja, der Weihnachtsengel ist ein Hund. Und er passt auf uns auf.«

»Also, ich habe noch nie von einem Hundeengel gehört. Und Weihnachten ist doch erst in knapp zwei Monaten«, meinte Silke skeptisch.

»Na und? Er ist aber hier«, beharrte Paula. »Und zu Weihnachten muss er bestimmt wieder in den Himmel, deshalb ist er schon früher gekommen.« Sie trank ihren Kakao in einem Zug aus und wischte sich mit dem Handrücken über den Mund.

»Paula, bitte! Geh und wasch dir die Hände«, tadelte Hannah.

Ihre Tochter stand gehorsam auf und verschwand in der Küche. Als sie zurückkam, hielt sie die Einladung zu dem Halloween-Fest in der Hand. »Mama, da gehen wir doch hin, oder? Mario hat gesagt, er kommt auch, und das wird ganz lustig mit Spielen und Gespenstern und so.«

»Wer ist Mario?«, fragte Hannah und nahm Paula das Schreiben aus der Hand.

»Mario ist mein Freund.«

»Ach?«

»Er ist in meiner Gruppe und ganz ganz nett. Till und Mareike mag ich auch, aber Mario hat viel länger mit mir gespielt.«

»Aha«, sagte Silke. »Ich sehe schon, deine Tochter macht wesentlich schneller männliche Bekanntschaften als du. Vielleicht sollte sie dir mal zeigen, wie das geht.«

»Nun hör endlich auf«, wehrte Hannah empört ab. »Ich werde schon nicht als Einsiedlerin enden, aber mit einer kleinen Tochter hat man es eben nicht so leicht, einen Mann zu finden. Die meisten nehmen da schnell wieder Reißaus.«

»Alles Quatsch«, befand Silke. »Alleinerziehende Väter, so lautet das Zauberwort. Denk darüber nach und geh zu dieser Feier.«

»Also erstens waren das zwei Wörter, und zweitens habe ich doch schon gesagt, dass wir hingehen werden.«

»Au ja, toll, Mama. Das erzähle ich morgen gleich Mario! Als was gehen wir denn?«

»Das weiß ich noch nicht. Darüber sollten wir uns heute Abend unterhalten, ja?«, schlug Hannah vor.

»Herrje, ich muss ja wieder los!«, rief Silke nach einem Blick auf die Uhr. »Ich habe doch versprochen, heute Abend auf die trächtigen Katzen aufzupassen.«

Sie standen auf und gingen zur Tür. Silke drückte Hannah kurz an sich und trat dann auf die Straße. »Ich rufe dich an, okay? Und sag Bescheid, wenn du noch mal Hilfe mit den Schränken brauchst. Georg wird dir bestimmt gerne helfen.«

»Ja, ich werde daran denken. Bis bald!« Hannah winkte ihrer Freundin kurz nach, dann ging sie wieder ins Haus. »Paula? Hilfst du mir dabei, die restlichen Küchenutensilien auszupacken und in die Schränke zu räumen?«

»Mama, Mama, komm schnell und guck mal!«

Hannah warf erschrocken das Küchenhandtuch neben die Spüle und rannte in den Flur. »Was ist passiert, Paula?«

Das Mädchen hatte die Haustür geöffnet, weil sie den Müll zu den Tonnen hatte hinausbringen wollen. Doch der Eimer stand vergessen auf der obersten Treppenstufe, und das Mädchen hockte vor einem schwarz-beige gescheckten Hund, der direkt vor der Haustür saß und sich streicheln ließ.

Verblüfft schaute Hannah auf das Tier, dann zog sie ihre Tochter schnell am Arm zu sich. »Paula, pass auf! Du sollst doch nicht einfach einen fremden Hund anfassen. Er könnte beißen …«

»Das ist der Weihnachtsengel, Mama! Ich hab doch gesagt, dass er hier ist. Kann ich ihn mit reinnehmen?«

»Auf gar keinen Fall!« Hannah schüttelte entschieden den Kopf. »Paula, das ist ein Hund, und der gehört bestimmt irgendjemandem. Vielleicht einem unserer Nachbarn.« Sie beugte sich nun ebenfalls über den Hund und betrachtete ihn aufmerksam. »Wo wohnst du, mein Hübscher? Geh schnell wieder nach Hause!«

Doch der Hund hechelte nur leicht, dass es aussah, als lächle er, und wedelte mit dem Schwanz.

»Siehst du, er will hierbleiben«, rief Paula und streichelte dem Tier doch wieder über den Kopf. Da es nicht bösartig zu sein schien, ließ Hannah sie gewähren, behielt den Hund jedoch argwöhnisch im Auge. »Paula, wir müssen ihn seinem Besitzer zurückbringen.« Sie blickte prüfend zur Straße, doch weit und breit war niemand zu sehen.

»Er trägt ein Halsband«, sagte Paula. »Guck, da steht was drauf. B... Bi... Mama, was steht hier?«

Hannah betrachtete das Halsband näher. Auf einer kleinen, schon leicht angelaufenen und am Rand abgebrochenen silbernen Marke war ein Name eingraviert.

»Da steht ›Billa‹. Dann scheint er wohl eine Hündin zu sein. Leider keine Adresse.«

»Billa ist aber ein schöner Name«, befand Paula. »Hast du Hunger, Billa?«

»Nun warte mal«, sagte Hannah. »Ich gehe jetzt zu den Nachbarn und frage, wem der Hund gehört.«

»Ich will aber nicht, dass Billa weggeht!«

»Paula!« Hannah sah ihrer Tochter streng in die Augen. »Du bleibst hier! Ich bringe den Hund zu den Nachbarn. Bestimmt sucht ihn sein Besitzer schon.«

Paula nickte unglücklich und blieb an der Haustür stehen, während Hannah die Hündin am Halsband nahm. Billa ließ sich gehorsam zur Straße führen.

Doch nachdem Hannah bei drei Nachbarn erfolglos nachgefragt hatte, blieb sie ratlos vor ihrer Gartenpforte stehen.

»Was mache ich denn jetzt mit dir?« Sie blickte nachdenklich auf die Hündin hinab, die sie erneut anzulächeln schien. »Offenbar kennt dich hier niemand. Wem bist du denn bloß weggelaufen?«

Billa blinzelte und legte den Kopf auf die Seite. Dann blickte sie nach oben zum Himmel. Unwillkürlich folgte Hannah ihrem Blick und beobachtete für einen Moment die vorbeiziehenden Wolken.

»Mama, was ist denn jetzt mit Billa? Darf sie doch hierbleiben?«, rief Paula von der Tür.

Hannah brachte den Hund wieder zur Haustür. »Tja, ich weiß nicht so recht. Am besten rufe ich Silke an und frage sie, was da zu tun ist. Vielleicht ist der Hund von seinem Besitzer ausgesetzt worden.«

»Kann ich Billa dann behalten?«

»Ich frage jetzt erst mal, ob ich sie ins Tierheim bringen soll. Und dann kümmern wir uns darum, den Besitzer zu finden. Wahrscheinlich ist sie irgendwo ausgerissen.«

»Ich bringe Billa in die Küche. Bestimmt hat sie Hunger. Was frisst sie denn? Wir haben ja gar kein Hundefutter.«

»Wir geben ihr nur Wasser. Im Tierheim gibt es genug Hundefutter«, entschied Hannah und sah zu, wie ihre Tochter mit der Hündin in die Küche ging. Dann griff sie nach dem Telefon.

3. Kapitel

»Billa scheint sich ja bei euch ganz wohlzufühlen«, stellte Silke am übernächsten Vormittag bei einem kurzen Besuch fest. »Und sie sieht ja auch ganz gesund aus.«

»Frau Dr. Bensen meinte, sie sei sehr gepflegt und habe laut Marke an ihrem Halsband alle Impfungen. Ich habe gestern eine Anzeige in die Tageszeitung setzen lassen, aber bisher hat sich noch niemand gemeldet; auch nicht auf die Plakate hin, die ich mit Paula zusammen in der Gegend aufgehängt habe.« Hannah zuckte mit den Schultern. »Paula gefällt es natürlich, dass wir die Hündin solange in Pflege nehmen dürfen. Aber mir graut schon vor dem Tag, an dem der Besitzer Billa holen kommt.«

»Eine Weile werdet ihr noch warten müssen. Wir haben sie jedenfalls auf der Internetseite des Tierheims mit Bild aufgenommen. Wenn sich wirklich niemand melden sollte, könnt ihr Billa bestimmt in Dauerpflege nehmen und nach einer Weile ganz behalten. Das heißt, wenn du damit einverstanden bist.«

»Warum nicht? Ich habe ja schon gesagt, dass ich darüber nachdenke, ein Haustier anzuschaffen. Ich dachte zwar eher an eine Katze, aber warum nicht auch einen Hund?« Hannah lächelte. »Auf diese Weise komme ich auch jeden Tag an die frische Luft.«

»Ja, so ein Hund braucht viel Bewegung. Dem Aussehen nach steckt da ein Labrador drin, vielleicht auch ein Hütehund. Das sind sehr intelligente Rassen.« Silke blickte auf ihre Uhr. »Ich muss wieder los. Bestell Paula einen schönen Gruß von mir. Ich melde mich wieder, ja?« Sie winkte noch einmal und ging zu ihrem Auto.

Hannah griff nach ihrer Jacke und der neuen Lederhundeleine, die sie am Vortag zusammen mit ein paar Dosen Hundefutter gekauft hatte. »Na komm, Billa, dann lass uns mal spazieren gehen. Und auf dem Rückweg holen wir Paula vom Kindergarten ab.«

Bei dem Namen »Paula« wedelte Billa freundlich mit dem Schwanz. Sie ließ sich anleinen und ging dann folgsam neben Hannah her die Straße entlang.

Hannah hatte ihr halblanges Haar unter einer Mütze verborgen und schlug nun auch noch den Kragen ihrer Jacke hoch. Doch trotz der Kälte genoss sie den Anblick der weiß bereiften Sträucher und Bäume im nahegelegenen Park, die im Licht der goldenen Spätoktobersonne glitzerten. Wer weiß, wie lange sich das Wetter noch halten würde. Der November war nicht mehr fern, und mit ihm würden vermutlich viele triste und regnerische Tage gekommen. Hannah würde sich diese Zeit mit Kerzen und bunten Fensterbildern erhellen. Außerdem wollte sie dieses Jahr versuchen, ihre Weihnachtseinkäufe so früh wie möglich zu erledigen.

Die Parkwege lagen verlassen da; um diese Uhrzeit, kurz vor Mittag, hatte wohl kaum jemand Zeit, spazieren zu gehen. Auch Hannah schweifte mit ihren Gedanken zu ihrer Arbeit. Bisher hatte sie erst einen Auftrag für ihr neu gegründetes Architekturbüro an Land ziehen können. Zu wenig, doch wenn alles gut klappte, würde der Kunde sie sicherlich weiterempfehlen, und dann hätte sie auch genügend Geld für die Geschenke, die sie gerne kaufen wollte. Gedankenverloren blickte sie über den kleinen Ententeich, in dem sich die Sonne glitzernd spiegelte.

Plötzlich bellte Billa laut und freudig, und Hannah erschrak, als die Hündin lospreschte und ihr die Leine mit einem Ruck aus der Hand riss.

»Halt, Billa! Wo willst du denn hin?« Sie lief hinter ihr her, blieb aber gleich wieder stehen und beobachtete verblüfft, wie das Tier auf ein an der Straße geparktes Auto zurannte und den Mann, der gerade ausgestiegen war, freudig umtänzelte.

»Na, wenn das nicht der Besitzer ist«, schmunzelte Hannah und ging langsam auf den Fremden zu. Als sie sein Gesicht erkennen konnte, merkte sie jedoch, dass der Mann offenbar zutiefst erschrocken war.

Eilig rannte sie die letzten Schritte. »Entschuldigen Sie, Billa ist mir einfach ausgerissen, als sie Sie sah«, begann sie und musterte den Mann neugierig. Er war mehr als einen halben Kopf größer als sie, schlank und wirkte sehr sportlich. Die schwarzen Jeans, Wanderschuhe und das am Kragen schon etwas abgeschabte Holzfällerhemd unter seiner Cordjacke ließen darauf schließen, dass er nicht gerade Pause von einem Bürojob machte.

Etwas verwirrt blickte er sie an. »Billa?«

»Mein … der Hund ... Entschuldigen Sie bitte«, wiederholte Hannah. »Ich dachte, Sie seien vielleicht der Besitzer, weil Billa so freudig zu Ihnen gelaufen ist.« Als sie merkte, dass er ihr nicht folgen konnte, fügte sie hinzu: »Billa ist uns vor ein paar Tagen zugelaufen, und wir suchen jetzt nach dem Besitzer.«

»Ach.« Er fuhr sich, anscheinend noch immer verwirrt, durch sein kurzes blondes Haar.

»Sie sind also ganz offensichtlich nicht Billas Herrchen.«

»Ich? Nein.« Nun sah der Mann sie zum ersten Mal richtig an und lächelte. »Nein, das bin ich nicht. Ich war nur etwas überrascht, weil … Der Hund sieht aus, wie … Na ja, es klingt verrückt, aber meine Großeltern hatten eine Hündin, die haargenau so aussah. Ist schon sehr lange her. Und sie hieß Sybilla.«

»Das ist wirklich ein Zufall«, stimmte Hannah zu und lächelte zurück. »Ich frage mich nur, warum sie zu Ihnen gerannt ist, wenn sie Sie nicht kennt.«

Er hob die Schultern. »Tiere tun manchmal die merkwürdigsten Dinge. Gehen Sie oft hier spazieren?«

»Ich bin mit meiner Tochter gerade erst in die Stadt gezogen«, antwortete sie und biss sich sofort verärgert auf die Lippen.

Der Mann hatte ihren Gesichtsausdruck wohl bemerkt, denn er musterte sie aufmerksam. »Stimmt etwas nicht?«

Hannah schüttelte den Kopf und lachte dann über sich selbst. »Nein, es ist nichts. Aber meine Freundin Silke hätte mir jetzt vermutlich einen Tritt gegen das Schienbein verpasst. ›Erzähle nicht gleich im ersten Atemzug, dass du eine Tochter hast und alleinerziehend bist!‹ Das predigt sie mir ständig.«

»Ist das denn ein Verbrechen?« Der Mann schmunzelte. »Aber wenn es die Angelegenheit entschärfen sollte, gebe ich am besten gleich zu, dass ich ebenfalls einen Sohn habe.«

»So?«

»Und dass ich alleinerziehender Vater bin.« Er zwinkerte ihr zu. »Von solchen Bemerkungen lasse ich mich also nicht so leicht in die Flucht schlagen.« Er streckte die Hand aus. »Leon Marbach.«

Nun doch etwas verlegen ergriff sie seine Hand. »Hannah Mayer.« Sie hielt kurz inne. »Verrückt, bisher dachte ich immer, Mayer sei ein Allerweltsname. Aber …«

Er grinste. »Vermutlich haben Sie das Telefonbuch aufgeschlagen und die anderthalb Seiten füllenden Einträge unter ›Marbach‹ entdeckt. Ungeheuerlich, ich weiß. Und dabei sind wir noch nicht einmal alle miteinander verwandt. Aber Mayers gibt es bei uns auch einige – in allen Schreibweisen.«

Billa, die sich inzwischen wieder brav neben Hannah gesetzt hatte, stand auf und begann, die beiden zu umtänzeln.

Hannah hob die Leine vom Boden auf. »Ich muss jetzt weiter, meine Tochter vom Kindergarten abholen.«

»Der städtische Kindergarten?«

»Ja, warum?«

»Dann sehen wir uns ja bald wieder.« Er blinzelte ihr erneut zu. »Ich gehe doch davon aus, dass Sie sich die große Halloween-Feier nicht entgehen lassen werden?«

»Nun sagen Sie bloß, Ihr Sohn …«

»… ist in der Eulengruppe, ja. Er ist fünf.« Sein Grinsen wurde zu einem intensiven Lächeln. »Dann sehen wir uns also dort?«

4. Kapitel

»Ach herrje, was ist das denn?« Hannah versuchte, den Wasserhahn in dem kleinen Gästebad zuzudrehen, doch das Tropfen hörte nicht auf. »Das fehlte jetzt aber gerade noch. Da ist wohl die Armatur kaputt. Die Dichtung habe ich doch gestern erst ausgetauscht!« Sie seufzte. »Paula, bring mir doch bitte mal das Telefon, ja!«

Paula, die im Flur mit Billa gespielt hatte, stand vom Boden auf und rannte in die Küche. Augenblicke später kam sie mit dem Telefon zurück. »Wen rufst du denn an, Mama?«

»Unseren Vermieter, Herrn Marbach. Ich hoffe, heute hat er besseren Empfang mit seinem Handy. Obwohl ich glaube, es wäre besser, wenn ich gleich selbst den Klempner hole.« Sie runzelte die Stirn. »Nein, wir sind gerade erst eingezogen, da sollte er schon wissen, wenn etwas kaputt ist.«

»Mama, der Mario heißt auch Marbach.«

»Ich weiß, hier in der Stadt heißen ganz viele Leute so.« Hannah wählte und legte dann den Finger an die Lippen.

Paula grinste und ging wieder zu Billa, die abwartend mitten im Flur saß.

»Marbach?«

»Ja, guten Tag, Herr Marbach. Hier ist noch mal … huch!« Erschrocken hielt Hannah den Hörer ein Stück von ihrem Ohr weg, da es am anderen Ende rauschte und knackte. Dann schien der Motor einer großen Maschine anzuspringen. Sie runzelte die Stirn. »Entschuldigung, hier ist noch einmal Ihre neue Mieterin. Tut mir leid, wenn ich Sie schon wieder stören muss, aber die Armatur in unserem Gästebad ist undicht.«

Wieder rauschte es in der Leitung, dazwischen hörte sie ein paar Sprachfetzen.

»Wie bitte?«

»… Dichtung auswechseln.«

»Das habe ich schon gemacht, aber es hat nichts geholfen«, antwortete sie. »Wahrscheinlich muss die ganze Armatur ausgewechselt werden. Soll ich … Was?«

»… schon wieder! …kel schicken. Ich habe wirklich gerade keine …«

»Hören Sie, Herr Marbach? Ich kann Sie nur sehr schlecht verstehen. Ich könnte selbst einen Klempner …«

»Nein … Verdammt! Ich schicke Ihnen … Dann … in Ruhe arbeiten …« Wieder rauschte es und im Hintergrund heulte ein zweiter Motor auf.

»Du liebe Zeit! Ich wollte sie wirklich nicht belästigen.« Hannah zog verärgert die Stirn in Falten. »Wo stecken Sie denn? Es ist so laut bei Ihnen.«

»… Arbeit, wo sonst? Ich werde nachher … schicken.«

»Also gut, aber ich kann heute nicht …« Doch die Verbindung war bereits unterbrochen.

Verblüfft starrte Hannah den Hörer an. »Ich muss doch später noch zu meinem Kunden wegen der Bauzeichnung.« Sie schüttelte den Kopf. »Den Termin kann ich nicht einfach absagen, weil ich auf den Klempner warten muss.« Wieder seufzte sie und schaute genervt auf die Uhr.

»So ein Mist!«, fluchte er und schob sein Handy in die Brusttasche seiner Jacke. Dann wandte er sich wieder dem Tieflader zu, den er auf der schmalen Straße einzuweisen hatte. Der Ladekran auf dem LKW daneben machte einen ziemlichen Lärm. Er winkte dem Fahrer, der daraufhin zu ihm gelaufen kam. »Kann es sein, dass mit dem Kran etwas nicht stimmt? Der macht doch sonst nicht so einen Höllenlärm!«, rief er ihm zu.

Der Fahrer zuckte mit den Schultern. Ja, mit dem Getriebe ist was nicht in Ordnung oder mit der Hydraulikpumpe«, rief er zurück. »Ich lasse das nachher durchchecken.«

Er nickte und winkte dem Fahrer, wieder zu seinem LKW zurückzukehren. Ausgerechnet heute musste diese Frau ihm schon wieder auf den Geist gehen. Als ob er den Nerv für eine kaputte Armatur hätte. Wenn das so weiterging, konnte er gleich eine Telefonzentrale für sie einrichten.

Er winkte den Tieflader langsam um eine Ecke. Schon

lange war er nicht mehr in dem alten Haus gewesen. Hoffentlich gab es dort nicht noch mehr marode Ecken. Er wollte am liebsten mit diesem ganzen Haus nichts mehr zu tun haben – und mit dieser lästigen Mieterin, deren Namen er schon wieder nicht mitbekommen hatte, schon gleich gar nicht.

Nachdem der Tieflader an seinem Bestimmungsort angekommen war und das Motorengeräusch verklang, zog er erneut sein Handy hervor und tippte eine Nummer ein.

»Onkel Richard? Ich bin's. Wie? Ja, ich weiß, dass ich hier schlechten Empfang habe. Könntest du mir wohl noch einmal einen Gefallen tun?«

5. Kapitel

»Mama, guck mal, da ist Mario!«, rief Paula und zupfte Hannah am Ärmel ihres Hexenkostüms. »Da, der Pirat!«

Hannah ließ ihre Blicke über die versammelten Kinder und Eltern gleiten und entdeckte schließlich einen kleinen blonden Jungen mit Stirnbinde und Augenklappe.

»Na, dann geh mal zu ihm, kleine Hexe!« Sie lachte und sah ihrer Tochter zu, wie sie quer durch den Raum auf Mario zurannte. Dabei zupfte sie gedankenverloren an ihrem eigenen Kostüm herum. Dass sich die Eltern zu dieser Feier ebenfalls verkleiden sollten, fand sie ein wenig übertrieben, andererseits auch lustig, wenn sie sich so ansah, welchen Aufwand einige Mütter oder Väter dabei betrieben hatten.

»Man könnte meinen, wir wären auf einer Karnevalsveranstaltung, nicht wahr?«, sagte eine männliche Stimme hinter ihr.

Erschrocken drehte sie sich um und sah sich Leon Marbach, ebenfalls mit Stirnbinde und Augenklappe, gegenüber. Sie musterte ihn überrascht, denn sein Kostüm glich exakt dem seines Sohnes, und an seiner Hüfte baumelte ein Spielzeugsäbel.

»Das Werk meiner Tante.« Er lächelte. »Sie ist Schneiderin.« Er warf einen Blick auf seinen Sohn, der inzwischen mit Paula und einem weiteren Jungen durch den Raum rannte. »Die freche Hexe da muss Ihre Tochter sein. Sie sieht Ihnen sehr ähnlich.«

»Ja, vor allem in diesem Kostüm.« Hannah lächelte.

»Nein. Oder, ja, natürlich. Aber sie hat die gleichen Haare und das gleiche Gesicht.« Er hielt kurz inne. »Ein hübsches Gesicht.«

Verlegen wich sie seinem Blick aus und sah ebenfalls den Kindern zu. »Ich wette, das sagen Sie zu allen alleinerziehenden Müttern.«

»Nur, wenn es der Wahrheit entspricht.« Wieder lächelte er. »Abgesehen davon leben in dieser Stadt nicht allzu viele alleinerziehende Mütter mit hübschen Gesichtern.«

»Nicht?«

»Nein. Möchten Sie etwas trinken? Da drüben gibt es Teufelspunsch.«

»Was?«

»Teufelspunsch. Den müssen Sie probieren. Bin gleich wieder hier.« Schon war er auf dem Weg zu dem kleinen Buffet, auf dem die Erzieherinnen und einige der Mütter Berge von Leckereien und Getränken aufgebaut hatten.

»Ein äußerst attraktiver Pirat, was?«, sagte eine junge Frau neben Hannah und zwinkerte ihr verschwörerisch zu. »Ich sage Ihnen, wenn ich nicht glücklich verheiratet wäre ...« Sie verdrehte übertrieben die Augen und lachte dann herzlich. »Sie müssen Paulas Mutter sein, nicht wahr? Ich bin Renate Marbach, Vorsitzende des Elternbeirats. Meine Zwillinge sind in der gleichen Gruppe wie Ihre Tochter.«

»Noch eine Marbach!«, entfuhr es Hannah, und sie schlug erschrocken eine Hand vor den Mund, doch Renate schien das nicht zu kümmern. »Und nicht die Einzige in diesem Raum. Leon dort drüben und Anita heißen ebenfalls so.« Sie deutete auf eine der Erzieherinnen. »Aber wir sind nicht verwandt oder verschwägert. Dieser Nachname ist hier so was wie eine Seuche.« Sie grinste. »Oha, der Pirat kommt zurück. Kennen Sie ihn näher? Nicht? Na, ich wünsche Ihnen noch ein schönes Fest. Vielleicht möchten Sie ja, wenn Sie sich eingelebt haben, auch im Beirat mitmachen?«

»Vielleicht«, meinte Hannah unbestimmt, doch da war Renate bereits weitergezogen. Aus den Augenwinkeln sah sie, wie die Frau auf eine der anderen Mütter einredete und dabei in ihre Richtung blickte.

»In der Gerüchteküche köchelt es bereits«, sagte Leon, als er ihr eines der Punschgläser reichte. »Ich hoffe, Sie nehmen es Renate nicht übel, aber vermutlich wird innerhalb der nächsten zwanzig Minuten der gesamte Raum wissen, dass Sie sich mich geangelt haben.«

»Dass ich was?« Erschrocken sah sie ihn an.

»Na, vielleicht war es auch andersherum, wer weiß?« Leon lachte leise. »Der Elternbeirat – oder sollte ich in diesem Fall besser ›Mütterbeirat‹ sagen – fungiert hier auch als eine Art Nachrichtenübermittlungsstelle. Aber keine Angst – sie sind harmlos.«

»Es lag nicht in meiner Absicht, mir irgendjemanden zu angeln. Sie eingeschlossen«, sagte Hannah spröde.

Leon nickte. »Sie wissen das, und ich weiß das. Aber eine erfundene Romanze ist für Renate und die anderen immer noch interessanter als gar keine. Wie finden Sie den Punsch?«

Hannah nippte an ihrem Glas und hob überrascht die Brauen.

Leon schmunzelte. »Mein Werk. Tomatensaft und Orange und ein bisschen schwarzweiße Magie.«

Als am anderen Ende des Raumes ein Glöckchen klingelte, zwinkerte er ihr zu. »Die Spiele fangen an. Geben wir dem Gerüchtesüppchen noch ein wenig Würze und schauen gemeinsam zu, oder haben Sie Angst, in Verruf zu geraten?«

Hannah war wirklich weit davon entfernt, sich einen Mann angeln zu wollen, dennoch genoss sie die Halloween-Feier und Leons Gegenwart. Obwohl es sonst nicht ihre Art war, nahm sie sogar seine Einladung an, nach dem Fest mit den Kindern noch eine Kleinigkeit essen zu gehen.

Nun saßen sie zu viert an einem ovalen Nischentisch bei McDonald's; Paula und Mario teilten sich ein Tablett, auf dem in kürzester Zeit ein wirres Durcheinander von Pommes frites, Servietten und Cheeseburgern herrschte.

»Wie geht es denn Ihrem vierbeinigen Schützling?«, fragte Leon, während er für Mario ein Tütchen Mayonnaise aufriss.

Hannah zuckte mit den Schultern. »Gut, denke ich. Billa ist ein sehr pflegeleichter Hund. Obwohl …«

»Obwohl?«

»Sie kommt mir manchmal irgendwie seltsam vor. Fast so, als verstehe sie alles, was wir zu ihr sagen.«

»Tiere verstehen mehr, als wir glauben«, warf er ein, doch Hannah schüttelte den Kopf.

»Billa ist mir manchmal richtig unheimlich, sie …«

»Billa ist ein Weihnachtsengel!«, rief Paula dazwischen und biss in ihren Burger. »Und sie passt auf uns auf«, setzte sie mit vollem Mund hinzu.

»Bitte, Paula, erst kauen und schlucken«, wies Hannah sie zurecht.

»Ein Weihnachtsengel? Im Oktober?«, fragte Leon.

Paula nickte so heftig, dass ihr Pferdeschwanz wild auf und ab wippte. Sie kaute und schluckte aber gehorsam, bevor sie weitersprach: »Sie ist bis Weihnachten der Engel von unserem Haus und passt auf, dass uns nichts passiert. Und sie bringt uns Glück.«

»Ich habe noch nie etwas von einem Engel in Hundegestalt gehört«, meinte Leon.

»Ist aber so«, beharrte Paula und schob sich zwei Pommes frites in den Mund.

»Nun, Glück kann man ja immer brauchen, nicht wahr?«, sagte er zu Hannah gewandt. »Aber muss denn auch jemand auf Sie aufpassen?«

»Bisher sind wir ganz gut allein zurechtgekommen«, antwortete sie und spielte mit einer Serviette herum.

Was tat sie hier eigentlich? Ließ sich und ihre Tochter von einem wildfremden Mann zum Essen einladen und … flirtete?

»Stimmt etwas nicht?«

Silke wäre vermutlich stolz auf sie.

»Nein, nein, alles okay.« Sie versuchte zu lächeln. »Ich dachte nur gerade daran, dass wir der Gerüchteküche vielleicht ein bisschen zu viel Nahrung geben.«

»Indem wir mit zwei kleinen Kindern an einem Ort essen, an dem es kein Besteck gibt?« Leon lächelte. »Ich glaube, darin besteht keine besonders große Gefahr. Denn schließlich wollen Sie sich ja niemanden angeln, oder?«

»Nicht im Geringsten.«

»Sehen Sie, und wenn ich das wollte, würde mein Köder bestimmt nicht aus fettigen Burgern bestehen, die in Papier eingewickelt serviert werden.« Er klappte die Pappschachtel auf, die seinen Burger enthielt. »Was machen Sie denn beruflich?«

»Ich bin Architektin.« Hannah trank einen Schluck von ihrer Cola. »Erst vor zwei Monaten habe ich mich selbständig gemacht. So kann ich von meinem eigenen Büro aus arbeiten und brauche für Paula keinen Betreuungsplatz zu suchen. Und Sie?«

»Förster«, sagte er knapp und prostete ihr mit seinem Pappbecher zu. »Ich bin für die Wälder rund um die Stadt zuständig.«

Hannah sah ihn überrascht an. »Ein interessanter Beruf. Ich habe noch nie einen Förster kennengelernt.«

»Sehen Sie, dann wurde es doch Zeit. Mögen Sie den Wald?«

»Sehr.« Hannah nickte. »Als Kind bin ich mit meiner Freundin Silke viel im Wald herumgestreift. Doch die letzten Jahre habe ich … haben wir nur in der Großstadt gelebt, seit meinem Studium. Ich bin ganz froh, jetzt wieder in einer Kleinstadt gelandet zu sein.«

Er nickte. »Vielleicht machen wir ja alle zusammen einmal einen Waldspaziergang.« Er stieß Mario an. »Was meinst du – zeigen wir Paula und ihrer Mama mal unser Baumhaus?«

»Au ja!« Mario klatschte mit beiden Händen auf die Tischplatte. »Unser Baumhaus ist toll. Papa hat es ganz allein gebaut, und ich habe geholfen. Können wir gleich hin?«

»Nein.« Leon lachte. »Es ist doch schon fast dunkel. Aber vielleicht am Samstag?« Erwartungsvoll sah er Hannah an.

Paula fasste sie am Arm und hüpfte aufgeregt auf ihrem Stuhl auf und ab. »Au ja, Mama. Bitte, bitte!«

Hannah seufzte ergeben. »Also gut, Paula.«

Ihre Tochter stieß ein begeistertes Geheul aus, während sich Hannah an Leon wandte. »Aber nur, wenn es Ihnen keine Umstände macht.«

»Keineswegs. Wir freuen uns immer über Besuch, nicht wahr, Mario?«

Doch Mario hörte nicht mehr zu. Er redete bereits auf Paula ein und beschrieb ihr in allen Einzelheiten, wie sein Baumhaus aussah.

Leon trank seinen Rest Cola aus und räumte dann die verstreuten Burgerverpackungen zusammen. »So gegen zwei? Wenn Sie möchten, hole ich Sie gerne ab.«

Hannah dachte an ihr Haus, das bisher noch alles andere als einladend wirkte, und wehrte entschieden ab. »Das ist nicht nötig. Wenn Sie mir sagen, wo Sie wohnen, werden wir schon hinkommen.«

Leon nickte, zog ein Stück Papier und einen Stift aus seiner Jackentasche und schrieb ihr die Adresse auf. »Das Forsthaus ist leicht zu finden. Es liegt gleich am Waldrand. Wenn Sie aus der Stadt hinausfahren, gibt es nur eine Straße, die direkt darauf zuführt.«

Sie standen auf und brachten ihre Tabletts weg. Dann hielt Leon Hannah und Paula die Tür auf. »Es war ein sehr netter Nachmittag.«

Hannah nickte und zog den Reißverschluss an Paulas Anorak zu. »Das war es wirklich. Danke noch mal für die Einladung zum Essen.«

»Keine Ursache. Und denken Sie daran: Das war kein Köder.« Er zwinkerte, nickte ihr noch einmal zu und ging, Mario an der Hand, davon.

»Paulas Mama ist nett«, hörte sie Mario sagen.

»Das ist sie«, antwortete Leon.

»Paula ist meine Freundin«, zwitscherte der Junge weiter. »Ist ihre Mama deine Freundin?«

»Bisher nicht«, antwortete Leon ihm.

Was er weiter sagte, konnte Hannah nicht mehr verstehen. Sie sah ihm einen Augenblick nach, doch Paula zupfte bereits an ihrem Ärmel.

»Mama, Billa, wartet bestimmt schon auf uns. Darf ich sie zu Mario mitnehmen?«

6. Kapitel

»Warum?«, fragte Mario.

»Was warum?« Leon bemühte sich nach Kräften, sich nicht noch einmal zu Hannah und Paula umzudrehen. Es war besser, nicht gleich zu viel Interesse zu zeigen. Schon gar nicht bei einer so attraktiven Frau wie Hannah, die anscheinend genau wusste, was sie wollte. Eine Männerbekanntschaft schien nicht dazuzugehören. Möglicherweise war sie ja auch bereits liiert, auch wenn sie nichts dergleichen angedeutet hatte.

»Warum ist Paulas Mama nicht deine Freundin?«

Leon riss sich von seinen Gedanken los und blickte seinem Sohn ins Gesicht. »Weil … Erwachsene sich nicht so schnell anfreunden wie Kinder.«

»Warum nicht?« Mario ließ seine Hand los und rannte ein paar Schritte voraus, kehrte jedoch gleich wieder um und hüpfte neben seinem Vater her.

Leon seufzte. »Das ist schwer zu erklären, Mario. Erwachsene sind viel vorsichtiger als Kinder und brauchen länger, um herauszufinden, ob sie jemanden mögen oder nicht.«

»Weißt du denn nicht, ob du sie magst?« Mario blickte neugierig zu ihm auf.

Leon ließ sich Zeit mit seiner Antwort, denn ihm war tatsächlich noch nicht ganz klar, was er von Hannah halten sollte. Vielleicht war er auch einfach schon viel zu lange alleine, um seine Reaktion auf sie richtig einschätzen zu können. Und möglicherweise gefiel ihm das Ergebnis seiner Überlegungen auch gar nicht.

»Was denn jetzt?«, drängelte Mario ungeduldig.

»Ich finde sie sehr nett und … ja, ich denke, ich mag sie auch«, rang er sich zu einer Antwort durch, weil er wusste, dass sein Sohn sonst keine Ruhe geben würde. »Das muss aber noch lange nicht heißen, dass sie meine Freundin ist.

Und im Übrigen wissen wir ja auch gar nicht, ob sie das sein möchte, nicht wahr?«

»Ich kann sie ja am Samstag fragen«, schlug Mario eifrig vor.

Leon lachte. »Nein, das lässt du schön bleiben. Komm, lass uns noch auf einen Sprung bei Tante Agnes reinschauen und ihr erzählen, wie toll unsere Kostüme heute angekommen sind.«

»Mama, Billa ist weg!« Paula rannte aufgeregt durch das Haus, nachdem Hannah die Tür aufgeschlossen hatte.

»Vielleicht hat sie sich irgendwo versteckt«, meinte Hannah und zog ihre Jacke aus. »Sie kann doch gar nicht aus dem Haus heraus. Hast du unter deinem Bett nachgesehen?«

Paula kam die Treppe herabgesprungen und schüttelte den Kopf. »Sie ist nicht da, Mama. Bestimmt ist sie kurz in den Himmel hochgeflogen. Engel können das, und sie können auch durch Wände gehen, wenn sie wollen.«

»Das ist doch Unsinn, Paula«, erwiderte Hannah und machte sich selbst auf die Suche. Doch Paula hatte recht, die Hündin war nirgends zu finden. Die Näpfe mit Futter und Wasser standen unberührt neben dem Heizkörper in der Küche.

Hatten sie vor ihrem Fortgehen versehentlich kurz die Tür offen stehenlassen? Und war Billa dabei heimlich entwischt? Es musste wohl so sein.

Mit gerunzelter Stirn überlegte sie, ob sie Silke oder das Tierheim verständigen sollte, doch dann entschied sie sich dagegen. Vielleicht tauchte Billa ja wieder auf. Falls nicht, war morgen früh noch Zeit, dort Bescheid zu geben.

Sicherheitshalber öffnete sie die Hintertür und trat in den Garten hinaus, doch das wenige Licht, das aus dem Flur auf die kleine Wildnis fiel, reichte nicht, um etwas zu erkennen. Im Stillen nahm sich Hannah vor, eine Außenlampe anbringen zu lassen.

»Billa?«, rief sie leise. »Bist du hier draußen irgendwo?«

Sie lauschte, hörte jedoch nur das Fiepen und Rascheln einer Maus. Die Äste des alten Ahornbaumes an der Ecke ihres Grundstücks knarrten, und der auffrischende Wind wirbelte gelbe und braune Blätter auf.

Fröstelnd rieb sie sich die Arme und ging eilig zurück ins Haus, als die ersten Regentropfen fielen. Ein Blick auf ihre Armbanduhr ließ sie einen verblüfften Laut ausstoßen. »Liebe Zeit, es ist ja schon nach acht!« Sie ging ins Wohnzimmer, wo Paula es sich im Schneidersitz vor dem Fernseher bequem gemacht hatte.

Hannah griff nach der Fernbedienung und schaltete das Gerät wieder aus. »Um diese Uhrzeit wird nicht mehr ferngesehen, Paula. Das weißt du doch. Du gehst jetzt ins Bett. Zieh dir den Schafanzug an und putz dir die Zähne!«

»Och Mensch! Ich wollte doch warten, bis Billa zurückkommt.« Paula machte ein enttäuschtes Gesicht.

Hannah schüttelte entschieden den Kopf. »Wir wissen doch gar nicht, ob und wann sie zurückkommt. Und du musst morgen früh in den Kindergarten und ausgeschlafen sein.«

»Aber …«

»Kein Aber! Ich kann doch auch auf sie warten, oder?«

»Schon …«

»Wenn sie kommt, mache ich ihr sofort die Tür auf.« Hannah gab ihrer Tochter einen Kuss auf die Stirn. »Nun geh schon nach oben. Ich komme gleich und decke dich zu.«

Nach dem langen und aufregenden Tag dauerte es nicht lange, bis Paula eingeschlafen war. Hannah machte es sich im Wohnzimmer auf der Couch bequem und schaltete den Fernseher wieder ein. Doch nachdem sie sich durch mehrere Programme gezappt hatte, machte sie das Gerät entnervt wieder aus und griff stattdessen nach einem Buch, konnte sich aber nicht auf die Geschichte konzentrieren. Also klappte sie das Buch wieder zu und lauschte dem Wind, der sich mittlerweile zum Sturm gesteigert hatte und an den Fensterläden rüttelte. Regen prasselte gegen die Fensterscheiben.

Hannah mochte Unwetter. Sie kuschelte sich in ihre alte Wolldecke, schloss die Augen und genoss das hohle Pfeifen, das der Wind im Kamin verursachte.

Ihre Gedanken wanderten zurück zum Nachmittag und zu Leon. Gerade, als sie sich sein Gesicht vorstellte, brandete eine besonders heftige Sturmböe gegen das Haus. Fast gleichzeitig knirschte es, und dann krachte draußen etwas zu Boden.

Erschrocken sprang Hannah auf die Füße und rannte zum Fenster. Doch in der Dunkelheit sah sie nicht viel mehr als die Schatten der Büsche, die sich im Wind bogen. Ein erneutes Krachen ließ sie zusammenzucken. »O verdammt!«

Plötzlich begriff sie, was geschehen war. Ihr erster Impuls war, nach draußen zu stürzen, doch das wiederholte Knirschen ließ sie innehalten. Es war zu gefährlich, jetzt hinauszugehen. Stattdessen eilte sie die Treppe hinauf und öffnete die Klappe, die zum Speicher hinaufführte.

»Was machst du da, Mama?« Paula stand mit verschlafenem Gesicht in ihrer Zimmertür.

»Leg dich wieder hin! Der Wind hat anscheinend ein paar Dachschindeln heruntergeweht. Ich will nur schauen, ob es durchregnet.«

»Ist Billa wieder da?«

Hannah schüttelte den Kopf. »Nein, Paula. Bestimmt hat sie sich ein sicheres Plätzchen gesucht und wartet das Unwetter ab. Schlaf jetzt!«

Paula wandte sich mit betrübtem Gesicht um und verschwand wieder in ihrem Bett. Hannah zog die ausziehbare Leiter zu sich herab und kletterte auf den Dachboden. Trotz des spärlichen Lichts, das die winzige Glühlampe warf, erkannte sie sofort die Bescherung. Der Sturm hatte bereits drei Dachschindeln fortgeweht, und die Dachplane, die sich darunter befand, war so alt und spröde, dass sie Risse aufwies, durch die sich nun in einem Rinnsal der Regen drückte. Glücklicherweise fand sie in einer Ecke einen alten Eimer, den sie so aufstellte, dass das Wasser hineintropfen konnte. Sie hoffte, das würde bis zum Morgen ausreichen. »Hoffentlich reißt es nicht noch mehr Schindeln herunter«, murmelte sie missmutig. »Schlimm genug, dass ich diesen Vermieter schon wieder anrufen muss.«

Als eine erneute Sturmböe das Haus erfasste, fuhr sie erschrocken zusammen. Eilig verließ sie den Dachboden und ging zurück ins Wohnzimmer.

Obwohl ihre wohlige Stimmung verflogen war, legte sie sich wieder auf die Couch, zog sich die Wolldecke bis zum Kinn und schloss die Augen. Dass ihr erster Gedanke, als sie sich zu entspannen versuchte, wieder Leon galt, ließ sie über sich selbst schmunzeln. Warum auch nicht? überlegte sie. Immerhin war er ein ansehnlicher Mann. Es wunderte sie, dass ausgerechnet jemand wie er noch Single war. Aber vermutlich gab es einen guten Grund dafür. Wahrscheinlich war er eher auf kurze Abenteuer aus. So war es doch oft bei den gutaussehenden Männern, nicht wahr? Denen war ihre Freiheit meistens lieber als eine feste Partnerin.

Träge bewegte Hannah ihre Füße unter der Decke. Silke würde vermutlich sagen, dass ein Abenteuer immer noch besser war als gar kein Mann. Hannah lächelte vor sich hin. Vielleicht erzählte sie ihrer Freundin vorerst lieber nichts von Leon. Und im Grunde gab es ja auch noch gar nichts zu berichten. Er war nur rein zufällig ein netter alleinerziehender Vater, dessen Sohn wie Paula in die Eulengruppe des örtlichen Kindergartens ging. Sie seufzte. Und der sie erst zum Essen bei McDonald's und dann zur Besichtigung eines Baumhauses im Wald eingeladen hatte – in Anwesenheit beider Kinder. Nein, er hatte schon recht. Das war weder ein Köder noch besonders romantisch. Und deshalb würde sie auch hingehen.

Sie schrak zusammen, als sie neben sich ein leises Schnaufen hörte, und riss die Augen auf. »O mein Gott, Billa!« Verwirrt fuhr sie hoch und starrte auf die Hündin, die neben der

Couch saß und treuherzig zu ihr aufblickte. Wasser tropfte aus ihrem Fell. »Wie bist du denn hereingekommen?«

Wie zur Antwort knarrte im Flur die Hintertür. Hannah war mit wenigen Schritten dort und betrachtete sprachlos die offene Tür, durch die der Regen ins Haus geweht wurde. Eilig schloss sie sie wieder und drehte sich zu Billa um, die ihr auf dem Fuß gefolgt war. »Kannst du etwa Türen öffnen?« Sie schüttelte den Kopf. »Das gibt es doch gar nicht. Ich dachte, ich hätte abgeschlossen!« Das holte sie nun schnell nach und hängte den Schlüssel an das Brett neben der Tür.

Billa schüttelte sich leicht, legte den Kopf auf die Seite, und Hannah strich ihr über das nasse Fell. »Das ist ja wirklich merkwürdig. Was bist du nur für ein Hund?«

Billa leckte ihr über den Handrücken und schien sie freundlich anzulächeln. Dann tapste sie in die Küche und machte sich über den Napf mit Hundefutter her.

7. Kapitel

»Hallo, Herr Marbach? Gut, dass ich Sie erreiche. Leider hat der Sturm gestern Nacht ein paar Schindeln von meinem Dach geweht. Ich denke, wir müssen umgehend einen Dachdecker …«

»Wir?«, kam es mitsamt einem Knacken und Rauschen aus dem Hörer.

Hannah verdrehte die Augen. »Nun, Sie natürlich, denn es ist ja Ihr Haus. Es hat nämlich ziemlich stark hereingeregnet …«

»… schon wieder? Dieses Haus … auf die Nerven!«

»Also hören Sie mal!« Verärgert wechselte Hannah den Hörer vom linken ans rechte Ohr. »Es ist mir egal, ob ich Ihnen auf die Nerven gehe. Sie sind der Vermieter, also sollten Sie sich auch darum kümmern …«

»… nicht selbst einen Dachdecker holen?« Die Stimme war immer schwerer zu verstehen.

Hannah verdrehte die Augen. »Natürlich kann ich auch selbst einen Dachdecker holen, aber dann muss die Rechnung …«

»… habe jetzt wirklich keine Zeit dafür … Sturmschäden …«

»Was?« Hannah bemühte sich, aus den Sprachfetzen schlau zu werden, die an ihr Ohr drangen. Doch so langsam trieb sie das ständige Knistern und Rauschen in der Leitung zur Weißglut. »Hören Sie, Herr Marbach. Entweder Sie schicken mir einen Dachdecker, oder ich rufe selbst einen. Und ich wäre Ihnen sehr dankbar, wenn Sie sich ein besseres Handy zulegen würden. Ich verstehe kein Wort!«

»… nicht mein Handy … schlechter Empfang …«

»Lieber Himmel, dann gehen Sie irgendwohin, wo der Empfang besser ist!«

»… jetzt nicht … Ruhe geben … schicke ich Ihnen …«

»Damit ich Ruhe gebe? Was denken Sie sich eigentlich? Hallo?«

»… jetzt an die Arbeit.«

Es knackte in der Leitung, und die Verbindung war unterbrochen. Hannah starrte ihr Telefon fuchsteufelswild an. »Das ist ja wohl eine Unverschämtheit! Mir regnet es ins

Haus, und dieser Blödmann will, dass ich Ruhe gebe!« Erregt ging sie in der Küche auf und ab und wäre fast über Billa gestolpert, die sich ihr mit einem leisen Winseln in den Weg stellte.

Überrascht blickte sie auf die Hündin hinab. »Was ist denn los?«

Billa legte den Kopf auf die Seite und wedelte leicht mit dem Schwanz.

»Du meinst, ich soll mich nicht so aufregen, was?« Mit einem resignierten Seufzen ließ sich Hannah auf einen Stuhl sinken. Billa kam zu ihr und legte ihr den Kopf aufs Knie.

Hannah schmunzelte. »Du hast ja recht, Billa. Er hat es gar nicht verdient, dass man sich über ihn aufregt. Als ob ich ihn mit meinen Anrufen ärgern wolle!« Sie schüttelte den Kopf. »Hätte ich gewusst, wie er ist, hätte ich mir zweimal überlegt, ob ich das Haus miete.«

Billa gab ein zustimmendes Schnaufen von sich und stupste sie mit der Nase an. »Okay, ich lasse dich kurz in den Garten, aber dann muss ich wieder an die Arbeit.«

Missmutig steckte er sein Handy weg und trat mit einem leisen Fluch gegen den Reifen seines Wagens. Das hatte ihm gerade noch gefehlt. Diese Nervensäge von einer Mieterin hatte wohl beschlossen, ihm ständig auf den Keks zu gehen. Er hätte das Haus besser leerstehen lassen. Jetzt hatte er dauernd Beschwerden und Reparaturen am Hals.

Er atmete tief durch und lehnte sich gegen den Kotflügel. Onkel Richard hatte ihn schon gewarnt, dass das Dach des alten Gebäudes nicht mehr das beste war. Jetzt hatte er den

Salat. Aber konnte diese blöde Ziege nicht selbst einen Dachdecker holen? Ihm reichte es schon, wenn er die Rechnung bekam. Andererseits würde sie ihm womöglich den Mieterbund auf den Hals hetzen, wenn er sich nicht um sein Haus kümmerte. Seufzend klappte er sein Handy auf und wählte die Nummer eines Onkels. Ausgerechnet heute hatte er aber auch wirklich keine Zeit. Der Sturm hatte einiges an Schaden angerichtet. Das Ausmaß an Zerstörung, das sich seinem Blick bot, wenn er den Kopf hob, überwog ein paar herabgewehte Dachpfannen bei weitem.

Erst als er das Gespräch mit seinem Onkel beendete, fiel ihm ein, dass er schon wieder vergessen hatte zu fragen, wie seine Mieterin überhaupt hieß. Den Mietvertrag hatte er seiner Tante mitgegeben und sich später nicht mehr darum gekümmert.

»Das sieht nicht gut aus.« Richard Bogner strich sich ein ums andere Mal durch seinen dichten, gepflegten Vollbart. »Da müssen wir mehr machen, als nur die Dachschindeln zu ersetzen.«

»Ich habe es befürchtet.« Hannah stand neben dem älteren Herrn und blickte ebenfalls zum Dach hinauf.

Er nickte vor sich hin. »Das wird teuer. Aber ich kann das erst mal provisorisch abdichten, bis ein Dachdecker verständigt ist.«

»Das wäre sehr nett. Leider war Herr Marbach wohl nicht sehr begeistert, als ich ihn schon wieder wegen einer Reparatur angerufen habe«, formulierte sie vorsichtig.

Bogner nickte lächelnd. »Ja, ja, der Junior ist da ein bisschen empfindlich, und auf Frauen reagiert er zuweilen etwas biestig. Nehmen Sie es ihm nicht übel, er hat schon genug hinter sich.«

»Kein Grund, unhöflich zu werden.« Hannah spürte noch immer einen Funken Ärger in sich.

»Das ist natürlich richtig. Ich werde ihm nahelegen, sich an seine gute Erziehung zu erinnern.« Bogner zwinkerte ihr zu, und sie war für einen Moment irritiert. »Er ist ein guter Junge, aber das Haus hier …«, fuhr er fort und hielt dann nachdenklich inne. »Vielleicht hätte er es doch verkaufen sollen. Ach was!« Er lachte. »Das soll Sie nicht interessieren. Ich werde mal sehen, ob ich die Dachplane abdichten kann, und dann sage ich dem Jungen Bescheid, dass er seinen Hintern in Bewegung setzen und einen Dachdecker verständigen soll.«

Hannah nickte und ging wieder in ihr Arbeitszimmer. Sie rückte den Ausdruck ihrer letzten Zeichnung ein wenig mehr ins Licht und lauschte, während sie über dem Problem einer bestimmten, vom Kunden gewünschten Dachneigung brütete, den Geräuschen, die Bogner auf dem Dachboden machte.

Pünktlich um Viertel vor zwölf kam Billa ins Zimmer getapst und setzte sich erwartungsvoll neben sie.

Hannah blickte erst auf die Hündin, dann auf die Uhr. »Nanu, willst du mich daran erinnern, Paula abzuholen? Du scheinst aber ein gutes Zeitgefühl zu haben.« Sie tätschelte Billa den Kopf und stand auf. »Na komm, dann lass uns mal losgehen.«

Als sie vor dem Kindergarten ankamen, ertappte sich Hannah dabei, dass sie nach Leon Ausschau hielt, und schalt sich selbst ein dummes Huhn. Sie winkte Paula, die gerade aus der Tür trat. »Hallo, mein Schatz! War es schön heute?«

Paula nickte heftig und umarmte erst Hannah, dann Billa. »Ganz schön. Sandra hatte Geburtstag, und wir haben Kuchen gegessen.« Sie stand auf und nahm Hannahs Hand. »Gehen wir noch spazieren?«

»Wenn du möchtest.« Hannah nickte. »Aber nicht zu lange, ich muss nämlich noch arbeiten. Wo ist denn Mario heute?«

»Bei seiner Tante. Mama, wann ist endlich Samstag?«

Schmunzelnd strich Hannah ihrer Tochter über den Kopf. Diese Frage hatte sie sich, wenn sie ehrlich war, auch schon gestellt. »Übermorgen ist Samstag. Das bedeutet, wir müssen noch zweimal schlafen.«

»Und dann gehen wir zu Mario!«, jubelte Paula und hüpfte aufgeregt neben Hannah auf und ab. »Mama, freust du dich auch, dass wir zu Mario und seinem Papa gehen?«

»Es wird bestimmt sehr nett«, antwortete Hannah ruhig und blickte sich um. So laut, wie Paula geredet hatte, war diese Information nun ganz sicher bereits in Umlauf geraten. Tatsächlich sah sie Renate und zwei andere Mütter miteinander tuscheln und in ihre Richtung blicken.

Hannah lächelte ihnen kurz zu, wandte sich ab und kräuselte die Lippen. Noch mehr Futter für den Gerüchteeintopf, dachte sie. »Komm, Paula, lass uns ein bisschen schneller gehen.«

»Hannah? Warten Sie doch bitte kurz!«

Beim Klang von Renates Stimme blieb sie stehen und verdrehte die Augen. »Auch das noch!«

»Hannah? Ach, ich darf Sie doch so nennen, ja? Wir nennen uns hier alle beim Vornamen.« Renate blieb vor ihr stehen und lächelte breit. »Haben Sie sich schon überlegt, ob Sie dem Elternbeirat beitreten möchten? Nein? Na, macht ja nichts. Ist ja nicht so eilig. Aber vielleicht möchten Sie am Samstagnachmittag zu unserem Treffen kommen? Wir planen gerade die Adventsfeier und können jede Verstärkung brauchen.«

Renates unschuldiger Augenaufschlag reizte Hannah fast zum Lachen, doch sie riss sich zusammen. »Am Samstag haben wir leider schon etwas vor.«

»Wir fahren zu Mario und seinem Papa, und Mario zeigt mir sein Baumhaus!«, rief Paula dazwischen und hüpfte um Billa herum, die dies aus Aufforderung zum Spielen ansah und fröhlich bellte.

Hannah zuckte zusammen. Auf dem Silbertablett hatte sie Renate die Information eigentlich nicht liefern wollen, aber nun ließ es sich ja nicht mehr rückgängig machen.

»Ach, sagen Sie bloß, Sie sind mit Leon verabredet?« Renate tat überrascht. »Das ist aber schnell gegangen. Ich wusste ja gar nicht, dass Sie und er …«

»Nein.« Hannah schüttelte entschieden den Kopf. »Wir sind nicht …«

»Da haben Sie aber Glück«, redete Renate einfach weiter. »Bisher ist er noch mit keiner der alleinerziehenden Mütter ausgegangen. Jedenfalls nicht, dass ich wüsste. Na, hat einer wie der wohl auch nicht nötig.« Wieder lächelte Renate. »Verzeihen Sie, aber was wahr ist, ist wahr, oder? Wenn ich nicht glücklich verheiratet wäre … Nun, dann lassen Sie den

Fisch mal bloß nicht von der Angel, meine Liebe. Männer, die so aussehen wie er, sind begehrt.« Sie tätschelte wohlwollend Hannahs Arm. »Aber natürlich kann ich gut verstehen, dass Sie am Samstag keine Zeit für uns haben. Bis morgen dann!« Sie strich Paula kurz übers Haar, winkte und kehrte zu den anderen Müttern zurück. Hannah sah ihr mit gemischten Gefühlen nach.

»Mama, warum sollen wir denn angeln gehen?«

»Wie?«

Paula zupfte an einer Haarsträhne. »Die Frau hat doch das mit dem Angeln und Marios Papa gesagt.«

»Das war nur so eine Redensart.« Hannah fasste Billas Leine kürzer und dirigierte ihre Tochter und die Hündin vom Kindergarten fort.

»Also gehen wir nicht angeln?«

»Nein.« Hannah lachte. »Das tun wir nicht.«

»Gut.« Paula machte ein zufriedenes Gesicht. »Ich finde angeln doof. Baumhäuser sind viel besser.«

8. Kapitel

»Guck mal, Mama! Hier sind sogar Decken und Kissen und alles!«, rief Paula und winkte über die Brüstung des urigen Baumhauses, das Leon unweit des Forsthauses für seinen Sohn gebaut hatte.

Neben Paula tauchte nun auch Marios wuscheliger Blondschopf auf. »Sind alles meine Kissen. Papa, kommst du auch rauf?«

»Nein, Mario, da oben ist nur Platz für zwei Personen«, antwortete Leon und lachte, als die beiden Kinder wieder aus dem Blickfeld verschwanden und kichernd in der Hütte rumorten.

»Mama, komm doch mal gucken!« Paula war zur Brüstung zurückgekehrt und winkte erneut heftig. »Ich will auch so ein Baumhaus. Das ist ganz, ganz toll.«

»Wir haben doch gar keinen Baum in unserem Garten, der so ein Haus tragen könnte.« Hannah schüttelte amüsiert den Kopf.

»Komm trotzdem mal hoch«, bettelte Paula unbeirrt weiter. Hannah sah unsicher zu Leon hinüber.

»Sie können ruhig hinaufsteigen. Die Leiter hält sogar mich aus«, sagte er. »Aber Sie werden nur hineinschauen können. Da oben ist ja schließlich nur ein Ein-Zimmer-Apartment.« Er grinste ermunternd. »Soll ich Ihnen helfen?«

»Nein, das geht schon«, wehrte Hannah ab. »Ich bin zwar schon eine Weile nicht mehr auf Leitern oder in Bäume geklettert … Nehmen Sie mal die Leine?« Sie drückte ihm Billas Leine in die Hand und begann mit dem Aufstieg. Dabei spürte sie mehr als deutlich seine Blicke in ihrem Rücken und – sie war sich ganz sicher – auch auf ihrem Hinterteil, das heute in ihren ältesten und bequemsten Jeans steckte.

Als sie einen Blick über die Schulter warf, wandte er den Blick jedoch sofort ab und beugte sich über Billa, die ihn freudig umtänzelte. Entschlossen, sich nicht irritieren zu lassen, erklomm sie die nächsten Sprossen der Leiter und warf dann zu Paulas Freude endlich einen Blick auf das gemütlich mit Decken ausgelegte Innere des Baumhauses.

»Braver Hund«, sagte Leon indes so laut, dass Hannah ihn gerade noch verstehen konnte, und streichelte Billa ausgiebig. Er hatte tatsächlich länger als beabsichtigt ihre nicht unattraktive Kehrseite betrachtet und hoffte, dass sie es nicht mitbekommen hatte. »Du bist ja wirklich eine Hübsche, was?« Er ging vor der Hündin in die Hocke und betrachtete sie aufmerksam. »Ich kann mir nicht helfen, aber du siehst unserer alten Sybilla unglaublich ähnlich.«

Billa stupste ihn mit der Nase gegen das Kinn und legte dann aufmerksam den Kopf auf die Seite.

Verwundert rieb er sich über die feuchte Stelle am Kinn. »Das hat Sybilla auch immer gemacht.« Zaghaft strich er ihr über den Kopf, und sie leckte seine Fingerspitzen. Er schüttelte den Kopf. »Vermutlich ist das die ganz normale Hundesprache, wie?«

Erneut stieß Billa ihre Nase gegen sein Kinn, dann setzte sie sich hin und blickte hinauf zu Hannah, die noch immer auf der Leiter stand und sich, die Arme auf den Boden der Hütte gestützt, mit Paula und Mario unterhielt.

»Dein Frauchen ist auch nicht ohne, was?«, raunte er Billa zu, worauf sie leicht zu wedeln begann. »Eigentlich muss ich dir wirklich dankbar sein, dass du ihr neulich ausgerissen bist, sonst hätte ich sie vielleicht nicht so leicht kennengelernt.« Billa stieß eine Art Schnauben aus und zuckte dabei mit dem Kopf, dass es aussah, als würde sie nicken. Leon lachte und erhob sich. »Nun, wie finden Sie die Hütte?«, rief er nach oben.

»Sehr schön«, antwortete Hannah und warf einen kurzen Blick zu ihm hinunter. »Stammt der Entwurf von Ihnen?« Langsam trat sie den Rückweg über die Leiter an. Als sie die vorletzte Sprosse erreicht hatte, spürte sie plötzlich Leons Hände an ihrer Hüfte und konnte ein kurzes Zusammenzucken nicht verhindern. Er stützte sie, bis sie wieder festen Boden unter den Füßen hatte, ließ sie jedoch augenblicklich wieder los.

Unentschlossen, ob sie darüber enttäuscht oder froh sein sollte, nahm sie ihm die Leine ab und streichelte kurz über Billas Ohren.

Leon war mit ihrer Reaktion auf seine kurze Berührung mehr als zufrieden und trat einen Schritt zurück. »Nun, auch wenn es Sie als Architektin vielleicht enttäuscht, aber der Entwurf stammt zu meiner Schande aus dem Prospekt eines Baumarktes.« Als sie ihn wieder anblickte, blitzte es amüsiert in seinen Augen.

Hannah lächelte zurück. »Enttäuscht nicht, eher erleichtert. Ich hatte schon befürchtet, Sie würden mir womöglich demnächst Konkurrenz machen.«

»Auf gar keinen Fall!« Er zwinkerte ihr zu und senkte verschwörerisch die Stimme. »So gerne ich das Ding für Mario gebaut habe, war ich doch froh, als es endlich fertig war. Als Vater hat man immer so etwas wie Heldenstatus, aber Sie glauben gar nicht, wie viele Splitter man sich an diesem Holz holen kann.«

»Dann sind Sie also nicht der geborene Baumeister?«

»Ich habe die Hütte unter Aufbietung meiner letzten Kräfte gebaut. Und ich hoffe sehr, dass Sie nicht auf die Idee kommen, mich zu bitten, eine weitere für Paula zusammenzubasteln.« Er setzte eine gespielt gequälte Miene auf, die Hannah zum Lachen reizte.

»Keine Angst, das lag nicht in meiner Absicht. Außerdem gibt es bei uns wirklich keine Bäume, die ein solches Ungetüm tragen würden.«

»Papa, dürfen wir hier noch weiter spielen?« Mario kam wie ein Wiesel die Leiter heruntergeklettert und griff nach seinem bunten Rucksack, der vollgepackt mit Süßigkeiten und Getränken am Baumstamm lehnte.

Leon hob die Schultern und sah Hannah fragend an. Sie nickte leicht. »Also gut.« Er gab Mario einen Klaps auf die Schulter. »Aber nicht zu lange. Es ist schon ziemlich kalt heute. Eine halbe Stunde dürft ihr oben bleiben.«

»Au ja!« Mario schnallte sich den Rucksack auf den Rücken und war in Windeseile wieder oben im Baumhaus.

»Gehen wir ein paar Schritte?«, fragte Leon und wies mit dem Kinn auf den schmalen Weg, der weiter in den Wald hinein führte. »Wir bleiben auch in Hörweite.«

»Also gut – warum nicht?« Hannah folgte ihm den Weg entlang; Billa ging ruhig neben ihr her.

Die Bäume hatten ihr Blätterkleid schon fast vollständig abgeworfen, so dass die Novembersonne ihren Weg bis zum Waldboden fand, auf den sie unruhige Muster aus Licht und Schatten warf. Die Luft war erfüllt von würzigen Herbstdüften, die Hannah tief einsog.

»Das ist ein Grund, weshalb ich Förster geworden bin«, sagte Leon und sah sie von der Seite an. »Ich liebe diese Luft und wie sie sich im Laufe der Jahreszeiten verändert.«

Hannah nickte verständnisvoll und schaute sich um. Als sie die riesige Tanne erblickte, die am Rande einer Schonung am Boden lag, blieb sie überrascht stehen. Der Stamm war im unteren Viertel wie ein Streichholz abgeknickt. »Was ist denn da passiert?«

Leon ging zu dem gefällten Baum hin und stützte sich gegen den Baumstumpf. »Das war der Sturm von neulich«, erklärte er. »Wir hatten nicht erwartet, dass er in diesem Gebiet so stark wüten würde, und hatten eine ziemliche Menge Arbeit, die schlimmsten Schäden zu beseitigen. Auf der anderen Seite des Waldes haben wir noch gar nicht damit angefangen. Da werden wir noch ein, zwei Wochen brauchen, bis wir die gestürzten Bäume alle herausgeholt haben.«

»Eine gefährliche Arbeit«, befand Hannah. »Wenn so ein Stamm nur noch von den danebenstehenden Bäumen gestützt wird, kann beim Fällen doch allerhand schiefgehen, oder?«

Leon schüttelte den Kopf, nickte dann aber. »Sicher, ganz ungefährlich ist es nicht, aber ich habe einen Trupp gut ausgebildeter Waldarbeiter, die das erledigen. Und mit den entsprechenden Maschinen geht es meist reibungslos.«

»Aber wenn hier mal ein Unfall passiert …« Hannah ließ den Satz unvollendet, schauderte jedoch.

»Machen Sie sich Sorgen um mich?«

Hannah blieb stehen und blickte angestrengt geradeaus. »Um Ihr Ego mache ich mir jedenfalls keine Sorgen.«

»Autsch.« Leon grinste. »Das hat gesessen.«

»Vielleicht sollten wir umkehren.« Hannah drehte sich um und ging mit Billa langsam den Weg zurück, den sie gekommen waren.

Leon war mit wenigen Schritten wieder an ihrer Seite. »Im Ernst, ein Förster hat keinen sonderlich gefährlichen

Beruf. Die halbe Zeit verbringe ich mit Papierkram. Da könnte ich mir vorstellen, dass eine Baustellenbegehung für Sie wesentlich riskanter ist.«

Hannah antwortete nicht darauf, und so schwiegen sie, bis sie wieder beim Baumhaus angekommen waren. Von oben hörten sie nur leises Gemurmel und dazwischen fröhliches Kinderlachen.

»Paula ist ganz begeistert«, sagte Hannah und lehnte sich mit der Schulter gegen die Leiter. »Jetzt wird sie mir bestimmt täglich in den Ohren liegen, wieder hierherzukommen.«

»Sie ist jederzeit herzlich willkommen«, meinte Leon und lächelte. »Zumindest, solange sie noch in dem Alter ist, in dem Baumhäuser reine Abenteuerspielplätze sind.«

Hannah blickte ihn einen Moment lang irritiert an, und er lachte. »Ab einem gewissen Alter dürfte der Reiz eines ruhigen, romantischen Plätzchens nicht mehr in den Süßigkeiten liegen, die man da oben heimlich in sich hineinstopfen kann.«

»Ich vermute, Sie sprechen aus Erfahrung?«

Leon schwieg einen langen Moment. »Nein, bisher nicht.«

Er trat einen Schritt auf Hannah zu und stützte sich mit einer Hand neben ihrem Kopf ab. Forschend sah er sie an. »Wäre es Ihnen lieber, wenn es so wäre?«

»Ich, äh …« Hannah blickte unruhig links und rechts an ihm vorbei und überlegte, wie sie etwas Abstand zwischen ihn und sich bringen konnte, damit sich ihr Herzschlag wieder beruhigte. Doch sie rührte sich nicht von der Stelle.

»Sie haben interessante Augen«, sagte er. »Blaugrau mit grünen Einsprengseln. Je nach Lichteinfall verändern sich die Farben.«

Da ihr partout keine Antwort darauf einfallen wollte, schwieg Hannah. Er hob die freie Hand und spielte mit einer Haarsträhne, die sich aus dem lockeren Knoten an ihrem Hinterkopf gelöst hatte. »Ihr Haar gefällt mir übrigens ebenfalls.« Als sie noch immer nichts sagte, lächelte er. »Verzeihen Sie, aber entweder sind Sie gegen Komplimente immun, oder ich bin mehr aus der Übung, als ich befürchtet hatte.«

»Ich …« Hannah versuchte, sich zusammenzureißen. Das war ihr bisher noch nie passiert, aber wenn er ihr zu nahe kam, schien sich ein Teil ihres Gehirns abzuschalten. »Ich denke, Sie machen das ganz gut.« Sie rang sich ein Lächeln ab. »Wahrscheinlich bin ich es, der die Übung fehlt.«

»Wollen Sie mir erzählen, Sie würden niemals Komplimente bekommen?« Leon sah sie halb amüsiert, halb neugierig an.

Hannah blickte verlegen zu Boden. »Vermutlich schon, aber wahrscheinlich nehme ich sie meistens nicht wahr.«

Er stieß einen erheiterten Laut aus. »Nun haben Sie meinem Ego wieder auf die Füße geholfen. Vielleicht könnten wir ja …«

Billa unterbrach ihn, indem sie einen kurzen Laut ausstieß. Im nächsten Moment klingelte Leons Handy.

»Entschuldigen Sie.« Bedauernd zog er sein Handy aus der Jacke und trat damit einen Schritt zur Seite.

»Wie? Wo? … Könnt ihr das nicht alleine …? Ja, ich weiß, dass du heute freihast. Ich übrigens auch … Na gut, ich komme gleich.«

Leon schaltete das Handy ab und machte ein zerknirschtes Gesicht. »Es sieht so aus, als gäbe es hinten am Waldsee ein Problem wegen eines Sturmschadens. Da muss ich leider nach dem Rechten schauen.«

»Und Mario?«, fragte Hannah. Sie versuchte, sich die Enttäuschung über das abrupte Ende ihres Treffens nicht allzu deutlich anmerken zu lassen.

»Ich bringe ihn bei meiner Schwägerin vorbei. Mein Bruder bewirtschaftet einen Bauernhof nicht weit von hier.« Er warf einen Blick hinauf zum Baumhaus. »Es tut mir leid, dass der Nachmittag so schnell enden muss. Ich hätte Sie gerne noch …«

»Vielleicht ein andermal«, unterbrach Hannah ihn rasch. Wahrscheinlich war es sogar besser, wenn sie die Sache nicht überstürzten.

»Ja, vielleicht ein andermal.« Er zwinkerte. »Wenn Sie mir Ihre Telefonnummer geben, rufe ich Sie an.«

Hannah nickte und kramte in ihrer Jacke nach einem Stift, fand aber keinen. Leon hielt ihr zuvorkommend einen Block samt Kugelschreiber hin.

Sie nahm beides, doch nachdem sie ihre Festnetznummer notiert hatte, hielt sie inne. »Auch wenn ich Ihrem Ego damit einen erneuten Tiefschlag versetze, aber für einen Mann, der angeblich, was das Flirten angeht, aus der Übung ist, haben Sie immer erstaunlich schnell etwas zum Schreiben bei der Hand.«

Überrascht hob er die Brauen. Dann lachte er unsicher. »Das ist bloß eine alte Pfadfinder-Gewohnheit. Sie wissen schon: allzeit bereit.« Als sie den Kopf amüsiert auf die Seite legte, hob er beide Hände. »Schon gut, ich sage jetzt lieber nichts mehr, sonst rede ich mich noch um Kopf und

Kragen.« Er blickte wieder zum Baumhaus hinauf und rief nach Mario und Paula.

Die beiden machten ihrer Enttäuschung über das Ende ihres Spiels lautstark Luft, und erst, als Hannah ihrer Tochter versprach, so bald wie möglich wieder herzukommen, ließ sie sich überreden, zurück zum Auto zu gehen. Dort angekommen, streckte Hannah Leon ihre Hand hin. »Auch wenn der Besuch sehr kurz war, danke ich Ihnen trotzdem für die nette Einladung.«

Leon ergriff ihre Hand und hielt sie länger fest als eigentlich nötig. »Ich danke Ihnen für den Besuch.« Lächelnd beugte er sich zu Paula hinunter. »Und du überredest deine Mama, ganz bald wieder hierher zu kommen, nicht wahr?«

Paula nickte heftig.

»Also dann.« Hannah öffnete die Autotür und ließ Paula und Billa einsteigen.

»Auf Wiedersehen – ich rufe Sie an.« Leon wartete, bis Hannah ihre Tochter angeschnallt hatte, dann hielt er ihr zuvorkommend die Fahrertür auf. »Und vergessen Sie den Quatsch, den ich eben geredet habe.«

Hannah, die sich hinter dem Steuer ihres Wagens etwas sicherer fühlte, zuckte betont lässig mit den Schultern. »Mal sehen.« Sie lächelte, schloss die Tür und ließ den Motor an.

Leon trat einen Schritt zurück und nahm Mario, der ihnen heftig nachwinkte, bei der Hand. Hannah sah im Rückspiegel, wie er ihnen nachblickte und dann seinen Sohn hochhob und einmal durch die Luft schwenkte, bevor er mit ihm davonging.

9. *Kapitel*

»Dir ist schon klar, dass du mir gerade ein Date versaut hast«, warf Leon seinem Freund und Kollegen Martin vor, während sie die halb gekippte Buche betrachteten, die, nur von wenigen Ästen der nebenstehenden Bäume gehalten, in den See und dort auf einen nagelneuen Anlegesteg zu stürzen drohte.

»Was sollte ich denn machen? Klaus und Rudolf sind heute bei einem Fußballspiel, und Igor …« Martin hielt inne und sah Leon von der Seite an. »Was hast du gesagt? Ein Date? Du hast doch niemals Dates.«

»Diesmal schon«, brummelte Leon. »Oder es hätte zumindest eines werden können, wenn wir die Kinder …«

»Kinder? Du hattest Mario dabei? Das ist doch wohl nicht dein Ernst.« Verständnislos schüttelte Martin den Kopf. »So was ist doch kein Date!«

Leon winkte ab. »Hannah war mit ihrer kleinen Tochter bei uns zu Besuch, und wir wollten …« Was sie wollten oder vielmehr, was er gerne gewollt hätte, verschwieg er. »Aber vermutlich war es sogar besser, dass du uns unterbrochen hast.« Als er daran dachte, was er zuletzt zu Hannah gesagt hatte, schüttelte er erneut den Kopf und ärgerte sich über sich. »Allzeit bereit – also wirklich«, murmelte er.

»Was bitte?« Martin spitzte die Ohren und hielt Leon am Arm fest, bevor dieser weggehen konnte. »Wer ist allzeit bereit?«

Leon schüttelte seine Hand ab. »Vergiss es! Ich war nur kurz davor, mich lächerlich zu machen, das ist alles.«

»Oh.«

»Was?« Er sah Martin von der Seite an, der feixend die Arme vor der Brust verschränkt hatte. »Du wirst doch wohl nicht endlich zu den Lebenden zurückkehren?«

Leon winkte ab. »Ich hätte besser gar nicht davon angefangen.«

»O doch, mein Freund.« Martin lachte. »Und wenn wir dieses Ungetüm von Baum da weggeschafft haben, will ich wissen, wer sie ist und wie sie es geschafft hat, dich zu einem Date zu überreden.«

»Du triffst dich mit einem Mann und erzählst mir kein Sterbenswörtchen davon?« Entrüstet stemmte Silke die Hände in die Hüften und machte ein Gesicht, als habe Hannah sie soeben aufs höchste beleidigt. »Wer ist er, was macht er, wie sieht er aus?«

Hannah verkniff sich ein Grinsen. »Du klingst wie meine Mutter beim Kreuzverhör.«

»Sag bloß, du hast deiner Mutter schon von ihm erzählt und mir noch nicht!« Silkes Augen sprühten mittlerweile Funken.

Hannah legte ihr beruhigend eine Hand auf die Schulter. »Ich kann mich beherrschen, Silke. Wenn ich ihr von ihm erzählt hätte, wäre sie bereits auf dem Weg zu mir, um die Hochzeitseinladungen zu besprechen.«

Silke entspannte sich und kicherte. »Sie will dich also noch immer unbedingt unter die Haube bringen?«

»Dir nicht ganz unähnlich«, gab Hannah unfreundlich zurück, lächelte aber. »Sie begreift einfach nicht, warum ich so einen netten, unkomplizierten Mann wie Torsten gehen lassen konnte. Und jetzt glaubt sie, ich würde keinen Mann mehr abkriegen und eines Tages an Einsamkeit eingehen.«

»Der Gedanke ist mir allerdings auch schon gekommen«, meinte Silke, schaltete die Kaffeemaschine aus und schraubte den Deckel auf die Kanne. Dann gingen sie gemeinsam zu Hannahs Küchentisch, der zu einem kleinen Kaffeekränzchen liebevoll gedeckt war. »Wann warst du zuletzt mit einem Mann zusammen?«

Hannah schwieg.

»Siehst du, das meine ich.« Silke setzte sich und goss sich Kaffee und Sahne in ihre Tasse. »Gab es nach Torsten überhaupt jemanden?«

»Du weißt doch ganz genau, dass ich mit Angelo …«

»Ach was, der zählt doch nicht!« Silke winkte ab.

»Ach nein?«

»Das war ein Urlaubsflirt in Südtirol und dauerte gerade mal zwei Wochen.« Silke schüttelte den Kopf. »Die jetzt schon – warte mal – fast drei Jahre zurückliegen.«

»Ich bin eben wählerisch«, verteidigte sich Hannah.

»Du bist schüchtern, blind und taub, was Männer angeht«, korrigierte Silke, diesmal jedoch mit wesentlich sanfterer Stimme. »Das war schon während unserer Schulzeit so. Wo du gingst und standest, hast du die Jungs in Verzweiflung am Wegesrand zurückgelassen. Mich wundert es geradezu, dass Torsten es geschafft hat, dich aus deinem Schneckenhaus – und in sein Bett – zu locken.«

»Also erstens war es mein Bett«, Hannah nahm sich ein Stück Marmorkuchen und brach es in der Mitte durch, »denn er wohnte ja bei mir, und zweitens übertreibst du maßlos. Es ist ja nicht so, dass ich niemals etwas mit Männern hatte. Aber wenn, sollte es doch wohl auch der Richtige sein, oder nicht?«

»Hm«, brummelte Silke. »Aber so wählerisch, wie du bist, grenzt es wirklich an ein Wunder, wenn ein Mann sich traut, sich dir zu nähern. Also los, erzähl endlich! Und lass ja keine Einzelheit aus.«

10. Kapitel

Hannah schlüpfte in ihren Mantel, schlang sich einen dicken Wollschal um den Hals und ging dann, in einer Hand ihre Aktentasche, in der anderen Billas Leine, gutgelaunt zu ihrem Auto. Leon hatte am vergangenen Abend angerufen und sie für den nächsten Samstag erneut zu sich eingeladen. Und er hatte versprochen, diesmal keinerlei Störungen zuzulassen. Paula war vor Begeisterung, wieder mit Mario spielen zu dürfen, wie ein Derwisch durchs Haus gerannt, und es hatte Hannah einige Mühe gekostet, sie schließlich doch noch ins Bett zu bringen. Und dann hatte es noch länger gedauert, bis sie selbst eingeschlafen war.

Sie schmunzelte über sich selbst. Silke hatte schon recht, ein wenig mehr Souveränität im Umgang mit Männern würde ihr nicht schaden. Andererseits hatte sie den Eindruck gewonnen, dass auch Leon nicht zu der Sorte Mann gehörte, die massenhaft Frauenbekanntschaften machte. Ihr kam es eher so vor, als wäre genau das Gegenteil der Fall, und es interessierte sie brennend zu erfahren, weshalb das so war. Das Kribbeln, das sie seit dem Telefonat immer wieder durchrieselte, war eine angenehme Dreingabe, von der sie hoffte, dass sie sich am Samstag nicht wieder zu einem Aussetzen ihrer allgemeinen Denkfunktionen ausweiten würde.

Billa ließ sich anstandslos von ihr mit dem speziellen Hundegurt, den Silke ihr mitgebracht hatte, auf dem Rücksitz anschnallen. »Dann wollen wir mal los, nicht wahr, meine Süße?« Hannah streichelte Billa kurz über die Ohren, dann setzte sie sich hinters Lenkrad. »Wenn meine neuen Zeichnungen dem Kunden jetzt gefallen, bekomme ich vielleicht auch den Auftrag für seine Werkstatt. Wie findest du das?« Sie blickte in den Rückspiegel und hatte fast den Eindruck, als würde Billa ihr bestätigend zulächeln.

Der Weg zu ihrem Kunden, einem Automechaniker, der sich und seiner Familie den Traum vom Haus mit angeschlossener eigener Werkstatt erfüllen wollte, führte sie aus der Stadt hinaus und auch an Leons Forsthaus vorbei. Knapp einen Kilometer weiter kam das Dorf bereits in Sicht. Sie hatte sich mit dem Kunden auf dessen Bauplatz verabredet und war froh, dass es trotz der dunklen Wolken, die nicht ein Fleckchen Himmel freiließen, keinen Regen zu geben schien. Nur ein böiger Wind blies herbstlich braune Blätter über die Straßen und Wege.

Sie schnallte Billa ab, ließ sie jedoch im Auto und nahm nur ihre Aktentasche mit zu dem Treffen. Als sie jedoch eine Stunde später wieder zu ihrem Wagen zurückkehrte, erwartete sie eine böse Überraschung. Die hintere Tür auf der Fahrerseite stand offen und Billa war verschwunden.

»Das kann doch wohl nicht wahr sein. Billa!«, rief sie und

blickte sich nach allen Richtungen um. Doch von der Hündin war weit und breit nichts zu sehen.

»Gibt es ein Problem?«, fragte eine besorgte Stimme hinter ihr.

Hannah drehte sich um und sah sich ihrem Kunden gegenüber, der ebenfalls auf dem Weg zu seinem Wagen war, den er weiter unten an der Straße geparkt hatte.

»Das kann man wohl sagen, Herr Solonka.« Sie strich sich eine Haarsträhne hinters Ohr und blickte sich verzweifelt noch einmal um. »Ich hatte meine Hündin mit im Auto, und es scheint, als sei sie ausgerissen.«

»Aus dem verschlossenen Auto?«, wunderte sich Solonka und blickte sich nun ebenfalls um.

»Ja, das heißt, ich war mir eigentlich sicher, abgeschlossen zu haben. Aber das war wohl ein Irrtum.« Hannah lächelte kläglich. »Ich hätte allerdings auch nicht gedacht, dass Billa es schafft, Autotüren zu öffnen.«

»Tja, manche Hunde können so was.«

»Offensichtlich. Ich habe Billa noch nicht lange, und eigentlich ist sie auch gar nicht unser Hund ...« Hannah zuckte mit den Schultern. »Sie ist uns zugelaufen. Aber was mache ich denn jetzt? Ich habe keine Ahnung, wo ich sie suchen soll!«

»Spuren gibt es leider auch keine«, meinte Solonka, nachdem er mit den Augen den Boden abgesucht hatte. »Vielleicht ist sie in den Wald gelaufen.« Er wies auf den nicht allzu weit entfernten Waldrand. »Hunde streunen doch gerne im Wald, oder?«

»Hoffentlich nicht«, antwortete Hannah und zog besorgt die Stirn in Falten. »Das würde dem Förster bestimmt nicht gefallen.« Als ihr einfiel, wer der Förster dieses Waldgebietes war, entspannte sie sich ein wenig. Leon kannte Billa. Er würde sie bestimmt einfangen, wenn er sie sah. Aber was, wenn ein Jäger sie vorher beim Streunen erwischte?

»Tja, leider kann ich Ihnen nicht beim Suchen helfen. Ich habe noch einen wichtigen Termin.« Bedauernd hob Solonka die Schultern. »An Ihrer Stelle würde ich es wirklich zuerst im Wald versuchen. Viel Glück!« Er schüttelte ihr die Hand und ging dann zu seinem Auto.

»Na toll.« Hannah lehnte sich gegen ihren Wagen. Sie hatte keine Ahnung, was sie tun sollte. Als in der Ferne irgendwo ein Schuss fiel, zuckte sie zusammen. »Mist«, fluchte sie. Sie wusste, dass um diese Jahreszeit viel gejagt wurde.

Also stieg sie ins Auto und fuhr langsam Richtung Waldrand. Weit und breit gab es keine Spur von Billa.

Auf einem kleinen Parkplatz hielt Hannah an und machte sich zu Fuß auf die Suche.

Im Wald war es beinahe totenstill. Lediglich zwei Krähen unterhielten sich krächzend irgendwo in den Baumwipfeln.

»Billa!«, rief Hannah und lauschte dem Schall ihrer Stimme nach. »Komm her, mein Mädchen! Wo steckst du denn?«

Doch Billa blieb verschwunden. Hannah ging fast einen Kilometer den Waldweg entlang und rief immer wieder, doch schließlich sah sie ein, dass es sinnlos war, und kehrte um.

Im nächsten Moment fing es an zu regnen. Erst fielen nur ein paar vereinzelte Tropfen, doch schon wenig später ergossen sich wahre Sturzbäche aus den Wolken.

»Verdammt!«, fluchte Hannah und rannte los.

Leon war auf dem Weg zu einem der östlichen Waldstücke, um dort den Fortgang der Beseitigung der Sturmschäden zu überprüfen, als er am Waldrand Hannahs Auto stehen sah. Er lenkte seinen Jeep an den Wegrand und stieg aus.

Ob Hannah mit Billa unterwegs war? Ein skeptischer Blick zum Himmel bestätigte ihm, dass das heute keine gute Idee war. Er blickte sich um und ging dann langsam den Waldweg entlang. Als die ersten Regentropfen fielen, schlug er die Kapuze seines Parkas hoch und blieb stehen. Eigentlich hatte er ja keine Zeit, nach Hannah zu suchen. Und warum auch? Schließlich war sie eine erwachsene Frau und durchaus in der Lage, sich vor dem Regenguss in Sicherheit zu bringen. Und das sollte auch er so schnell wie möglich tun.

»Du machst dich schon wieder lächerlich«, murmelte er und machte widerstrebend kehrt. In diesem Moment hörte er hinter sich Hannahs Stimme.

»Entschuldigung! Hallo, warten Sie doch bitte! Oh, Sie sind es.« Als Leon sich zu ihr umdrehte, blieb sie wie angewurzelt stehen. Ihr Mantel war vollkommen durchnässt, und ihr Haar klebte in nassen Strähnen um ihr Gesicht.

Hannah bemühte sich, wieder zu Atem zu kommen. »Sie haben nicht zufällig Billa irgendwo gesehen?«

Leon schüttelte überrascht den Kopf. »Nein. Ist sie Ihnen wieder ausgerissen?«

»Sie ist vorhin aus meinem Auto verschwunden.« Hannah wischte sich mit den Fingern über die Stirn und verfluchte den Regen, der ihre Frisur ruiniert hatte. »Ich habe keine Ahnung, wo sie hingelaufen sein könnte.«

»Sie ist aus dem verschlossenen Auto verschwunden?« Leon trat einen Schritt auf Hannah zu. »Sie sind ganz nass.«

»Sie werden auch nass, wenn Sie noch länger da stehen«, erwiderte Hannah. Langsam wurde ihr kalt, und sie unterdrückte ein Schaudern.

»Kommen Sie, Sie müssen sich erst einmal abtrocknen und aufwärmen«, entschied Leon und reichte ihr seine Hand.

»Aber ich muss Billa suchen.«

»Hannah, Sie werden sich erkälten, wenn Sie in den nassen Klamotten herumlaufen.« Er nahm sie einfach bei der Hand und zog sie mit sich zu den Autos. »Fahren Sie hinter mir her. In meinem Haus können Sie warten, bis der Regen nachlässt. Und dann suchen wir gemeinsam nach Billa.«

»Also gut.« Hannah sah ein, dass Leon recht hatte. Der Regen wurde immer stärker, und auch der Wind hatte weiter aufgefrischt. Sie setzte sich mit klappernden Zähnen hinter das Steuer ihres Wagens und folgte Leon, der seinen Jeep über einen asphaltierten Wirtschaftsweg zur Rückseite des Forsthauses lenkte.

Als sie vor dem halbhohen Jägerzaun, der das Grundstück umgab, anhielten, erlebte Hannah die zweite Überraschung des Tages. »Billa!« Sie sprang aus dem Auto.

Die Hündin kam ihnen schwanzwedelnd durch die offen stehende Gartenpforte entgegen und umtänzelte sie freudig.

»Was machst du denn hier?« Hannah ging in die Hocke und streichelte Billa erleichtert.

»Sie scheint ein gutes Gedächtnis zu haben«, meinte Leon und streichelte der Hündin ebenfalls über den Kopf.

Fragend blickte Hannah zu ihm auf.

Er lächelte. »Anscheinend hat sie sich daran erinnert, dass sie kürzlich erst hier war, und wollte mich besuchen.«

»Finden Sie das nicht ungewöhnlich?« Hannah erhob sich wieder. »Sie befreit sich aus einem geschlossenen Auto, um hierher zu laufen?«

»Vielleicht hat sich jemand einen Scherz erlaubt und sie hinausgelassen«, meinte Leon.

»Das kann ich mir nicht vorstellen.« Hannah schüttelte den Kopf und blickte wieder auf Billa hinab, die erwartungsvoll neben ihr saß. »Aber ich sollte sie jetzt wohl besser nach Hause bringen, bevor sie noch einmal davonläuft.«

»Sie sollten sich jetzt erst einmal abtrocknen und aufwärmen.« Leon winkte ihr, ihm zu folgen. »Ich mache Ihnen einen Kaffee.«

»Aber Sie haben bestimmt Wichtigeres zu tun, und ich kann mich auch zu Hause aufwärmen. Ich möchte Ihnen keine Umstände machen.«

»Ach was – Umstände!« Natürlich hätte er inzwischen längst bei seinen Waldarbeitern sein sollen, doch die mussten nun eben noch eine Zeitlang ohne ihn auskommen. Die Gelegenheit, für eine kurze Weile mit Hannah alleine zu sein, wollte er sich jetzt nicht mehr nehmen lassen.

»Immer hereinspaziert.« Er machte eine übertriebene Verbeugung, nachdem er die Haustür aufgeschlossen hatte, und trat unmittelbar hinter ihr in den Flur. »Geben Sie mir Ihren Mantel.« Er hatte sich selbst bereits aus seinem Parka geschält und trug ihn, zusammen mit Hannahs Mantel, ins Wohnzimmer, wo er beide an Haken neben einem großen offenen Kamin aufhängte. Dann machte er sich daran, das nur leicht glimmende Feuer anzufachen.

Billa, die sich hier wie zu Hause zu fühlen schien, rollte sich auf einem kleinen Läufer zusammen und schloss die Augen. Hannah sah sich derweil in dem großen Wohnzimmer um, das von einer gemütlichen und schon leicht abgeschabten hellgelben Polstergarnitur beherrscht wurde. Das Mobiliar war aus dunklem Holz, die Regale mit Büchern vollgestopft.

»Ich hole Ihnen ein Handtuch und etwas zum Anziehen.« Leon verließ das Wohnzimmer und kam wenig später mit einem Badetuch und einem seiner Holzfällerhemden zurück. »Ein bisschen groß, aber wenigstens trocken. Das Gästebad ist den Gang runter, zweite Tür links.«

»Danke.« Hannah nahm verlegen die Sachen und flüchtete nun ihrerseits aus dem Wohnzimmer. Als sie im Badezimmer einen Blick in den Spiegel warf, schlug sie für einen Moment die Hände vors Gesicht. Warum hatte sie ihm nur ausgerechnet mitten in einem Regenguss begegnen müssen? Die Haare hingen ihr in nassen Strähnen ums Gesicht, und die Feuchtigkeit hatte ihr Make-up ruiniert. Außerdem war ihre Nase gerötet.

Resignierend drehte sie den Wasserhahn auf und beseitigte die kläglichen Reste von Farbe aus ihrem Gesicht. Dann zog sie ihre Bluse aus und hüllte sich in Leons wattiertes Hemd, das ihr bis auf die Oberschenkel reichte. »Sehr schick«, murmelte sie sich nach einem weiteren Blick in den Spiegel zu und krempelte die Ärmel mehrfach auf. »Damit gewinne ich bestimmt jeden Schönheitswettbewerb.« Sie trocknete ihre Haare, so gut es ging, und band sie im Nacken zusammen.

Als sie wieder ins Wohnzimmer trat, war Leon gerade im Begriff, ebenfalls in ein trockenes Hemd zu schlüpfen. Dabei erhaschte sie einen Blick auf seinen nackten Oberkörper, den sie sich lieber erspart hätte, weil er ihren Puls erheblich beschleunigte.

»Ich habe Kaffee aufgesetzt.« Leon winkte ihr, ihm in die Küche zu folgen. »Ist Ihnen warm genug?«

»Ich glaube schon.« Hannah ging zum Fenster neben der kleinen Eckbank und betrachtete angestrengt den noch immer unvermindert niederprasselnden Regen. »Müssen Sie nicht arbeiten?«

»Normalerweise ja, aber bei diesem Wetter erübrigt sich das wohl.« Er goss den Kaffee in zwei Becher, stellte sie auf den Tisch und trat dann hinter sie. »Allerdings kann ich nicht behaupten, dass mir das leid tut.«

Als sie spürte, wie er seine Hände auf ihre Schultern legte, durchrieselte sie ein leichter Schauer, und ihre Nackenhärchen stellten sich auf.

Schon seit er sie in seinem für sie viel zu großen Hemd gesehen hatte, wollte er sie berühren. Oder vielleicht schon länger? Ihre Reaktion ermutigte ihn und ließ ihn die Bedenken, die ihn zu überfallen drohten, über Bord werfen.

»Sie frieren noch immer«, sagte er nah neben ihrem Ohr.

»Nein, ich …« Sie schluckte und ließ es zu, dass er sie zu sich umdrehte. »Mir ist nicht kalt.«

Ihr leicht verwirrter Blick ließ Leons Herz einen heftigen Satz machen. »Du zitterst.«

»Mag sein.«

Er nahm eine Haarsträhne, die sich ihrem Zopf entwunden hatte, zwischen die Finger und spielte damit. »Mache ich dich nervös?« Er strich leicht mit der Fingerspitze über ihre heftig pochende Halsschlagader.

»Es scheint so.«

Lächelnd ließ er seine Finger bis in ihren Nacken wandern. »Gut, dann geht es dir wie mir.« Er zog sie sanft zu sich heran und küsste sie.

Hannah hatte das Gefühl, als marschierten in ihrem Magen ganze Heerscharen von Ameisen auf. Wann hatte sie zum letzten Mal dieses Gefühl verspürt? Hatte sie es überhaupt schon einmal gehabt?

Als er einen Schritt zurücktrat und sie abwartend ansah, lächelte sie leicht. »Jetzt bin ich wirklich nervös.«

»Schlimm?« Wieder spielte er mit ihrer Haarsträhne.

Sie trat nun ihrerseits einen Schritt auf ihn zu. »Ich schätze, ich sollte Billa dafür dankbar sein.«

Während sich ihre Lippen erneut trafen, hörten sie hinter sich das Tapsen von Hundepfoten. Billa schnaufte leise und rollte sich unmittelbar neben ihnen auf dem Boden zusammen.

Leon zog Hannah fest in seine Arme und blickte kurz zu der Hündin hinab. »Ich bin es auf jeden Fall.«

Billa hob den Kopf und schaute mit wissendem Blick zu ihm auf. Leon grinste. »Ich glaube, sie hat mir gerade zugezwinkert.«

Hannah lachte leise. »Sei ehrlich, du hast sie bei unserem Besuch neulich bestochen, damit sie mir bei nächster Gelegenheit entwischt und mich zu dir bringt.«

»Die Idee könnte tatsächlich von mir sein.« Leon schickte sich an, sie erneut zu küssen, als Billa einen ungehaltenen Laut ausstieß. Im nächsten Moment klingelte irgendwo ein Handy.

»Mist.« Leon verdrehte die Augen und ließ widerstrebend von Hannah ab. »Das ist meins.« Er ging in ein Zimmer neben der Küche, das Hannah nach einem Blick durch den Türspalt als Büro identifizierte. »Ja? … Wie?« Leon kam in die Küche zurück und drückte ihr, während er lauschte, einen der Kaffeebecher in die Hand. »Hör mal … Was?« Er schüttelte den Kopf. »Igor, ich kann dich ganz schlecht … Ich komme gleich.« Achselzuckend schaltete er das Handy ab. »Schlechter Empfang.« Er trank selbst einen Schluck Kaffee. »Irgendwas stimmt mit dem Bauholz nicht, das heute abgeholt werden sollte. Ich muss zu meinen Leuten und nachsehen, was da los ist.« Nach einem Blick aus dem Fenster grinste er. »Wir haben die Sonne hervorgelockt.«

Hannah nippte an ihrem Becher. »Du solltest dich auf den Weg machen.«

»Ja, leider.« Bedauernd zog er sie wieder an sich. »Sehen wir uns am Samstag?«

»Das will ich doch hoffen.«

»Soll ich euch abholen? Der Wetterbericht hat Schnee oder Eisregen für das Wochenende gemeldet.«

Hannah dachte wieder einmal an ihr wenig einladendes Sorgenkind von Haus und schüttelte den Kopf. »Nicht nötig, ich kenne den Weg ja jetzt. Und so weit ist es ja nicht – das werden wir auch bei schlechtem Wetter schaffen.« Sie ließ es zu, dass er sie noch einmal küsste, diesmal etwas heftiger. Seine Hände wanderten über ihr Rückgrat erst nach oben, dann wieder nach unten. Etwas atemlos ließ er sie schließlich wieder los. »Ihr solltet euch jetzt auf den Weg machen, sonst …« Er ließ den Satz unvollendet, doch Hannah hatte ihn auch so verstanden. Ihr Puls jagte wieder in die Höhe. »Ich rufe dich an.« Er strich ihr die Haarsträhne hinters Ohr. »Grüß Paula von mir.«

11. Kapitel

»Wo steckst du denn?« Martin kam, in der Hand noch eine schwere Motorsäge, auf Leons Jeep zu. »Wolltest du nicht schon vor über einer Stunde hier sein?«

Leon stieg aus und winkte gleichzeitig ab. »Mir ist etwas Wichtiges dazwischen gekommen. Was gibt es denn für ein Problem?«

»Der Meister vom Sägewerk hat angerufen. Die Fahrer behaupten, wir hätten ihnen einen zu kleinen Holzpolter zugewiesen.«

Die beiden Männer gingen zu einem breit ausgefahrenen Waldweg, auf dem Igor gerade dabei war, einen Stapel Baumstämme farbig zu markieren.

Leon nickte ihm zu. »Tag, Igor. Bist du hier fertig? Dann zeigt mir mal bitte, um welchen Polder es sich handelt. Wann waren die Fahrer des Sägewerks hier?«

»Heute früh«, erzählte Igor und schraubte die Farbflasche wieder zu. »Ich war nicht dabei, schätze aber, dass einige Stämme gestohlen wurden. Die Menge für das Sägewerk war genau berechnet.«

»Habt ihr Spuren gefunden?«

»Wir haben noch gar nicht danach gesucht«, sagte Martin. »Erst mussten ja die restlichen Sturmschäden am Südrand beseitigt werden, und du warst ja nicht hier …«

»Ja, ja, ist schon gut.« Leon stieß ihn freundschaftlich an. »Du brauchst nicht ständig darauf herumzureiten. Bei dem Regenguss vorhin habt ihr euch doch bestimmt in eure Autos verkrochen, oder?«

Martin brummelte etwas Unverständliches. Sie gingen eine ganze Weile schweigend den Waldweg entlang.

Schließlich schaute Martin seinen Freund und Vorgesetzten von der Seite an. »Was war denn so wichtig, dass du uns so lange warten gelassen hast?«

Als Leon nicht gleich antwortete, blieb Martin stehen. »Oha, Geheimnisse? Hat es vielleicht etwas mit dieser – wie hieß sie doch gleich? – zu tun? Ein kleines Stelldichein im Wald?«

»Halt die Klappe!«, knurrte Leon gespielt unfreundlich.

»Also ja.« Martin grinste zufrieden. »Igor, hast du gehört? Unser Freund hier fängt an, sich für Mädchen zu interessieren.«

»Ach?« Igor, der ein Stück vorausgegangen war, drehte sich neugierig um. »Wer ist sie denn?«

»Eine alleinerziehende Mutter aus dem Kindergarten, nicht wahr?«, feixte Martin.

»Das ist privat, okay?« Leon schüttelte den Kopf. »Ihr benehmt euch wie die Kinder.«

»O nein.« Martin hob scherzhaft den Finger. »Wir nicht. Aber du scheinst dich endlich wieder wie ein erwachsener …«

»Hier!«, rief Igor dazuwischen. »Hier sind tatsächlich Spuren von einem Auto mit Anhänger. Die sind noch frisch, bestimmt von heute Nacht.«

»Lass sehen.« Leon ging neben Igor in die Hocke und betrachtete die Reifenspuren. »Der Regen hat sie schon zu stark verwaschen. Das Profil ist nicht mehr erkennbar.«

»Die sind trotzdem frisch«, bestand Igor auf seiner Einschätzung. »Außerdem war ich gestern erst hier, und da waren die Abdrücke noch nicht da. Hier fährt doch sonst niemand. Der Polder für das Sägewerk war der einzige auf diesem Stück hier.«

Leon nickte und erhob sich. »Dann müssen wir das zur Anzeige bringen. Und ich informiere das Sägewerk. Wisst ihr, wie viel Holz gefehlt hat?«

»Fast zwanzig Meter«, antwortete Igor.

Leon nickte grimmig. »Haben wir hier Empfang?« Er klappte sein Handy auf. »Anscheinend nicht. Wird Zeit, dass oben auf der Bergkuppe ein Sendemast errichtet wird. Lasst uns zu den Autos zurückgehen.«

»In einer Stunde kommt der Transporter für das Bauholz, das unten im schrägen Hang liegt«, informierte Martin ihn. »Vielleicht sollten wir kurz nachsehen, ob dort noch alles vorhanden ist.«

Während sie die Haustür aufschloss, blickte Hannah prüfend auf ihre Uhr. Sie hatte noch fast drei Stunden Zeit, bis Silke Paula nach Hause brachte. Ihre Freundin hatte das Mädchen vom Kindergarten abgeholt und mit ins Tierheim genommen. Paula liebte diese Ausflüge, und Hannah war froh, auf diese Weise ein paar ruhige Stunden zu haben. Die Zeit würde sie zum Arbeiten nutzen und hinterher das Lieblingsgericht ihrer Tochter – Spaghettipizza – zubereiten.

Leise vor sich hin summend hängte sie ihre nassen Kleider zum Trocknen über die Lehnen der Küchenstühle und füllte Billas Napf mit frischem Wasser.

Die Hündin hatte sich sofort nach ihrer Ankunft auf einen Rundgang durchs Haus begeben und kam nun die Treppe heruntergetapst. Statt jedoch auf Hannahs Ruf in die Küche zu kommen, blieb sie mitten im Flur stocksteif stehen und legte den Kopf lauschend auf die Seite. Dann stieß sie ein leises Bellen aus, rannte zur Kellertür und kratzte aufgeregt daran. Dabei stieß sie ein aufforderndes Winseln aus.

Irritiert kam Hannah aus der Küche. »Was ist denn los, Billa? Willst du in den Keller? Da ist es doch schrecklich ungemütlich, und alles steht noch voller Umzugskartons.«

Doch Billa kratzte weiter an der Tür und stieß erneut ein dringliches Bellen aus. Hannah öffnete achselzuckend die Kellertür, worauf Billa wie ein Pfeil die Treppe hinabschoss.

»Was soll's, dann schaue ich auch gleich nach der Wäsche«, murmelte Hannah, in Gedanken noch immer mehr bei Leon als zu Hause.

Von unten drang jetzt jedoch aufgeregtes Gebell, das sie veranlasste, schneller als beabsichtigt hinabzusteigen. »Was ist denn bloß los mit dir?«, rief sie und ging dem Gebell nach. In der provisorischen kleinen Waschküche blieb sie erschrocken stehen. Billa stand vor der schmalen hinteren Wand des kleinen Raumes und bellte wie verrückt. Und Hannah erkannte auch sofort, weshalb. Ein großer Wasserfleck drückte sich durch den Putz an der Mauer bis zum Boden.

»O nein!« Hannah war mit wenigen Schritten an der Wand und tastete sie ab. »Das ist bestimmt ein Rohrbruch! Verdammt, auch das noch!« Sie blickte auf die aufgeregte Hündin hinab. »Wie hast du das bloß gewusst? Das hätte ich bestimmt erst heute Abend oder morgen entdeckt.« Sie streichelte Billa anerkennend über den Kopf, überlegte aber bereits, was sie nun tun und wen sie zuerst verständigen musste.

»Diesmal warte ich nicht, bis mir der liebenswerte Herr Marbach seinen Onkel schickt«, beschloss sie, eilte nach oben und holte sich die Gelben Seiten hervor. Nur wenige Minuten später hatte sie einen Handwerker gefunden, der ihr versprach, sofort zu kommen. Und erst als der Mann den Schaden begutachtet, ihr einen groben Kostenvoranschlag gemacht und bereits mit der Arbeit begonnen hatte, wählte sie die Handynummer ihres Vermieters.

»Marbach?«, kam es Augenblicke später, unterlegt von dem typischen atmosphärischem Rauschen und Knacken, aus ihrem Hörer.

Sie blickte genervt zur Decke. »Hallo, hier ist schon wieder Mayer. Es tut mir leid, dass ich Sie dauernd belästige, aber ich habe hier ein ziemliches Problem.«

Als Antwort kam ein abgehacktes und unverständliches Gemisch aus Stimme und Rauschen.

»Ich habe einen Wasserrohrbruch im Keller«, sagte sie und hoffte, er würde sie besser verstehen als sie ihn.

»… nicht sein«, kam es vom anderen Ende. »… Leit… alle in Ord…«

»Dann kommen Sie mal her und sehen sich die Kellerwand an!«, fauchte Hannah. »Da ist gar nichts in Ordnung.« Im Hintergrund hörte sie das Aufheulen eines Motors und ein Quietschen, das sie nicht zuordnen konnte.

»… mehr hier rüber!«

Erschrocken hielt Hannah den Hörer ein Stück vom Ohr weg, da ihr Vermieter diesen Befehl laut gebrüllt hatte.

»… hören Sie … jetzt nicht. Keine Lust … schon wieder … schicke Ihnen …«

Hannah platzte der Kragen. »Was soll das heißen, Sie haben keine Lust, sich darum zu kümmern? Es ist Ihr Haus! Sie haben es mir vermietet, und ich bin davon ausgegangen, dass es auch bewohnbar ist. Setzten Sie gefälligst Ihren Hintern in Bewegung und schauen sich den Schaden an!«

Die Antwort war wieder nicht zu verstehen.

Hannah schnaubte erbost. »Und Sie brauchen Ihren armen Onkel gar nicht zu bemühen. Ich habe bereits einen Handwerker hier, der den Schaden behebt. Die Rechnung geht aber an Sie. Das sollten Ihnen klar sein.«

»… unverschämt werden … kann auch … anderen Ton reden«, kam trotz der ständigen Störungen hörbar aufgebracht die Antwort.

Hannah schüttelte fassungslos den Kopf. »Nun hören Sie mir mal gut zu! Ich bin keinesfalls unverschämt, und ich habe ja wohl das Recht und die Pflicht, Sie darüber zu informieren, dass das Haus, das Sie mir vermietet haben, eine Bruchbude ist. Sie als Vermieter haben dafür Sorge zu tragen, dass die Wasserinstallationen alle funktionieren. Im Keller ist ein Rohrbruch; ich habe einen Handwerker damit beauftragt, das zu reparieren, und Sie bezahlen die Rechnung. Ich hoffe doch wohl, dass diese Postfachadresse, die Sie im Mietvertrag angegeben haben, noch stimmt.«

»Was hat … Adresse damit …«

»Himmel, ich werde Ihnen die Rechnung zuschicken! Aber wenn die Adresse genauso falsch ist, wie die Festnetzrufnummer, die Sie angegeben haben …«

»Die Adresse … korrekt … von mir aus schicken … ein andermal … jetzt zu tun. Dieses blöde Haus … letzten Nerv.«

»Wissen Sie was? Rutschen Sie mir doch den Buckel runter!«, schimpfte Hannah und unterbrach die Verbindung. Fuchsteufelswild ging sie in der Küche auf und ab. »So eine Frechheit! Nennt mich unverschämt, dabei ist er es, der sich unmöglich benimmt. Na warte, wenn ich den Kerl in die Finger kriege!«

Sie blieb stehen, als Billa vor ihr auftauchte und beschwichtigend winselte. Hannah bemühte sich um Ruhe und ging vor der Hündin in die Hocke. »Ist schon gut, meine Süße. Du kannst nichts dafür. Dieser blöde Kerl regt mich nur dermaßen auf! Vermietet mir ein Haus, das fast auseinanderfällt, und tut dann so, als wolle ich ihm nur die Zeit stehlen. Hätte er die Bude mal vorher richtig renoviert.« Sie streichelte Billa, die sogleich den Kopf auf ihr Knie legte. »Dann hätten wir die ganzen Probleme jetzt nicht. Eigentlich müsste ich mich ja beim Mieterbund beschweren. Oder sofort wieder ausziehen. Aber das geht nicht so einfach. Wo soll ich denn so schnell eine passende Wohnung oder ein anderes Haus finden?«

Billa hob den Kopf wieder und leckte ihr übers Kinn.

Hannah lächelte. »Ja, stimmt, und aus der Stadt will ich jetzt natürlich auch erstmal nicht weg.« Sie setzte sich kurzerhand auf den kleinen Läufer unter sich und knuddelte Billa. »Du magst Leon auch, nicht wahr?«

Billa schnaufte und legte sich quer über Hannahs Schoß.

»Ich wüsste nur zu gerne, wie du aus dem Auto rausgekommen bist«, murmelte Hannah. »Eigentlich sollte ich dir ja böse sein ...« Sie schmunzelte, als Billa sich genüsslich auf den Rücken drehte und sie damit aufforderte, sie am Bauch zu kraulen. »Aber das fällt mir schwer, jetzt, wo ich weiß, wie gut dieser Mann küssen kann.«

Wieder stieß Billa ein Schnaufen aus, diesmal klang es etwas ungeduldig.

»Ja, ja, ich weiß, daran sollte man einen Mann nicht messen.« Hannah lächelte in sich hinein und spürte noch einmal dem Nachhall des Kribbelns nach, dass sie in Leons Gegenwart verspürt hatte. »Aber es ist immerhin ein Anfang, oder? Und ich finde, ein vielversprechender Anfang noch dazu. Aber nun steh auf, du bist nämlich ganz schön schwer.«

Gehorsam rollte sich Billa auf den Bauch und stand auf. Auch Hannah erhob sich und ging dann in den Keller, um sich über den Fortgang der Reparaturarbeiten zu informieren.

Leon warf verärgert sein Handy auf den Beifahrersitz seines Jeeps. Der Tag hatte so schön begonnen, doch nun schien sich alle Welt gegen ihn verschworen zu haben. Fluchend ließ er den Motor an.

Martin, der gerade auf dem Weg zu ihm war, klopfte gegen die Fensterscheibe. »Hey, wo fährst du denn hin? Wollten wir nicht einen Happen essen gehen?«

Leon ließ die Scheibe halb herunterfahren. »Geht nicht.«

»Was ist denn mit dir los?« Martin schaute ihn überrascht an. »Du siehst aus, als wolltest du jemanden erwürgen.«

»Würde ich auch gerne. Das verdammte Handy steht heute nicht still. Und jetzt hat gerade jemand von der Straßenmeisterei angerufen. Drüben an der Bundesstraße liegt eine angefahrene Hirschkuh.«

»Fahrerflucht?«

»Was sonst?«, grollte Leon.

»Klar, was sonst.« Verständnisinnig nickte Martin. »Aber abgesehen davon bin ich auch nicht allerbester Stimmung. Ich hatte gerade wieder einen Anruf von dieser ... Ach, vergiss es! Obwohl, vielleicht kannst du mir einen Rat geben. Da gibt es eine Sache, die mir ziemlich an die Nerven geht.«

Leon nickte. »Erzähl mir nachher davon. Ich muss los. Wir sehen uns dann.« Er ließ die Scheibe wieder hochfahren und gab gleichzeitig Gas.

12. Kapitel

»Das Essen war sehr lecker«, sagte Hannah, während sie Leon dabei half, das Geschirr zusammenzuräumen und in die Küche zu tragen. Sie hatten einen vergnüglichen Nachmittag mit den Kindern und Billa im Wald verbracht, Tannenzapfen für die Adventsdekoration gesammelt, und hinterher hatte Leon sie noch zum Abendessen eingeladen.

»Das ist das erste Mal, dass Paula, ohne zu meckern,

Gemüse gegessen hat«, fuhr Hannah lächelnd fort. »Allerdings habe ich auch noch nie versucht, es in einer Lasagne zu verstecken.«

»Ein Trick, den meine Tante schon bei mir angewendet hat«, erklärte Leon, während er das Geschirr in die Spülmaschine räumte.

»Deine Tante?«

Er nickte. »Mein Bruder und ich sind bei ihr und meinem Onkel aufgewachsen. Meine Eltern sind bei einem Verkehrsunfall umgekommen, als ich sechs Jahre alt war.«

»Oh.« Hannah verzog betroffen das Gesicht. »Das tut mir leid.«

»Es ist nicht zu ändern. Aber ich hoffe doch, Tante Agnes hat dennoch einen passablen Menschen aus mir gemacht.« Er zwinkerte ihr auf seine, ihr mittlerweile schon vertraute Weise zu.

»Und …« Sie zögerte. »Marios Mutter?« Als sie sah, wie sich seine Miene schlagartig verfinsterte, verfluchte sie ihre Neugier sofort.

Er zuckte jedoch nur mit den Schultern. »Sie ist gegangen, als Mario kaum ein halbes Jahr alt war. Zu Weihnachten schickt sie ihm ein Paket mit Geschenken, und zu seinem Geburtstag besucht sie ihn.« Er wandte sich ab und beschäftigte sich mit dem Spüllappen. »Sie ist kein Thema für einen gemütlichen Abend.« Er drehte sich wieder zu ihr um und versuchte ein Lächeln. »Wir sollten mal nachsehen, was die zwei Rabauken da im Wohnzimmer anstellen. Den Geräuschen nach reißen sie gerade das Mobiliar ab.«

Gemeinsam gingen sie ins Wohnzimmer hinüber, wo Mario und Paula mit Billa auf dem Teppich vor dem Kamin herumtollten. Im Hintergrund lief der Fernseher.

»Hey, ihr zwei!«, rief Leon die Kinder zur Ruhe. »Dies ist ein Wohnzimmer, kein Spielplatz. Ich schlage vor, ihr geht jetzt mal nach oben in dein Zimmer, Mario.«

»Kann Billa mitkommen?« Paula kniete neben der Hündin und hatte ihr beide Arme um den Hals gelegt.

»Lieber nicht«, sagte Leon entschieden. »So wie ich euch kenne, habt ihr sie in null Komma nichts im Bett. Sie bleibt besser hier unten bei uns.«

Paula und Mario zogen lange Gesichter.

Hannah blickte auf die Uhr und räusperte sich leise. »Wir sollten uns wohl langsam auf den Heimweg machen. Für heute Abend ist schlechtes Wetter angesagt. Außerdem ist ja schon bald Schlafenszeit …«

»Och Mensch!«, protestierte Paula.

»Könnt ihr nicht noch hierbleiben?«, bettelte gleichzeitig Mario.

Hannah sah etwas unsicher zu Leon hin, der soeben einen Blick aus dem Fenster warf. »Es scheint, als sei das schlechte Wetter schon da«, meinte er und öffnete die Terrassentür. »Es regnet.« Er trat hinaus und verschwand in der Dunkelheit. Als er wenig später zurückkehrte, war sein Hemd durchnässt, und aus seinen blonden Haaren tropfte das Wasser. »Ich glaube, jetzt mit dem Auto zu fahren ist keine gute Idee. Das ist ein ausgewachsener Eisregen. Die Straße ist spiegelglatt.«

»Mama, bleiben wir dann doch hier?«, wollte Paula prompt wissen.

Hannah warf nun selbst einen Blick aus dem Fenster. »Na ja, zumindest sollten wir warten, bis der Regen aufhört. Und irgendwann wird die Straße doch bestimmt gestreut, oder?«

»Heute mit Sicherheit nicht mehr«, antwortete Leon. »Bis alle Hauptstraßen der Umgebung abgestreut sind, ist es später Abend.« Er lächelte, als er Hannahs leicht entsetzte Miene sah. »Wie es aussieht, bleibt ihr also besser über Nacht hier.«

Paula und Mario brachen in lautes Jubelgeheul aus.

»Wir haben ein nettes kleines Gästezimmer oben.«

»Meinst du wirklich?« Hannah fühlte sich ein wenig merkwürdig bei dem Gedanken, die Nacht in Leons Haus zu verbringen. Zwar sah sie ein, dass eine Heimfahrt bei diesem Wetter zu gefährlich war, dennoch zögerte sie. »Vielleicht hört es ja bald wieder auf zu regnen.«

»Aber die Temperaturen werden noch weiter sinken und das Eis auf den Straßen so schnell nicht tauen.« Leon konnte Hannahs Gedanken von ihrem Gesicht ablesen. Er war selbst nicht frei von Zweifeln, ob es gut war, sie einfach über Nacht einzuladen. Schon gar nicht, seit das Gespräch vorhin auf Yvonne gekommen war. Damals hatte er zeitweilig den Kopf verloren und viel zu überstürzt gehandelt. Und sie hatte ihn nur benutzt und ihn dann einfach wieder aus ihrem Leben verbannt. Noch einmal, da war er sich sicher, würde er so etwas nicht verkraften. Andererseits war Hannah ganz anders als Yvonne, und der Ausdruck, der sich auf ihrem Gesicht abzeichnete, ließ ihn hoffen, dass sie die Situation nicht auf die leichte Schulter nahm.

»Mama, bleiben wir denn jetzt hier?«, drängelte Paula und hüpfte mit Mario im Zimmer auf und ab.

Um eine gleichmütige Miene bemüht, schalt sich Hannah eine dumme Gans. Was war schon dabei, wenn sie hier übernachteten? Wie es aussah, war es sinnlos, darauf zu hoffen, heute noch nach Hause zu kommen. Und Paula würde sie eine große Freude machen. Fraglich war nur, ob sie sich selbst damit einen Gefallen tat. Denn auch wenn es offenbar ein Gästezimmer gab, war sie sich nicht sicher, ob sie es zu Gesicht bekommen würde.

Den Ausschlag gab schließlich Billa, die einen merkwürdigen Laut zwischen Winseln und Bellen ausstieß, einmal um Hannahs Beine strich und es sich dann mit einem Satz auf einem der Sessel bequem machte und demonstrativ die Augen schloss.

»Da, Billa will auch hier schlafen«, rief Paula und zupfte an Hannahs Ärmel. »Ich will auch! Bitte, bitte!«

Leon sagte nichts, sondern sah sie nur abwartend an. Schließlich seufzte sie und nickte ergeben. »Also gut, es scheint, als bliebe uns sowieso keine andere Wahl.«

Die beiden Kinder brachen erneut in wildes Indianergeheul aus und rannten polternd die Treppe ins Obergeschoss hinauf. Leon schaute ihnen mit einem nachsichtigen Grinsen hinterher, dann blickte er Hannah wieder ins Gesicht.

Einigermaßen verlegen sah sie zu Billa hinüber. »Tja, das war so eigentlich nicht geplant.«

»Ach, und ich dachte, du hättest das schlechte Wetter absichtlich bestellt.« Leon lächelte. »Wir schauen mal besser, was die beiden da oben treiben, sonst sieht Marios Zimmer in Rekordzeit wie ein Schlachtfeld aus.«

»Und es macht dir bestimmt nichts aus …?« Sie folgte ihm nach oben und sah dabei zu, wie er die Tür zu einem kleinen Raum, wohl dem Gästezimmer, öffnete und eine Klappliege hervorholte, die er ins Kinderzimmer trug.

»Auf dieser Liege habe ich immer geschlafen, wenn ich …« Er hielt inne. Wenn ich damit beschäftigt war, das Haus meiner Großeltern für Yvonne und mich herzurichten. Er schüttelte die Erinnerung ab. »Als ich noch kein Bett hier hatte«, schloss er und klappte die Liege auseinander.

»Schlafe ich heute Nacht da drauf?«, wollte Paula wissen.

»Jawohl, junge Dame, das ist Euer Lager für die Nacht.« Er verbeugte sich spielerisch vor ihr.

Paula kicherte, und die Kinder sahen zu, wie Leon Bettwäsche, eine Decke und ein Kissen aus einem Schrank im Flur holte und die Liege mit geübten Händen in ein gemütliches Bett verwandelte. Da sie sich noch immer etwas unwohl fühlte, schnappte sich Hannah das Kissen und den Bezug, um wenigstens ihre Hände zu beschäftigen.

Danach legte Leon noch einen von Marios Schlafanzügen heraus und zeigte Hannah das Badezimmer.

Paula und Mario protestierten lautstark, als sie zu Bett geschickt wurden, und gaben erst Ruhe, nachdem Hannah versprochen hatte, ihnen noch etwas vorzulesen.

Mario zog ein dickes Märchenbuch aus dem Regal neben seinem Bett und drückte es ihr in die Hand.

Leon lächelte ihr zu. »Ich mache dann mal das Gästezimmer fertig.«

Während Hannah den Kindern, die sich gemütlich in ihre Decken gekuschelt hatten, das Märchen von Aladin und der Wunderlampe vorlas, hörte sie Leon in Nebenzimmer rumoren und den Regen, der vom Wind gegen die Fensterscheiben gepeitscht wurde. Kurz darauf ging Leon am Kinderzimmer vorbei und zwinkerte ihr zu, dann hörte sie seine Schritte auf der Treppe.

Plötzlich war sie froh, durch das Vorlesen noch eine Weile im Kinderzimmer bleiben zu können, und ließ sich noch zu einem zweiten Märchen überreden. Doch als sie die Geschichte beendet hatte, waren beide Kinder selig eingeschlummert, und sie hatte keine Ausrede mehr, hier oben zu bleiben.

Wieder schimpfte sie mit sich selbst. Sie stellte sich schlimmer an als ein Teenager! Es wurde wirklich Zeit, dass sie aufhörte, Angst vor sich selbst zu haben.

Sie straffte die Schultern und ging entschlossen die Treppe hinunter. Leon hatte eine Flasche Wein geöffnet und saß auf der Couch. Bis auf eine kleine Leselampe hatte er alle Lichter gelöscht, so dass das Feuer im Kamin einen romantischen Schein verströmte. Billa lag noch immer dekorativ zusammengerollt auf dem Sessel.

Hannah blieb in der Wohnzimmertür stehen. »Es fehlt nur noch irgendeine schnulzige Musik, dann könnte ich meinen, ich wäre in einem Film gelandet«, sagte sie.

Leon lachte. »Findest du? Ich kann gerne Musik anmachen, aber mit gefällt das Knacken des Feuers viel besser.« Er winkte sie zu sich. »Setz dich! Ich falle schon nicht über dich her.«

Nun noch verlegener ließ Hannah sich neben ihm nieder und nahm das Glas, das er ihr hinhielt. Sie nippte daran und bemühte sich nach Kräften, sich zu entspannen. »Ein guter Wein«, meinte sie. »Geht der auch auf dein Konto des allzeit bereiten Pfadfinders, oder hattest du den nur zufällig im Haus?«

Leon verzog gequält das Gesicht. »Ich hatte dich doch gebeten, das zu vergessen! Jetzt glaubst du mir bestimmt nicht, wenn ich dir erzähle, dass ich diesen Wein tatsächlich nur zufällig hier habe. Ein Bekannter hat ihn mir vor einiger Zeit geschenkt, nachdem ich ihm geholfen hatte, sein Auto aus dem Graben zu ziehen.«

Hannah trank erneut einen Schluck und hoffte, der Alkohol würde ihr helfen, lockerer zu werden. »Nun, da ich das schlechte Wetter nicht bestellt habe, um uns hier einzuquartieren, und auch nicht glaube, dass du so einen guten Draht zum Wettergott hast, vermute ich, du sagst tatsächlich die Wahrheit.« Sie lächelte, erschrak jedoch leicht, als er ihr das Glas plötzlich wieder abnahm und auf den Couchtisch stellte.

»In diesem Punkt vielleicht.« Er strich ihr eine Haarsträhne hinters Ohr und ließ seine Finger dann in ihren Nacken wandern. »Aber in einer anderen Sache habe ich nicht ganz die Wahrheit gesagt.« Er beugte sich ein wenig zu ihr vor und knabberte an ihren Lippen. »Im Augenblick hält mich nämlich nur meine gute Erziehung davon ab, nicht doch über dich herzufallen.« Er zog sie näher zu sich und küsste sie.

»Bist du sicher, dass wir das tun sollten?«, fragte Hannah ein wenig atemlos, als er ihre Lippen für einen Moment wieder freigab.

Er schüttelte den Kopf. »Nein, das bin ich nicht. Und du?«

»Ich auch nicht.« Sie schlang ihre Arme um seinen Hals und küsste ihn erneut.

Sie bemerkten beide nicht, dass Billa sie seit einiger Zeit von ihrem Sessel aus beobachtete. Und ebenso wenig fiel ihnen auf, dass die Hündin nun mit einem Satz zu Boden sprang, ihnen noch einen langen Blick zuwarf und dann den Raum verließ. Nur ein leichter Luftzug wehte von der nur angelehnten Terrassentür her durch das Wohnzimmer bis in den Flur.

13. Kapitel

»Mama, Mama!« Paula blieb wie angewurzelt in der Tür zum Gästezimmer stehen und starrte auf das leere Bett. »Mama?«

»Hiiier! Hiiier, Paula!«, schrie Mario vergnügt, nachdem er die Tür zum Schlafzimmer seines Vaters aufgerissen hatte.

»O nein!« Hannah zog sich erschrocken und verlegen zugleich die Decke über den Kopf, während Mario bereits auf das Bett gesprungen war und an Leon herumzerrte. »Aufstehen, Papa, aufstehen!«

Nun kam auch Paula dazu und quetschte sich zwischen ihre Mutter und Leon. »Mama, warum schläfst du denn hier?«

Zögernd kam Hannah wieder unter der Decke hervor. »Ich … weil …«

»Weil es hier viel wärmer ist als im Gästezimmer«, kam Leon ihr lächelnd zu Hilfe. »Und es ist schöner, wenn man nicht allein schlafen muss, nicht wahr? Du hast doch auch gerne zusammen mit Mario in seinem Zimmer übernachtet.«

»Leon!« Hannah stieß ihn heftig in die Seite, doch Paula schien das Argument zu akzeptieren. Sie legte den Zeigefinger an die Nase und nickte dann. »Stimmt«, sagte sie. »Was gibt es zum Frühstück?«

»Wir haben Cornflakes mit Honig!«, rief Mario. »Und Milch und …«

»Ja, ja, nicht so laut.« Leon hielt sich die Ohren zu. »Lasst uns erst mal aufstehen. Dann machen wir euch Frühstück.«

Paula und Mario krabbelten vom Bett und rannten kichernd die Treppe hinab.

»Guten Morgen.« Leon gab Hannah einen sanften Kuss. »Hast du gut geschlafen?«

Sie nickte. »Offenbar auch viel zu lange. Ich wollte eigentlich nicht …«

»Was? Dass Paula und Mario etwas merken?« Schmunzelnd zupfte Leon an einer Strähne ihres zerzausten Haars. »Jetzt können wir nur noch das Beste daraus machen. Kaffee?«

»Äh … ja. Aber den gibt es nicht unter dieser Decke!« Sie wehrte seine Hand ab, die zu ihr hinübergewandert war und nun langsam ihren Arm hinabglitt.

»Schade.« Leon verzog enttäuscht die Mundwinkel. »Aber du hast leider recht.« Mit Schwung stand er auf, klaubte seine Kleider vom Boden zusammen und verschwand im Bad.

»Wo steckt eigentlich Billa?«, fragte Hannah nur wenig später in der Küche. Leon hatte die Kaffeemaschine angeschaltet und deckte den Tisch. Mitten in der Bewegung hielt er inne. »Ich habe sie heute Morgen noch nicht gesehen.«

Besorgt rief Hannah ihre Tochter zu sich. »Hast du Billa nach draußen gelassen?«

»Nee, die ist doch gar nicht hier.« Paula schüttelte den Kopf und setzte sich seelenruhig an den Küchentisch. »Sie ist bestimmt weggeflogen. Zum Himmel rauf und zu den anderen Engeln. Und nachher kommt sie zurück.«

»So ein Unsinn!« Streng blickte Hannah ihre Tochter an. »Wenn sie schon wieder ausgebüchst ist, müssen wir sie sofort suchen.«

Leon nickte und verließ die Küche, um einen prüfenden Blick ins Wohnzimmer zu werfen. Bei seiner Rückkehr war seine Miene zerknirscht. »Offenbar haben wir gestern vergessen, die Terrassentür zu verschließen. Sie war nur angelehnt. Eine kluge Hündin wie Billa findet sicherlich leicht heraus, wie man sie ganz öffnet.«

»Hast du Spuren gefunden?« Alarmiert lief nun auch Hannah ins Wohnzimmer. Die Terrassentür stand noch immer einen Spalt weit offen; da es jedoch noch recht dunkel war, konnte sie draußen nur schemenhafte Umrisse erkennen.

»Wir müssen warten, bis es hell ist«, meinte Leon und legte ihr eine Hand auf die Schulter. »Vielleicht ist sie ja nur auf einem kleinen Rundgang und bis dahin schon wieder zurück.«

»Aber es ist nicht das erste Mal, dass sie ausbüchst. Ich muss unbedingt einen Weg finden, sie daran zu hindern.« Hannah fuhr sich mit beiden Händen über das Gesicht.

»Bisher ist sie doch immer wieder zurückgekommen«, versuchte Leon, sie zu beruhigen. »Lass uns bis nach dem

Frühstück warten, danach gehen wir sie suchen. Und dann sehen wir weiter.«

Nicht sonderlich überzeugt nickte Hannah und ging zurück in die Küche. Sie hatte die Verantwortung für die Hündin übernommen. Was, wenn Billa nun etwas zustieß? Zwar hatte sich noch immer kein Besitzer gemeldet, doch das bedeutete ja noch lange nicht, dass Billa eine herrenlose Streunerin war. Und selbst wenn – sie hatte sie bereits ins Herz geschlossen und machte sich wirklich Sorgen!

»Ich muss im Tierheim Bescheid geben, wenn wir sie nicht finden.« Gleich nach dem Frühstück waren Leon und Hannah mit den Kindern auf die Suche nach Billa gegangen, doch nirgendwo war eine Spur von der Hündin zu finden. Paula schien das nicht weiter ungewöhnlich zu finden. Sie beharrte noch immer fest auf ihrer Geschichte, dass Billa als Engel jederzeit kommen und gehen konnte, wie sie wollte. Und Mario schloss sich ihrer Meinung an.

Hannah wunderte sich sehr über ihre Tochter, doch sie unterließ es, sie für ihre überbordende Phantasie zu schelten. Wahrscheinlich verarbeitete Paula auf diese Weise nur die Angst vor dem Verlust des neuen Familienmitglieds.

»Das wird wohl besser sein«, stimmte Leon Hannah zu. »Du kannst sofort dort anrufen, wenn du willst.«

»Hm.« Hannah sah sich noch einmal am Waldrand um. »Ich glaube, ich fahre lieber gleich da hin. Meine Freundin Silke arbeitet heute dort. Vielleicht weiß sie sich einen Rat.«

»Soll ich dich begleiten?«

»Nein.« Entschieden schüttelte Hannah den Kopf und

lächelte schwach. »Das schaffe ich schon. Aber ... würde es dir etwas ausmachen, wenn ich Paula solange bei dir lasse?«

»Warum sollte es? Dann weiß ich wenigstens, dass du nachher wieder herkommst.« Leon zwinkerte ihr scherzhaft zu. »Wir drei kommen schon zurecht. Wir machen noch einen Spaziergang und bereiten danach ein tolles Mittagessen vor.«

»Danke, das ist nett von dir.« Hannah wollte ihm einen Kuss auf die Wange geben, doch er drehte den Kopf, so dass sich ihre Lippen trafen. Rasch drückte er sie an sich und zog den Kuss in die Länge, bis sie das Kichern der beiden Kinder vernahmen.

Hannah erwiderte verlegen sein jungenhaftes Grinsen und wandte sich an ihre Tochter. »Paula, das ist ...«

»Mama und Leon küssen sich im Wald ...« sang Paula jedoch bereits vergnügt und hüpfte um Mario herum, der gleich darauf in den Gesang einstimmte: »Papa und Hannah küssen sich im Wald ...«

Hannah lief vor Verlegenheit rot an, während Leon laut lachte und seinem Sohn eine leichte Kopfnuss verpasste. »Schluss jetzt, ihr Rabauken!«

»Ich ... Ich werde dann mal fahren«, sagte Hannah und bemühte sich um eine gleichmütige Miene, da Paula und Mario sie noch immer frech umtanzten und nicht aus den Augen ließen.

Leon begleitete sie zu ihrem Auto und hielt ihr die Fahrertür auf. »Keine Sorge, Billa taucht schon wieder auf.«

Hannah nickte und stieg ins Auto. Während sie den kurzen Weg in die Stadt zurücklegte, beschloss sie, zuerst zu

Hause vorbeizufahren und rasch ein paar saubere Kleider für sich und Paula zu holen.

Sie parkte ihr Auto vor ihrem Grundstück, stieg aus – und blieb wie angewurzelt stehen. Auf der obersten Stufe vor der Haustür saß Billa und blickte ihr erwartungsvoll entgegen. Als Hannah sich langsam auf sie zu bewegte, sprang die Hündin mit einem freudigen Bellen auf und rannte auf sie zu. Sie umtänzelte Hannah, leckte ihr die Hände und tat, als sei Hannah es, die plötzlich verschwunden war.

»Du liebe Zeit, Billa!« Hannah ging vor der Hündin in die Hocke und blickte ihr verwirrt ins lachende Hundegesicht. »Was machst du denn hier? Bist du den ganzen Weg von Leons Haus hierher gelaufen? Aber warum nur?« Sie streichelte über Billas Fell und tastete sie vorsichtshalber schnell ab, nur für den Fall, dass die Hündin irgendwo eine Verletzung hatte.

Billa ließ es sich gefallen und stupste sie mit der Nase am Kinn an. Dann stand sie auf und ging voran zur Haustür. Als Hannah nicht sofort folgte, bellte Billa auffordernd.

»Was ist denn jetzt?« Hannah kam nun nach und schloss die Tür auf. »Ach, du hast bestimmt Hunger, nicht wahr?« Sie stieß die Tür auf und wollte wegen des düsteren Novemberwetters das Licht im Flur einschalten. Es gab jedoch nur ein kurzes zischendes Geräusch, das Hannah zusammenzucken ließ. »Mist, die Birne ist hin. Na gut, dann komm so mit in die Küche.« Diesmal ging sie voran, doch auch in der Küche blieb, nachdem sie den Lichtschalter betätigt hatte, alles dunkel. »O je, anscheinend ist die Sicherung rausgeflogen.« Kopfschüttelnd legte Hannah den Schlüsselbund auf den

Küchentisch. Billa fiepte leise und folgte ihr auf den Fersen hinunter in den Keller. Auch dort war natürlich alles finster.

»Zum Glück habe ich hier eine Taschenlampe liegen«, murmelte Hannah und tastete sich zu ihrer kleinen Waschküche. Die Stablampe lag im Regal über dem Trockner. Sie knipste sie an und ging dann in den benachbarten Raum, in dem sämtliche Strom-, Gas- und Wasserinstallationen des Hauses zusammenliefen.

Hannah seufzte. »Auch das noch, anscheinend hat es die Hauptsicherung herausgehauen. Sogar die Gastherme ist aus.« Sie öffnete den Stromverteilerkasten und betrachtete die drei Reihen Sicherungen, dann drückte sie achselzuckend die Hauptsicherung. Sofort sprangen die Therme und das Licht wieder an. »Na bitte.« Zufrieden wollte sie sich abwenden, als sie Billa erneut fiepen hörte.

Die Hündin saß vor einem alten Schrank in der hinteren Ecke und kratzte an der Tür. Hannah hatte diesen Schrank bislang kaum beachtet, denn er stammte entweder von den Vormietern oder vom Hausbesitzer. Bei ihrem Einzug hatte sie nur kurz einen Blick hineingeworfen. Er war vollgestopft mit Kartons voller Papiere und Fotos. Das hatte sie ganz vergessen! Sie hatte ja ihren liebenswürdigen Vermieter bitten wollen, die Sachen bei Gelegenheit zu entsorgen.

»Was willst du denn am Schrank, Billa?«

Da die Hündin keine Ruhe gab, öffnete Hannah die Tür und warf einen Blick ins Schrankinnere. Es roch nach altem Papier und Staub. Billa stellte sich auf die Hinterbeine und kratzte an einem der Kartons.

»Was ist denn da drin?« Hannah wurde neugierig und zog

die Pappschachtel hervor. »Igitt!« Als sie die fette tote Maus sah, die auf dem obersten Blatt Papier lag, zuckte sie zurück und ließ den Karton los, der krachend zu Boden fiel.

Billa bellte entrüstet und schnüffelte aufgeregt an dem Wust von Papieren, die sich über den Boden verteilt hatten.

»So was Blödes. Hast du etwa die Maus gerochen?« Hannah blickte finster auf die Unordnung hinab. Sie schob die Maus mit der Fußspitze beiseite und raffte die Dokumente zusammen. Billa fiepte wieder und versuchte, ihre Nase dazwischen zu schieben, doch Hannah schob sie beiseite. »Nichts da! Wir packen das schön wieder weg. Sind ja schließlich nicht meine Sachen.« Sie grummelte vor sich hin. »Wenn sie es wären, würden darin keine Nagetiere verrotten!« Sie packte einen Klarsichthefter verkehrt herum zuoberst auf den nun wieder vollen Karton und schob ihn entschlossen zurück in den Schrank. Wieder sprang Billa hoch und kratzte daran, doch Hannah schüttelte den Kopf. »Nein, Billa. Geh zur Seite. Da ist doch gar nichts für dich drin!« Sie schloss den Schrank ab und kehrte entschlossen zurück in die Küche, wo sie die Maus im Abfalleimer entsorgte. Danach füllte sie Billas Napf mit Hundefutter und sah der Hündin kurz beim Fressen zu, ging dann aber rasch hinauf in Paulas Zimmer und zog das Nötigste aus dem Kleiderschrank hervor. Zusammen mit ein paar frischen Kleidern stopfte sie alles in ihren kleinen Wanderrucksack. Bevor sie wieder hinunterging, wollte sie noch einen Blick in den Spiegel im Badezimmer werfen.

Sie öffnete die Tür, drückte den Lichtschalter und stand erneut im Dunkeln. »Verflixt!«, fluchte sie. »Was ist denn das schon wieder? Da stimmt doch was mit den Stromleitungen nicht.«

Sie eilte zurück in den Keller, drückte erneut den Schalter der Hauptsicherung und betätigte danach probeweise die Lichtschalter im Haus. Alle schienen einwandfrei zu funktionieren. »Also gut, dann rufe ich jetzt mal bei Leon an, damit er weiß, dass du zurück bist«, sagte sie zu Billa und griff nach dem Telefon. Da es in der Nische am Telefontisch jedoch zu dunkel war, wollte sie die kleine Tischlampe anknipsen.

Erneut fiel im ganzen Haus der Strom aus.

»Jetzt reicht es mir aber!« Erbost starrte sie auf den Telefonhörer. Dann knallte sie ihn zurück in die Station und rannte ein drittes Mal in den Keller. »Das ist doch wirklich nicht zu glauben!«, schimpfte sie dabei vor sich hin. »Jeden Tag geht hier etwas anderes kaputt. Wir müssen wieder ausziehen, sonst werde ich noch verrückt!«

Aus dem Keller zurück, schnappte sie sich ihre Handtasche, holte das Handy heraus und klickte sich durch das Telefonbuch zur Nummer ihres Vermieters.

14. Kapitel

»Verdammt, es ist Sonntag!«, schimpfte Leon aufgebracht in sein Handy. »Kann man nicht mal da seine Ruhe haben?« Mit einem Blick auf Mario und Paula, die im Garten herumtollten, senkte er seine Stimme etwas. »Ich verstehe kein Wort! Habe ich nicht schon hundertmal gesagt, dass ich hier keinen Empfang habe? Warum, warum … Weil verdammt noch mal jeder Depp ein Handy hat! Und weil ich immer erreichbar … Kann das nicht jemand anderer …? Schon gut, schon gut, ich komme.« Er schaltete sein Handy aus. »Saftladen«, grollte er. »Als hätte ich nichts Besseres zu tun, jetzt auch das noch. Sonntags!« Er blickte auf seine Armbanduhr und überlegte, was er zuerst tun und wie er dabei die Kinder beschäftigen sollte. Ärgerlicherweise hatte er nur Hannahs Festnetznummer. Wie sollte er sie jetzt erreichen und ihr sagen, dass er noch mal weg musste? Am besten nahm er die Kinder mit und hängte ihr einen Zettel an die Haustür, beschloss er.

Eine Viertelstunde später war er bereits mit dem Jeep unterwegs.

»Es ist einfach nicht zu fassen!«, regte Hannah sich auf, während sie mit Billa wieder ins Auto stieg. »Ich möchte mal wissen, was in diesen Mann gefahren ist. Er kann doch nicht ständig schlechte Laune haben. Was kann ich denn dafür, wenn der Strom in dieser Bruchbude ausgerechnet sonntags ausfällt? Als ob ich nichts Besseres zu tun hätte, als ihm damit auf die Nerven zu gehen.« Grimmig schaute sie in den Rückspiegel und begegnete dabei Billas Blick, der ihr so aufmerksam und sanftmütig erschien, dass Hannah trotz ihres Ärgers lächeln musste. »Du wunderst dich auch schon, weshalb ich mich dauernd so aufrege, was? Aber das muss ich doch wohl; wenn ich ihn nämlich recht verstanden habe, hat er mich ein hysterisches Weib genannt. Das muss man sich mal vorstellen!« Sie schüttelte den Kopf. »Er muss dieses Haus ja geradezu hassen, wenn es ihn jedes Mal dermaßen auf die Palme bringt. Ich verstehe bloß nicht, warum er es dann nicht einfach verkauft.« Sie schüttelte erneut den Kopf, diesmal über sich selbst. »Jetzt führe ich schon Selbstgespräche! Soweit hat er mich gebracht.« Sie lenkte ihren Wagen auf die Landstraße und gab Gas.

»Wenn ihr nicht einen wirklich guten Grund habt, mich an meinem freien Sonntag hierher zu bestellen, könnt ihr was erleben!« Leon funkelte seine beiden Waldarbeiter und Martin wütend an.

»Jetzt komm mal wieder runter.« Martin schien ebenfalls wenig begeistert von der sonntäglichen Zusammenkunft. »Du bist nicht der Einzige, der heute frei hat. Es sind schon wieder Holzpolter gestohlen worden. Aber diesmal mitsamt Tieflader.«

Leon stöhnte und verdrehte die Augen. »Wann und wo?«

»Heute Nacht irgendwann«, erklärte Igor und kratzte sich ratlos am Kinn. »Dabei wohne ich nicht mal weit weg von dem Platz, an dem der Tieflader stand. Ich habe aber nichts mitbekommen.«

»Und warum erfahre ich davon erst jetzt?«

»Weil dein verdammtes Telefon abgestellt war«, schnauzte Martin ihn an. »Und dein Handy geht ja hier die meiste Zeit nicht. Ich habe die Polizei und die Forstbehörde bereits informiert. Du musst aber trotzdem noch mal mit denen reden.«

Leon sah ihn irritiert an. »Ich habe mein Telefon nicht abgestellt. Warum auch?«

»Was weiß ich. Vielleicht wolltest du nicht gestört werden.« Martin sah ihn verdrießlich an. »Oder es ist kaputt«, gab er zu bedenken, als ihn Leons finsterer Blick traf. »Jedenfalls konnte ich dich heute früh nicht erreichen, und als ich bei dir vorbeigefahren bin, war niemand zu Hause.«

»Das muss ausgerechnet zu der Zeit gewesen sein, als ich mit Hannah und den Kindern nach Billa gesucht habe«, murmelte Leon.

Sofort merkte Martin auf. »Wer ist Billa, und warum suchst du sie morgens um acht Uhr zusammen mit dieser Frau?«

»Sie ist nicht *diese Frau*«, brummte Leon ungehalten.

»Oh.«

»Und Billa ist ein Hund – Hannahs Hund –, der uns ausgebüchst ist.«

Martins Miene entspannte sich. Er grinste. »Darf ich daraus schließen, dass deine Hannah schon länger bei dir gewesen ist? Denn selbst für einen Frühstücksbesuch kommt mir acht Uhr an einem Sonntag etwas arg früh vor.«

»Schließ daraus, was du willst. Ich erwarte sie jedenfalls in Kürze zurück vom Tierheim, wo sie wegen der entlaufenen Hündin Bescheid geben wollte.« Er seufzte. »Und ich habe keine Lust, mich hier länger als nötig aufzuhalten. Außerdem habe ich die Kinder im Auto und auch noch andere Probleme.«

»Wer hat die nicht!« Nun wieder friedfertig klopfte Martin seinem Kollegen auf die Schulter.

Leon nickte. Bei Martins Worten war ihm eingefallen, dass sein Freund ihm kürzlich auch von seinen privaten Problemen erzählt hatte. »Wie läuft es bei dir?«

Martin zuckte mit den Schultern. »Der absolute Horror. Sie ruft mich ständig an und raubt mir den letzten Nerv.

Wenn sie nicht bald damit aufhört, gehe ich die Wände hoch.«

Als Hannah Leons Zettel an seiner Haustür fand, musste sie schmunzeln. Offenbar war er als Förster das Mädchen für alles. Aber gut, sie würde sich gewiss daran gewöhnen. Und immerhin hatte er die Kinder mitgenommen. Sie beschloss, das versprochene Mittagessen selbst zu übernehmen. Er hatte ihr die Terrassentür offen gelassen – eine Angewohnheit, die es wohl nur auf dem Lande gab –, daher ging sie geradewegs in die Küche. Aus den Zutaten, die sie fand, ließ sich ein vorzügliches Menü bereiten.

Als sie begonnen hatte, die Kartoffeln für das Püree zu stampfen, kehrten Leon und die Kinder zurück. Er freute sich über das fast fertige Mahl und darüber, dass Billa wieder aufgetaucht war.

Während Hannah den Tisch deckte, überlegte sie, ob sie Leon wegen ihres Vermieters um Rat fragen sollte. »Kennst du eigentlich noch weitere Marbachs hier im Ort persönlich?«, fragte sie schließlich.

Überrascht sah er sie an. »Ein paar, warum?«

»Ich dachte nur. Ist darunter auch ein, äh, Markus, Michael oder Martin? Irgendwer, dessen Vorname mit M beginnt und der irgendwo in einer Fabrik arbeitet oder«, ihr war der Lärm eingefallen, der immer im Hintergrund herrschte, wenn sie ihren Vermieter anrief, »in einem Sägewerk?«

»Ich kenne einen Martin Marbach. Er ist ein Kollege. Wie kommst du darauf?« Neugierig lehnte sich Leon gegen den Küchentisch.

Hannah verzog das Gesicht. Ein Waldarbeiter war doch ganz sicher nicht ihr Vermieter, oder? »Ach, weißt du, ich habe im Moment ein paar Probleme mit meiner Wohnung, und der Vermieter ist ein Martin oder Michael Marbach …« Sie schüttelte den Kopf. »Weißt du was, vergiss es. Ich will uns nicht den Tag damit verderben.«

Als Leon ihr später anbot, den Abend zur Abwechslung bei ihr zu verbringen, lehnte sie wieder kategorisch ab. Sie schämte sich mittlerweile ziemlich für ihr heruntergekommenes Haus, vor allem, da jetzt auch noch zu befürchten stand, dass der Strom wieder ausfiel. Lieber suchte sie für sich und Paula, so schnell es ging, eine neue Bleibe. Womöglich fühlte er sich sonst noch verpflichtet, ihr beim Renovieren zu helfen, und er hatte doch gesagt, dass er von handwerklichen Arbeiten nicht gerade begeistert war.

Leon wunderte sich etwas darüber, dass Hannah jedes Mal ablehnte, wenn er anbot, sie zu besuchen. So schlimm konnte ihre Wohnung doch wohl nicht ein. Aber sicherlich hatte sie einen guten Grund dafür. Dennoch kam es ihm merkwürdig vor. Andererseits kannten sie sich wirklich noch nicht lange, und bisher hatte sie auch noch kaum etwas über sich und ihre Vergangenheit erzählt. Er würde ihr wohl noch etwas Zeit geben müssen. Da seine Gefühle für sie nach dieser kurzen Zeit tiefer gingen, als er es für möglich gehalten hätte, war er gerne bereit dazu und freute sich, als sie vorschlug, ihn am Mittwochnachmittag zu besuchen. Bis dahin wollte er sich nach einem Mietshausbesitzer namens Markus oder Michael Marbach umhören. Wenn sie Probleme mit ihrer Mietwohnung hatte, wollte er ihr gerne beistehen.

15. Kapitel

Vergnügt ließ sich Hannah zwei Wochen später auf ihre Couch sinken und sah ihre Post durch. Paula lag nach einem ereignisreichen Tag im Tierheim bereits im Bett und schlief fest; sie selbst war nach dem Nachmittag, den sie allein mit Leon verbracht hatte, so glücklich wie selten zuvor. Sie wäre gerne länger oder sogar wieder über Nacht bei ihm geblieben, jedoch hatte sie morgen einen sehr frühen Baustellentermin, für den sie heute Abend unbedingt noch Unterlagen vorbereiten wollte. Sie hatten sich erst für Samstagabend verabredet, da Leon freitags zu einer Fortbildung fahren musste.

Hannah überlegte, dass ihr die Zeit bis dahin sehr lang werden würde, als ihr zwischen zwei Werbeflyern ein handbeschrifteter Briefumschlag auffiel. Sie lächelte. Die Handschrift kannte sie. Schade, dass Paula schon schlief; Torsten hatte den Brief bestimmt geschickt, damit seine Tochter ihren Spaß daran hatte.

Sein alljährlicher Besuch vor Weihnachten stand an; sicherlich würde er in den kommenden Tagen anrufen, um das genaue Datum mit ihr abzusprechen.

Hannah blickte sich im Wohnzimmer um. Dieser Raum und die Küche waren einigermaßen wohnlich geworden. Zumindest hatten sie und Paula in den vergangenen zwei Tagen Papierweihnachtssterne und einen Adventskalender aus Pappkerzen gebastelt und damit die Einrichtung verschönert. Doch so wirklich recht war es ihr nicht, jetzt auch noch Besuch zu empfangen. Leon hatte sie bisher erfolgreich davon abbringen können, herzukommen. Bei ihm zu

Hause war es einfach viel schöner und komfortabler. Außerdem konnte man sich nach einem Spaziergang durch die winterlich eisige und mit Raureif überzogene Landschaft so wunderbar an seinem offenen Kamin aufwärmen.

Achselzuckend öffnete sie den Brief. Torsten und seine Frau Birgit waren wohl – außer Silke – die einzigen Menschen, die sie sich ohne Vorbehalte traute, hierher einzuladen. Dennoch überlegte sie, ob sie den beiden diesmal nicht lieber raten sollte, in einem Hotel zu übernachten. Was war, wenn der Strom wieder ausfiel? Ihr Vermieter hatte bisher noch keinen Elektriker geschickt. Zwar hatte es seit neulich keinen Zwischenfall mit der Hauptsicherung gegeben, aber man konnte ja nie wissen.

Seufzend überflog Hannah die Zeilen, die tatsächlich hauptsächlich an Paula gerichtet waren. Torsten erzählte von seinem neuen Haus in der Schweiz und in seiner ihm eigenen lustigen Art von seiner und Birgits neuen Arbeitsstellen.

Als das Telefon klingelte, schrak Hannah zusammen.

»Mayer?« Sie grinste. »Ich lese gerade deinen Brief. Nein, natürlich nicht, sie schläft schon längst. Wie? Ach ja, ganz gut soweit. Ich habe einen Auftrag so gut wie beendet und zum Glück schon zwei neue. Wann wollt ihr denn hier sein?« Sie runzelte die Stirn. »So früh diesmal … Nein, ist schon in Ordnung, das macht mir nichts aus. Ich müsste dann nur eine Verabredung absagen …« Sie lachte. »Du wirst es kaum für möglich halten, die Verabredung ist mit einem Mann … Nein, wirklich! Ach was, er wird euch sicher gerne kennen lernen. Am Samstagnachmittag also? Ja, schon, aber eigentlich wäre es mir lieber, wenn ihr in ein

Hotel gehen würdet.« Sie verdrehte die Augen. »Haha, sehr witzig. Nein, weißt du, das Haus hier ist nicht ganz so, wie ich es mir vorgestellt habe. Eine Bruchbude, um genau zu sein. Dauernd geht etwas kaputt und der Vermieter … Ach was, ich erzähle euch davon, wenn ihr hier seid. Aber unter diesen Umständen wäre es wirklich angenehmer für euch … Doch, bestimmt! … Na gut, dann bereden wir das am Samstag. Bis dann also! Und grüß Birgit von mir.«

Hannah schaltete das Telefon aus und legte es auf den Couchtisch. Torsten und Birgit wollten also schon an diesem Wochenende herkommen und bis zum dritten Advent bleiben. Hoffentlich kam bis dahin endlich ein Elektriker, um den verfluchten Sicherungskasten zu überprüfen, sonst würde sie selbst jemanden herbestellen.

Am besten versuchte sie, Leon gleich morgen zu erreichen, um ihn über ihre geänderten Pläne zu informieren und ihm ein gemeinsames Essen im Restaurant mit Torsten und Birgit vorzuschlagen. Sie hatte ihm ja bisher noch gar nichts über Paulas Vater erzählt, allerdings hatte er auch nicht danach gefragt. Vielleicht glaubte er, sie sei ähnlich traumatisiert wie er. Aus seinen wenigen Andeutungen hatte sie geschlossen, dass Marios Mutter ihn einst sehr verletzt haben musste.

Sie konnte wirklich von Glück sagen, dass ihr so etwas erspart geblieben war. Nach Paulas Geburt hatten sie und Torsten sehr schnell gemerkt, dass sie nicht für ein gemeinsames Leben bestimmt waren. Dennoch waren sie gute Freunde geblieben, und auch mit Birgit verstanden sie und Paula sich ausgezeichnet. Die Einzige, die kreuzunglücklich über das Ende ihrer Beziehung gewesen war, war Hannahs Mutter.

Sie seufzte erneut. Ihre Eltern würden zwischen Weihnachten und Silvester zu Besuch kommen. Und das war ihr unter den derzeitigen Umständen ganz und gar nicht recht. Ihre Mutter würde vermutlich, wie es ihre Art war, über all die kleinen Unzulänglichkeiten des Hauses mosern, und ihr Vater fühlte sich dann bestimmt befleißigt, den Heimwerker herauszukehren. Eine Sache, die sie gerne vermieden hätte, denn er war handwerklich vollkommen unbegabt.

Hannah schloss die Augen, öffnete sie jedoch sogleich wieder und blickte verwundert zum Flur, wo Billa ein leises Jaulen hatte verlauten lassen und nun an der Kellertür kratzte.

»Was ist denn nun schon wieder? Seit Tagen willst du dauernd da runter – was soll das? Ich gehe nicht noch einmal auf Mäusesuche mit dir.« Hannah schüttelte entschieden den Kopf.

Billa fiepte noch einmal, kam zu ihr und legte ihr schnaufend den Kopf auf den Oberschenkel. Eindringlich sah sie Hannah aus ihren treuen Hundeaugen an, doch die schüttelte noch einmal den Kopf. »Du kannst betteln, solange du willst. Ich gehe heute bestimmt nicht mehr in den Keller.«

Der Laut, den Billa nun ausstieß, klang fast resignierend. Die Hündin sah sie noch immer eindringlich an, doch als sich Hannah nicht bewegte, rollte sie sich schnaubend vor der Couch zusammen und legte den Kopf auf die Pfoten.

Hannah schloss die Augen wieder und konnte deshalb nicht sehen, dass Billa sie lange betrachtete, bevor sie ebenfalls die Augenlider zuklappte.

16. Kapitel

Ungeduldig trommelte er mit den Fingern auf der Lehne des schweren Eichensessels, während er darauf wartete, dass sein Onkel aus dem Garten hereinkam.

Richard Bogner sah schon durch das Fenster, dass sein Neffe nicht in bester Stimmung war, und ließ sich mit dem Ausziehen seiner schlammbespritzten Stiefel Zeit. Erst nachdem er sich auch noch ausgiebig die Hände gewaschen hatte, setzte er sich ihm gegenüber auf die Couch. »Hallo, Junior«, sagte er gemächlich und musterte ihn neugierig. »Schön, dass du mal wieder bei uns reinschaust. Deine Tante und ich freuen uns immer …«

»Nenn mich doch nicht immer Junior«, unterbrach sein Neffe ihn gereizt. »Ich sage doch auch nicht ›Senior‹ zu dir.«

»Das will ich dir auch nicht geraten haben.« Richard schmunzelte und lehnte sich zurück. »Also sag schon, was gibt es? Du scheinst ja nicht gerade in bester Stimmung zu sein. Harte Arbeit?«

Leon lehnte sich ebenfalls zurück. Sein Onkel schaffte es beinahe immer, ihn zu beruhigen. Doch heute brodelte es einfach noch zu stark in ihm. Er setzte sich wieder auf. »Du hattest recht.«

»Oh?« Richard blinzelte überrascht. »Womit?

»Ich hätte das alte Haus leerstehen lassen sollen. Oder verkaufen. Oder abreißen lassen.« Er stand auf und ging aufgebracht im Zimmer auf und ab. »Diese Mieterin hat heute schon wieder angerufen. Offenbar gibt es Probleme mit den Stromleitungen. Sie hat vor zwei Wochen schon mal darüber gemeckert, und jetzt behauptet sie, der Sicherungskasten müsse erneuert werden.«

»Das ist ärgerlich«, bestätigte Richard. »Hast du die Leitungen nicht erst kürzlich überprüfen lassen?«

»Ich bin nicht dazu gekommen«, wich Leon aus.

»Du meinst, du hast es vor dir hergeschoben«, korrigierte Richard prompt.

Er blieb stehen und funkelte seinen Onkel an. »Und wenn schon! Du weißt genau, dass ich das Haus nicht mehr betreten habe, seit …«

»Und warum regst du dich dann so auf?«

»Ich rege mich auf, weil diese Frau mich verrückt macht. Jeden zweiten Tag kommt sie mit einer neuen Reparatur. Dabei hat sie das Haus gesehen, bevor sie es gemietet hat.«

»Sie hat gesehen, dass das Haus ein paar Schönheitsfehler hat«, stimmte Richard ruhig zu. »Aber du musst zugeben, dass auch wir nicht damit gerechnet haben, dass es an einigen Stellen dermaßen marode ist. Die vier Jahre, in denen du nichts mehr daran gemacht hast, sind ihm nicht gut bekommen.«

Leon nickte und wollte gleichzeitig den Kopf schütteln. »Mag sein, aber sie geht mir trotzdem auf die Nerven. Du solltest sie mal hören! Sie spielt sich auf, als ob sie …«

»Na, übertreibst du da nicht ein bisschen?« Richard lächelte. »Ich fand sie sehr nett. Und übrigens, hübsch ist sie auch. Und sie hat so einen schönen Namen! Theresia Mayer.«

»Das interessiert mich nicht«, unterbrach Leon ihn grollend. »Sie ist einfach unerträglich. Und sie schafft es auch noch ständig, mich anzurufen, wenn ich gerade mitten bei der

Arbeit bin und den schlechtesten Empfang habe. Obwohl … vielleicht ist das sogar gut, denn dann bekomme ich nur die Hälfte ihrer Tiraden mit. Mayer heißt sie also? Theresia?«

»Sag bloß, du kennst noch nicht mal ihren Namen, Junge. Also wirklich!« Richard schüttelte entrüstet den Kopf. »Warum gibst du ihr eigentlich nicht deine Festnetznummer?«

Leon tippte sich an den Kopf. »Damit sie mich auch noch nach Feierabend nerven kann? Auf keinen Fall. In meiner Freizeit habe ich Besseres zu tun, als mich mit dieser Ziege abzugeben.«

»Nun mach aber mal einen Punkt.« Ruhig deutete Richard auf den Sessel und wartete, bis sein Neffe sich wieder gesetzt hatte. »So kenne ich dich ja gar nicht. Warum hast du sie eigentlich noch nicht persönlich getroffen?«

»Wozu? Sie ist auch nur eine nervtötende, eigensinnige, egoistische …«

»Leon!« Richard machte eine heftige Handbewegung, mit der er seinen Neffen zum Schweigen brachte. »Was ist nur in dich gefahren? Frau Mayer ist eine sehr nette Person, und ihre …«

»Ich will nichts mehr davon hören!«, polterte Leon ungehalten.

»Du hast doch damit angefangen.« Richard schüttelte ungehalten den Kopf. »Aber wenn du noch weiter in dieser Tonart hier herumschnauzt, muss ich wohl mal für einen Moment lang vergessen, dass du ein erwachsener Mann bist.«

»Entschuldige«, sagte Leon etwas ruhiger. »Sie bringt mich nur ständig auf die Palme. Und ich habe genug andere

Probleme, als dass ich mich auch noch dauernd mit dieser Furie …«

»*Leon!*«

»Schon gut. Ich glaube, es ist besser, wenn ich wieder gehe.«

»Und ich glaube, es wäre besser, wenn du uns endlich erzählst, was dich wirklich bedrückt.«

Überrascht blickte Leon hoch und genau in das Gesicht seiner Tante Agnes, die mit einem Tablett voller Tassen, Teller, einer Kaffeekanne und einer Dose mit Weihnachtsplätzchen in der Wohnzimmertür stand. Sie stellte das Tablett auf dem Couchtisch ab, bot ihrem Neffen eine Tasse Kaffee an und goss sich, als er mit einem Kopfschütteln ablehnte, selbst von dem dampfenden Getränk ein. »So aufgebracht habe ich dich schon lange nicht mehr gesehen. Und schon gar nicht so ungerecht einer Frau gegenüber, die du nicht einmal persönlich kennst.« Sie biss in ein Butterplätzchen. »Und weil ich das nicht länger dulden werde, verlange ich hier und jetzt eine Erklärung. Also, raus mit der Sprache. Was ist der wirkliche Grund für deine schlechte Laune?«

Leon fuhr sich mit beiden Händen übers Gesicht und ließ sie dann dort, die Ellbogen auf seine Knie gestützt.

Agnes sah Richard vielsagend von der Seite an und beugte sich dann ein Stück zu Leon vor. »Ich warte«, sagte sie bewusst streng. Sie hatte Leon seit seinem sechsten Lebensjahr aufgezogen und wusste genau, wie sie mit ihm umgehen musste.

»Ich …«

»Ja?« Sie beugte sich noch ein wenig weiter vor.

»Verdammt!« Er schüttelte den Kopf, ließ ihn jedoch weiterhin auf seine Hände gestützt. »Ich habe ihr vertraut. Ich habe gedacht …« Er stieß ein gequältes Seufzen aus. »Ich bin ein Idiot.«

»Das möchte ich dir gerne bestätigen.« Agnes lächelte leicht, als er empört den Kopf hob. »Aber dazu solltest du uns zunächst sagen, von wem du überhaupt sprichst.«

»Sie … Hannah. Hannah Mayer.« Er nahm ein Plätzchen, zerbröselte es jedoch nur auf seinem Kuchenteller. »Sie … ich habe sie im Park kennengelernt. Sie ist die Mutter eines Mädchens aus Marios Kindergartengruppe. Wir waren … wir haben ...«

»Ihr habt euch ineinander verliebt.«

Leon zuckte zusammen, nickte dann und schüttelte fast gleichzeitig den Kopf. »Ich dachte es, aber … Es war wohl ein Irrtum, nichts weiter.«

»Warum glaubst du, dass es ein Irrtum war?«, hakte Richard nach und goss sich nun auch einen Kaffee ein.

Leon rieb sich erneut mit den Händen übers Gesicht. Warum sollte er ihnen nicht davon erzählen? Agnes und Richard waren seine Familie; sie hatten ihn immer unterstützt und zu ihm gehalten. Doch er schämte sich ein bisschen, dass er offenbar den gleichen Fehler zweimal gemacht hatte. Um sich zu beruhigen, atmete er tief ein. »Ich hätte gleich stutzig werden müssen. Sie ist jedes Mal mit einer Ausrede gekommen, wenn ich ihr angeboten habe, sie nach Hause zu bringen oder sie zu besuchen. Sie hat nicht über ihre Vergangenheit geredet oder über den Vater ihrer Tochter.«

»Und jetzt hat sie dir gestanden, dass sie in Wahrheit verheiratet ist und du nur eine Affäre warst.« Richard legte neugierig den Kopf auf die Seite.

»Was? Nein.« Leon sah ihn verwirrt an. »Nein, das nicht. Als Mario heute aus dem Kindergarten kam, erzählte er, dass Paula erzählt hat …«

»Moment, wer ist Paula?«, unterbrach Agnes ihn.

»Hannahs Tochter. Sie hat Mario erzählt, dass ihr Vater am Samstag aus der Schweiz zurückkommt und bei ihnen wohnen wird.«

»Oha.« Agnes kräuselte die Lippen. »Und diese Hannah hat ihn nie erwähnt – Paulas Vater, meine ich?«

»Nein, nie. Aber jetzt verstehe ich, warum ich nie bei ihr vorbeischauen sollte. Wahrscheinlich war ich nur ein netter Zeitvertreib, während sie auf seine Rückkehr gewartet hat.«

»Also ich weiß nicht.« Nachdenklich rieb sich Richard den Bart. »Ich kenne deine Hannah zwar nicht …«

»Sie ist nicht meine Hannah.«

Richard sah seinen Neffen ungehalten an. »Ich kenne sie zwar nicht«, wiederholte er betont, »aber hältst du es nicht für etwas voreilig, nur aufgrund einer Geschichte über sie zu urteilen, die Mario dir erzählt hat? Er ist erst fünf, Leon.«

»Und?«

»Er könnte etwas falsch verstanden haben.«

»Und warum hat sie mir dann nicht erzählt, dass ihr … was auch immer nach Hause kommt?«

Agnes stand auf, ging um den Couchtisch herum und setzte sich neben Leon. »Dafür kann es hundert Gründe geben. Leon, du bist ein erwachsener Mann. Ich hätte wirklich geglaubt, dass du vernünftiger bist. Du hast also noch gar nicht mir ihr darüber gesprochen? Sie nicht gefragt, was es mit diesem Besuch auf sich hat?«

»Sie geht nicht ans Telefon.«

Agnes verdrehte die Augen. »Dann fahr zu ihr.«

»Das kann ich nicht«, gab Leon verdrießlich zu. »Ich habe nur ihre Telefonnummer, und da sie noch nicht lange in der Stadt lebt, ist sie auch nicht bei der Auskunft registriert. Außerdem habe ich nicht vor, ihr nachzulaufen«, setzte er wütend hinzu. »Das habe ich einmal hinter mir, und ich bin nicht scharf auf eine Wiederholung.«

»In Ordnung.« Agnes nickte. »Du musst selbst wissen, was du tust. Aber wenn dir etwas an ihr liegt, dann lass dich nicht von vergangenen Tiefschlägen davon abhalten, diese Sache zu klären. Es kann auch alles ganz harmlos und ein Missverständnis sein!«

»So wie es damals bei Yvonne ein Missverständnis war?« Leon sah sie mit bitterer Miene an und stand dann auf. »Nein, diesmal werde ich nicht hilflos im Regen stehen und die Scherben zusammenkehren. Ich werde ihr zuvorkommen und der Sache ein Ende setzen. Entschuldigt mich, ich muss jetzt zu Martin. Seine Vermieterin will ihn verklagen und aus seiner Wohnung ekeln. Ich habe ihm versprochen, ihm zu helfen, die Unterlagen für seinen Anwalt zusammenzustellen.« Er nickte Richard und Agnes finster zu und verließ das Haus.

»Eine merkwürdige Sache«, meinte Agnes, während sie die Tassen und Teller zusammenräumte.

Richard nickte nachdenklich. »Wäre das mit Yvonne damals anders verlaufen, würde er jetzt nicht so überreagieren.

Ich hoffe bloß, er stellt sich endlich seinen Problemen und die Sache löst sich in Wohlgefallen auf. Der Junge braucht eine Frau, die für ihn da ist.«

»Du bist ein alter Romantiker«, meinte Agnes lächelnd. »Was war eigentlich mit seiner Mieterin? Gibt es da auch Schwierigkeiten?«

»Sie macht ihm die Hölle heiß, weil im Haus ständig etwas kaputt geht. Jetzt müssen es wohl die Stromleitungen sein – weiß der Teufel. Vielleicht wäre es besser, wenn sie sich eine andere Bleibe sucht. Ich war ja von Anfang an dagegen, dass er das Haus vermietet.«

»Aber wenn sie nicht von sich aus auszieht, kann er sie doch nicht einfach vor die Tür setzen«, widersprach Agnes. »Hat sie nicht eine kleine Tochter?«

»Ja, hat sie.« Richard runzelte nachdenklich die Stirn. »Das soll er ja auch nicht. Ich dachte eher an eine einvernehmliche Lösung ...« Er strich sich über den Bart. »Hat er den Mietvertrag nicht hier irgendwo deponiert?«

»Im Schrank.« Agnes stand auf, öffnete eine der Türen am Wohnzimmerschrank und zog einen Aktenordner hervor.

Richard nahm ihn ihr ab. »Hat er da überhaupt schon mal hineingeschaut? Ich meine, abgesehen davon, dass er den Vertrag unterschrieben hat?«

Agnes zuckte mit den Achseln. »Er hat ihn mir blanko unterschrieben. Ich habe ihn dann Frau Mayer gegeben.«

»Hm«, brummte Richard und klappte den Ordner auf. »Wollen doch mal sehen, was da genau drinsteht. Vielleicht lässt sich ja eine für alle Beteiligten akzeptable Lösung finden. Außerdem fällt mir da gerade auf ...« Er zog den Mietvertrag aus einer Klarsichthülle und überflog die erste Seite. »Agnes?«

»Hm?« Sie hatte sich bereits abgewandt, um das Tablett hinauszutragen, und drehte sich noch einmal um.

Richard tippte auf die Zeile, in der der vollständige Name der Mieterin vermerkt war. »Hältst du das für einen Zufall?«

17. Kapitel

»Das gibt es doch gar nicht. Wo steckt er denn bloß?« Hannah wählte zum wiederholten Male Leons Nummer, doch weder er noch sein Anrufbeantworter meldete sich. »Ihm wird doch nichts zugestoßen sein?« Sie runzelte die Stirn. »Nein, vielleicht ist er mit Mario unterwegs ... Aber warum hat er mich nicht angerufen?« Sie blickte auf ihre Uhr. In wenigen Stunden würden Torsten und Birgit eintreffen. Paula räumte bereits eifrig ihr Zimmer auf, eine Sache, zu der Hannah sie immer nur dann ohne Probleme überreden konnte, wenn derart hoher Besuch anstand.

Billa saß zu ihren Füßen und winselte leise. Sie stupste Hannah an, ging zur Kellertür und kratzte daran.

»Nein, Billa, jetzt nicht«, sagte Hannah zerstreut und wählte ein letztes Mal Leons Nummer. »Nichts.« Sie seufzte. Dann musste sie wohl oder übel zu ihm fahren.

Erneut schaute sie auf die Uhr und überschlug die Zeit, die ihr noch blieb, rief Paula zu sich, packte sie in einen dicken Anorak und verfrachtete sie ins Auto. Billa ließ sie diesmal zu Hause.

»Wo fahren wir denn hin?«, wollte Paula neugierig wissen.

»Zu Leon.« Hannah steuerte den Wagen Richtung Landstraße. Ausgerechnet jetzt fing es auch noch an zu schneien!

»Au ja, dann kann ich mit Mario einen Schneemann bauen!«, quietschte Paula begeistert.

»So viel Schnee liegt doch noch gar nicht.«

»Aber nachher bestimmt.«

»Wenn du meinst.« Hannah wollte ihrer Tochter nicht den Spaß verderben, doch sie hatte irgendwie ein ungutes Gefühl.

Leons Jeep stand nicht in der Einfahrt. Hannah sah sich um. Vielleicht war er zu seinem Bruder auf diesen Bauernhof in der Nähe gefahren. Leider hatte er ihr die Adresse nicht genannt.

»Wo ist Mario denn?«, wollte Paula wissen.

»Keine Ahnung.« Unentschlossen blickte Hannah zum Waldrand und lenkte dann den Wagen zu dem Parkplatz, von dem aus sie damals Billa gesucht hatte.

Sie hatte Glück, Leons Wagen stand dort, von ihm war jedoch nichts zu sehen. In einiger Entfernung aber heulte eine Motorsäge auf. Sie drehte sich zu ihrer Tochter um. »Paula, kannst du ein paar Minuten hier warten? Ich will schauen, ob Leon dort hinten ist. Es dauert auch nicht lange.«

»Können wir dann zu Mario fahren?«

»Mal sehen. Ich weiß ja gar nicht, wo er ist.«

Paula zog eine Schnute, griff aber nach einem der Bilderbücher, die auf dem Rücksitz verteilt lagen.

Hannah stieg aus und lief eilig den Waldweg entlang, immer in Richtung der Geräusche, die die Waldarbeiter machten. Der frisch gefallene Schnee knirschte unter ihren Schuhen. Nach knapp zweihundert Metern kam sie an eine Absperrung aus rotweißem Plastikband, vor der ein Schild davor warnte, während der Waldarbeiten diesen Weg weiterzugehen. Oben auf der Kante des Schildes hatte sich bereits ein Schneehäubchen gebildet.

In einiger Entfernung sah sie drei Männer in grün-orangefarbener Schutzbekleidung und mit Gehörschutz auf den Ohren.

»Leon!«, rief sie, als sie ihn erkannte, doch er hörte sie nicht. Sie versuchte mit Winken auf sich aufmerksam zu machen, bis einer der anderen Männer zu ihr hinübersah. Er stieß Leon an und deutete in ihre Richtung, woraufhin sie noch einmal winkte und ihm zulächelte.

Leon nahm betont langsam den Gehörschutz ab und ging mit finsterer Miene auf sie zu.

Hannah stutzte, als sie seinen Gesichtsausdruck sah, und das ungute Gefühl in ihrer Magengrube verstärkte sich. Dennoch lächelte sie erneut und strich sich etwas Schnee aus den Haaren. »Hallo, Leon. Ich wusste nicht, dass du heute arbeiten musst. Ich habe versucht, dich zu erreichen, aber du bist ja nicht ans Telefon gegangen und dein Anrufbeantworter …«

»Ich habe ihn ausgeschaltet. Wollte meine Ruhe haben.« Leons Miene wurde noch eine Spur finsterer. »Und ich fände es besser, wenn du in Zukunft nicht mehr anrufst.«

»Aber …« Hannah sah ihn erschrocken und verständnislos an. »Was ist denn jetzt los?«

»Ich habe keine Lust mehr, das ist los«, knurrte er und

wich ihrem Blick aus. »Es war nett, solange es gedauert hat, und jetzt ist es vorbei.« Er nickte ihr zu und wandte sich ab.

»Leon! Was, um Himmels willen, ist in dich gefahren? Ich dachte …«

Er fuhr zu ihr herum. »Das dachte ich auch. Aber ich habe mich geirrt, und damit ich mich nicht noch lächerlicher mache, beende ich die Sache. Das ist doch nicht schwer zu verstehen, oder?«

Hannah machte einen Schritt rückwärts. »Ja, ich verstehe. Also war ich nur ein kleiner Pausenfüller für dich, oder was?«

Leon zuckte zusammen, behielt seinen finsteren Blick jedoch bei. »Nicht mehr als ich für dich, oder? Also belassen wir es dabei. Und jetzt entschuldige mich, ich habe zu tun.«

Hannah starrte ihm hinterher. In ihr mischte sich der Schrecken mit Traurigkeit und Wut. Ihr wurde gleichzeitig heiß und kalt, als sie ihn mit hochgezogenen Schultern davonstapfen sah.

»Mistkerl!«, brüllte sie ihm hinterher, drehte sich um und eilte den Weg zurück, den sie gekommen war. Sie spürte einen harten Kloß in der Kehle, an dem sie vergeblich schluckte. Auf keinen Fall wollte sie weinen, schon gar nicht vor Paula! Also blieb sie stehen, atmete mehrmals heftig ein und aus, bis sie sich etwas gefangen hatte, und ging dann langsam weiter bis zum Auto.

Leon drehte sich erst zu ihr um, als er Martin und Igor wieder erreicht hatte, deshalb sah er sie nur noch kurz, als sie um eine Wegbiegung verschwand. Sein Herz klopfte schmerzhaft gegen seine Rippen.

»Hey, war das deine Hannah?« Martin stieß ihn an. »Gar nicht übel, das Mädel. Das muss ich schon sagen!«

»Halt die Klappe, und lass uns hier weitermachen.« Leon setzte sich entschlossen den Gehörschutz wieder auf.

»Was ist denn mit dir los?«, wunderte sich Martin, fragte jedoch nicht weiter, als er den Blick seines Freundes auffing. Also beschloss er zu warten, bis sie mit der Arbeit fertig waren, bevor er in Erfahrung brachte, was Leon dermaßen die Petersilie verhagelt hatte.

»Er hat dich einfach so abserviert? Ohne Begründung?« Birgit saß neben Hannah auf der Couch. Torsten hatte sich in den Sessel gesetzt und spielte, während er zuhörte, mit einem der selbstgebackenen Plätzchen, die Hannah auf einem sternförmigen Teller angerichtet hatte. Paula lag neben Billa auf dem Teppich und schlief. Sie war ganz erschöpft gewesen nach der Aufregung über den Besuch und dem langen Spaziergang, den sie alle gemeinsam durch die verschneite Landschaft gemacht hatten.

»Er hat gesagt, ich sei für ihn genauso ein Pausenfüller gewesen wie er für mich.« Hannah hatte den Kopf gesenkt und blickte unglücklich zu Boden. »Ich habe keine Ahnung, wie er darauf kommt.«

»Als ob du jemals einen Pausenfüller gehabt hättest.« Torsten schüttelte den Kopf. »Ein komischer Kauz – das muss ich schon sagen.«

»Er ist kein komischer Kauz!«, protestierte Hannah. »Er ist … Ach, ich weiß nicht mehr, was er ist.«

»Er ist ein Idiot, wenn er von jemandem wie dir so etwas

annimmt. Und ein Schweinehund, weil er dich so behandelt hat«, befand Birgit. »Hast du ihn nicht sofort zur Rede gestellt? Ich hätte mir das nicht gefallen lassen.«

»Ich war viel zu perplex«, gab Hannah niedergeschlagen zu. »Wie hätte ich auch auf die Idee kommen sollen, dass er nur … Ich hatte wirklich nicht den Eindruck, dass er … dass er diese Sorte Mann ist.« Sie rieb sich über die Augen. »Ich glaube es, ehrlich gesagt, immer noch nicht. Es muss etwas vorgefallen sein …«

»Nun nimm ihn nicht auch noch in Schutz«, unterbrach Torsten sie. »Das hast du wirklich nicht nötig.«

»Ich weiß.« Hannah ließ den Kopf wieder hängen. »Es tut mir leid, dass ich euch damit belaste.«

»Ach was! Wozu sind Freunde denn sonst da?« Birgit streichelte ihr über den Arm. »Na komm, lass uns den Tisch decken und das Abendessen vorbereiten. Ich habe übrigens eine Tupperdose randvoll mit meinem Spezialschokopudding mitgebracht – als Nachtisch.«

Hannah nickte und folgte Birgit in die Küche. Auch Billa stand von ihrem Platz neben Paula auf und tapste hinter ihnen her.

»Eine nette Hündin habt ihr da.« Birgit streichelte Billa über den Kopf. »Werdet ihr sie behalten, wenn sich der Besitzer nicht meldet?«

»Ich denke schon. Man gewöhnt sich ja schnell an so ein Tier.« Auch Hannah tätschelte Billa, dann ging sie zum Herd. »Allerdings ist sie in den letzten Tagen ziemlich unruhig. Dauernd will sie in den Keller, nachdem sie neulich da unten in einem der Schränke eine tote Maus gefunden hat.«

»Igitt.« Birgit lachte.

»Und man muss höllisch auf sie aufpassen«, fuhr Hannah mit einem zaghaften Lächeln fort. »Sie kann Türen öffnen und ist schon mehrmals ausgebüchst.«

»Eine Streunerin also?«

»Ich weiß nicht genau. Einmal ist sie aus meinem Auto entkommen und zu Leons Haus gelaufen. Und ein paar Tage später, als Paula und ich bei ihm übernachtet haben …«

»Oh …?«

»… ist sie nachts durch die Terrassentür raus. Morgens fand ich sie hier vor der Tür.«

»Wie merkwürdig.«

»Paula hält sie für einen Engel, der uns beschützt.«

»Wie das?« Verblüfft hob Birgit die Brauen.

»Sie hat schon damit angefangen, als wir noch gar nicht eingezogen waren. Nachdem wir das Haus besichtigt hatten, bestand sie darauf, dass wir hier wohnen müssen, weil wir hier von einem Engel beschützt werden. Inzwischen glaube ich aber, sie steigert sich da nur hinein, weil es sie sonst zu sehr belastet, dass Billa immer mal wieder wegläuft.«

»Aber wie kommt sie ausgerechnet auf einen Engel?«

»Keine Ahnung. Vielleicht, weil bald Weihnachten ist.« Hannah zuckte mit den Schultern und stellte einen großen Topf auf den Herd. »Was hältst du von Spaghettipizza zum Abendessen?«

»Paulas Leibspeise?« Birgit grinste. »Aber klar!«

18. Kapitel

Leon rieb sich den verspannten Nacken. Er fühlte sich seit Tagen wie gerädert und schob es auf die viele Arbeit und den Schreibkram, den er vor Weihnachten noch vom Tisch haben wollte.

Eine Woche war vergangen, seit er zuletzt mit Hannah gesprochen hatte. Am letzten Tag vor den Weihnachtsferien war er ihr vor dem Kindergarten begegnet, hatte sich jedoch von ihr ferngehalten, und auch sie hatte keinerlei Anstalten gemacht, ihn anzusprechen.

Das gab natürlich erneut gehörig Stoff für die Spekulationen der anderen Eltern, doch das, so redete er sich ein, ließ ihn kalt. Er hatte sich nicht aufgehalten und war mit Mario ohne Umwege nach Hause gefahren.

Sein Sohn hatte natürlich jeden Tag erzählt, was ihm Paula von ihrem Vater berichtet hatte, doch Leon hatte dann jedes Mal seine Ohren auf Durchzug gestellt. Er wollte nichts davon wissen und auch nicht, wer diese Birgit war, deren Name hin und wieder fiel. Sie war vermutlich eine Freundin von Hannah, ebenso wie diese Silke, von der sie häufiger erzählt hatte. Vielleicht war sie auch mit Hannah verwandt, denn offenbar nannte Paula sie »Tante«. Da er sich jedoch nicht selbst quälen wollte und sich mit seiner Wut vollkommen im Recht wähnte, ließ er keine weitergehenden Überlegungen zu diesem Thema zu.

Außerdem war er heute, am Samstag vor dem dritten Advent, sehr damit beschäftigt, den Wald zu kontrollieren und sicherzustellen, dass die Leute, die in Scharen die Wege unsicher machten, wirklich nur Tannenbäume aus den ausgewiesenen Bereichen schlugen. Das Geschäft mit Weihnachtsbäumen lief so gut wie jedes Jahr, doch hatte er heute bereits mehrfach Verwarnungen aussprechen müssen, weil es immer wieder Leute gab, die glaubten, nur eine unerlaubt geschlagene Tanne sei ein guter Weihnachtsbaum.

Leon schlug den Weg zur Nordseite des Waldes ein, wo sich ein weiterer Weihnachtsbaumplatz befand. Er schlug einen Bogen und stieg auf eine kleine Anhöhe, von der aus er fast den gesamten Bereich überblicken konnte.

»Ich glaube, hier werden wir fündig, was meinst du, Paula?«, fragte Torsten seine Tochter und wies auf die mit Plastikband eingezäunten Tannenbäume. »Die müssten genau die richtige Größe haben.«

Paula rannte los, kletterte unter der Absperrung durch und begutachtete einen der Bäume. Hannah leinte Billa ab und ließ sie an den Spuren der anderen Hunde schnüffeln, die ihnen bereits in Scharen begegnet waren. An diesem Wochenende schien sich die halbe Stadt entschlossen zu haben, auf die Suche nach einem Christbaum zu gehen.

Hannah ertappte sich mehrfach dabei, dass sie nach Leon Ausschau hielt. Wenn sie ehrlich war, hatte sie den Vorschlag, hier einen Baum zu suchen, nur gemacht, weil sie in der Zeitung gelesen hatte, dass der Gebietsförster Leon Marbach die Bürger dazu einlud, sich in drei verschiedenen Waldstücken selbst ihren Weihnachtsbaum zu schlagen. Sie wusste, dass es dumm von ihr war. Sicher wäre es besser gewesen, einfach einen Baum in der Gärtnerei zu kaufen.

Außerdem war bisher von Leon weit und breit nichts zu sehen.

»Von der Größe her passen sie wohl«, meinte sie. »Aber diese hier sind ganz krumm!«

»Vielleicht finden wir da drüben einen schönen geraden Baum«, meinte Torsten und hielt ihr zuvorkommend das Absperrband hoch, damit sie ebenfalls hindurchschlüpfen konnte. »Schau mal, dieser Baum hier wäre auch nicht schlecht.«

»Nee, Papa, der ist ja viel zu klein!«, protestierte Paula. »Ich will den da!«

»Schätzchen!« Torsten lachte. »Der ist viel zu groß. Den kriegen wir nie in euer Wohnzimmer.«

»Och Mensch! Und der da?« Paula nahm seine Hand, und er ließ sich, noch immer lachend, zu einem weiteren Baum ziehen.

Torsten hob seine Tochter über ein kleines schneebedecktes Gebüsch, damit sie sich die Tanne aus der Nähe ansehen konnte. Dann reichte er Hannah seine Hand und stützte sie, als sie ebenfalls darüber stieg.

»Gar nicht so schlecht«, meinte er. »Nur diesen Ast hier müsste man einkürzen. Was meinst du, Hannah?«

Auf der Anhöhe angekommen, blieb Leon wie angewurzelt stehen. Weniger als hundert Meter von ihm entfernt erkannte er Hannah und einen Mann. Paula zwischen sich, begutachteten sie lachend einen Tannenbaum und gingen dann langsam weiter. Der Mann – Paulas Vater, daran gab es keinen Zweifel – hob das Mädchen hoch, schwenkte es durch die Luft und setzte es jenseits eines dicken Baumstumpfes wieder ab. Leon vernahm das begeisterte Quietschen der Kleinen und spürte gleichzeitig einen schmerzhaften Stich in der Herzgegend. Er knirschte mit den Zähnen, während er beobachtete, wie Hannah sich auf die Hand des Mannes stützte, um ebenfalls über den Baumstumpf zu klettern.

Ein Windstoß fuhr von hinten gegen Leon und zerrte an seiner Kapuze. Er wollte sich gerade abwenden, als ein Hund laut aufheulte. Im nächsten Moment kam Billa wie ein Pfeil auf ihn zugeschossen und sprang an ihm hoch. Erschrocken wich er hinter eine Baumreihe zurück. Gerade rechtzeitig, bevor Hannah zu ihm hinblickte.

»Nicht doch«, versuchte er Billa zu beruhigen, die ihn umtänzelte und aufzufordern schien, mit ihr mitzukommen. »Geh wieder zurück zu deinem Frauchen!« Weil die Hündin keine Ruhe gab, beugte er sich kurz zu ihr hinab und erntete dafür einen zärtlichen Stupser gegen das Kinn.

»Billa? Billa, komm her!«, hörte er Hannah rufen. Ihre Stimme kam näher, deshalb zog er sich weiter hinter einen Busch zurück. »Nun geh schon zurück zu ihr, Billa!«, raunte er.

Als Hannah erneut rief, blickte die Hündin ihn anklagend an, trollte sich jedoch endlich. Leon wandte sich ab und beeilte sich wegzukommen. Einer Begegnung mit dieser glücklichen Familie fühlte er sich so kurz vor Weihnachten nicht gewachsen.

»Wo warst du denn?«, fragte Hannah die Hündin, als Billa wieder vor ihr stand.

»Vielleicht hat sie ein Kaninchen gesehen«, vermutete Torsten.

»Ja, wahrscheinlich.« Hannah blickte nachdenklich in die Richtung, aus der Billa zurückgekehrt war. Das Heulen, das die Hündin vorhin ausgestoßen hatte, bevor sie wie ein geölter Blitz davongeschossen war, hatte sie bisher erst einmal gehört, und zwar bei ihrem ersten Zusammentreffen mit Leon im Park.

»Hey, kommt mal hier herüber!« Birgit kam lachend und ganz außer Atem angerannt und wies dann hinter sich. »Ich habe gerade den perfekten Baum gefunden. Er steht ganz da hinten.« Sie nahm Torstens Hand. »Los beeilt euch, bevor ihn uns noch jemand wegschnappt. Hannah, ich hoffe, deine Säge ist geschärft?«

19. Kapitel

»Mama, wie viele Tage noch bis Weihnachten?«, fragte Paula, während sie am Wohnzimmertisch saß und an einem Bild malte. Hannah blätterte in einem Möbelkatalog, konnte sich jedoch nicht recht darauf konzentrieren. Zwischen ihnen brannten drei Kerzen auf dem Adventskranz und eine Schale mit einem weihnachtlichen Gewürzpotpourri verströmte einen intensiven Duft nach Zimt und Lebkuchen.

»Schau doch auf den Adventskalender«, sagte Hannah zu ihrer Tochter. »Wie viele Päckchen hast du noch nicht aufgemacht?«

Paula ließ ihren Buntstift fallen und rannte in die Küche. Wenige Augenblicke kam sie strahlend zurück. »Noch fünf.«

Hannah lächelte anerkennend. »Also sind es noch fünf Tage bis zum Heiligen Abend.«

»Kriege ich dann auch das Geschenk, das Papa und Birgit mitgebracht haben?«

»Aber sicher.«

»Kriegt Mario auch Geschenke von seinem Papa?«

Hannah zuckte zusammen. »Ganz bestimmt«, antwortete sie.

»Kann ich ihm meine Geschenke zeigen?«

»Warum nicht? Aber du musst damit warten, bis der Kindergarten wieder anfängt.«

»Können wir ihn nicht besuchen fahren? Ich habe ein Bild für seinen Papa gemalt.«

»Oh.« Als Paula ihr das Blatt Papier vor die Nase hielt, suchte Hannah etwas hilflos nach Worten. Das Bild zeigte ein Gebilde, das wohl das Baumhaus darstellen sollte und davor vier deutlich erkennbare Personen, die einander an den Händen hielten. Über allem schwebte eine überdimensionale Sonne mit einem lachenden Gesicht, und oben rechts in der Ecke hatte Paula etwas gemalt, das aussah wie ein Käfer mit Halsband und Flügeln.

»Das ist Billa«, erklärte Paula. »Da ist sie wieder oben im Himmel bei den anderen Engeln und bewacht uns von da.«

Hannah schluckte. »Paula, hör mal. Leon … Marios Papa und ich, wir treffen uns nicht mehr.«

»Warum nicht?«

»Weil wir uns gestritten haben.«

Paula setzte eine strenge Miene auf. »Wenn man sich streitet, muss man sich auch wieder versöhnen«, sagte sie und wiederholte damit genau das, was Hannah ihr immer predigte. »Streiten ist doof, und zu Weihnachten müssen sich alle liebhaben«, setzte Paula noch hinzu. »Ich male dir auch so ein Bild, wenn du willst. Und das für Leons Papa bringen wir ihm an Weihnachten, ja?«

Hannah biss sich auf die Lippen. »Paula, das ist nicht so einfach ...« Sie stand auf, um das Licht einzuschalten und um einen Moment Zeit zu gewinnen, ihre Gedanken zu ordnen.

Als sie den Lichtschalter betätigte, zischte es, die Lampe blieb jedoch dunkel.

»O je, nicht schon wieder!« Testweise betätigte Hannah auch noch den Lichtschalter im Flur, doch nichts geschah. Als sie zur Kellertür ging, saß Billa bereits davor und winselte.

»Na gut, dann komm mit nach unten«, meinte Hannah und öffnete die Tür. »Paula, ich gehe nur schnell in den Keller und drücke die Sicherung wieder rein, ja?«

Nachdem sie das erledigt hatte, wollte Hannah gleich wieder nach oben gehen, doch Billa stellte sich ihr in den Weg, zupfte an ihrem Pulloverärmel und versuchte sie zu dem alten Schrank zu ziehen.

»Nein, Billa, hör auf!« Hannah blickte ungehalten auf die Hündin hinab. »Ich will jetzt keine Mäuse suchen. Komm wieder mit nach oben!«

Billa folgte ihr nur zögernd, doch Hannah hatte nun wirklich keinen Nerv für sie. Sie ließ die Hündin hinaus in den Garten, dann nahm sie ihr Handy und wählte wieder einmal die Nummer ihres Vermieters.

Leon stapfte zusammen mit Mario über den verschneiten Weg, der vom Wald aus Richtung Parkplatz führte. Beide trugen Tüten, die mit Moos und Tannenzapfen gefüllt waren.

»Ich will das Moos in die Krippe legen«, verkündete Mario gerade. »Und das Dach will ich auch damit machen.«

»Wenn du meinst.«

»Papa? Kann ich Paula die Krippe auch mal zeigen?«

Leon schüttelte den Kopf. »Ich glaube nicht, dass das geht.«

»Warum nicht?« Mario war sichtlich enttäuscht.

»Weil sie nicht mehr zu Besuch kommt.«

»Warum nicht?«, wiederholte Mario.

Leon seufzte. »Weil … ihre Mama und ich haben uns … gestritten.«

»An Weihnachten streitet man nicht«, erklärte Mario. »Ihr könnt euch doch wieder vertragen.«

»Das ist nicht so einfach, Mario. Wir …«

»Guck mal, Papa, da ist Billa!«

Leons Kopf ruckte in die Höhe. »Wo?«

»Da hinten war sie. Ich habe sie genau gesehen.« Mario rannte los. »Komm mit! Bestimmt ist Paula auch da.«

Leon folgte seinem Sohn bis zu einer Weggabelung. »Mario, hier ist kein Hund.«

»Sie war aber da!«, beharrte Mario. »Ich habe sie genau gesehen!«

»Hier sind nicht einmal Spuren«, widersprach Leon. »Schau mal! Man müsste ihre Pfotenabdrücke doch im Schnee sehen.« Er deutete zu Boden.

Mario sah ihn aufgebracht an. »Ich habe Billa gesehen, Papa. Ehrlich!«

Während Leon seinem Sohn auf dem Weg zum Parkplatz klarzumachen versuchte, dass Billa bestimmt nicht hier gewesen war, klingelte auf dem Beifahrersitz des Jeeps unbemerkt sein Handy.

Als sich nach dem dritten Versuch noch immer niemand meldete, beschloss Hannah, am nächsten Vormittag selbst zu versuchen, einen Elektriker aufzutreiben. Ihr Geduldsfaden war endgültig gerissen. Wenn ihr Vermieter nicht gedachte, sich darum zu kümmern, musste sie das eben selbst in die Hand nehmen und ihm einfach wieder die Rechnung schicken.

Während sie erneut nach dem Katalog griff, überlegte sie, ob es Sinn haben würde, den Mieterbund einzuschalten, oder ob sie nach Neujahr noch einmal nach einer anderen Wohnung Ausschau halten sollte.

20. Kapitel

»Es ist kalt hier drinnen, Mama«, beschwerte Paula sich, während sie half, die Überreste des Mittagessens – Kartoffelsalat und Fleischwurst – abzuräumen.

Hannah nickte. »Kommt mir auch so vor, Schatz. Warte, ich drehe mal die Heizung höher.« Sie ging zu einem der Heizkörper und stutzte, als sie ihn anfasste. Er war kalt, obwohl der Thermostat auf Stufe zwei stand. »Was ist das denn?« Rasch überprüfte sie auch die anderen Heizkörper, immer mit dem gleichen Ergebnis. »Ist die Heizung jetzt auch noch kaputt? Dann schlägt es aber dreizehn!«

Hannah wollte zur Kellertür gehen und drückte wie gewohnt den Lichtschalter im Flur, doch nichts tat sich. »Die Sicherung schon wieder!«, knurrte sie vor sich hin. Im Keller drückte sie wieder einmal die Hauptsicherung, doch diesmal geschah gar nichts, auch die Gastherme sprang nicht an.

Stirnrunzelnd betrachtete sie den Sicherungskasten. »Was denn – jetzt geht gar nichts mehr? Und natürlich ausgerechnet am Heiligen Abend. Hätte ich doch bloß rechtzeitig einen Elektriker geholt!« Verärgert ging sie zurück nach oben. Sie hatte in den letzten Tagen bereits bei drei Firmen angerufen, doch zwei waren offenbar im Weihnachtsurlaub, und die dritte, die einen Notdienst eingerichtet hatte, war anscheinend vollkommen überlastet. Der Meister hatte versprochen anzurufen, sobald er für sie Zeit hatte, doch bislang war das noch nicht geschehen.

»So ein Mist!«, schimpfte sie vor sich hin.

Paula sah sie neugierig an. »Was ist denn, Mama? Ist die Heizung kaputt? Mir ist kalt!«

»Unsere Stromleitungen sind defekt, deshalb springt die Heizung nicht mehr an«, erklärte Hannah ihrer Tochter. »Geh am besten in dein Zimmer, und hol dir einen dicken Pullover aus dem Schrank. Ich versuche noch mal, den Elektriker zu erreichen.«

Sie suchte sich die Nummer heraus und wählte, doch nur ein Anrufbeantworter meldete sich mit der Nachricht, dass der Anschluss erst nachmittags wieder besetzt sei. »Na toll.« Hannah legte ihr Handy beiseite und griff nach dem Telefonbuch. »Irgendeine Firma muss doch wohl heute noch zu erreichen sein.«

Leon hatte das Mittagsgeschirr in die Spülmaschine geräumt, als gleichzeitig sein Telefon und sein Handy klingelten. Irritiert nahm er beide Geräte auf und schaute auf die Displays. Dann nahm er das Gespräch, das über Festnetz kann, an.

»Forsthaus, Marbach am Apparat?« Er runzelte die Stirn. »Guten Tag, Herr Kommissar und frohe Weihnachten. Wie? … Wann? Aha, und wo steht der Tieflader jetzt? Gut, danke, ich komme so bald ich kann.« Er legte das Telefon beiseite und zückte sein Handy, das mittlerweile aufgehört hatte zu klingeln und wählte die Nummer im Display. »Hallo, Martin. Wie? Die Polizei hat gerade ange… Ich komme gleich rüber.« Er unterbrach die wie immer miserable Verbindung und rief Mario zu sich. »Ich muss noch mal los«, erklärte er ihm. »Die Polizei hat die Diebe gefasst, die den Holztieflader gestohlen haben.«

»Darf ich mitkommen?«, fragte Mario mit leuchtenden Augen.

Leon nickte. »Aber du musst im Auto bleiben. Ich kann dich aber auch so lange zu Onkel Peter und Tante Linda auf den Bauernhof bringen.«

»Nö, ich will mit!«, rief Mario und rannte zur Garderobe, um seinen Anorak zu holen.

»Ich glaube das einfach nicht!« Fluchend warf Hannah ihr Handy auf den Küchentisch, griff jedoch sofort wieder danach. »Muss so was ausgerechnet am Heiligen Abend passieren? Und nur, weil dieser blöde Fatzke es nicht für nötig hält, sich rechtzeitig um einen Elektriker zu kümmern. Jetzt sitze ich schön da.« Wütend klickte sie die Nummer ihres Vermieters an und hoffte, dass er wenigstens an einem Tag wie heute einigermaßen ansprechbar war.

»…bach?«, kam es denn auch unter den üblichen knisternden Störungen vom anderen Ende.

Hannah atmete auf. »Ja, guten Tag, Herr Marbach … frohe Weihnachten«, rang sie sich gerade noch rechtzeitig ab. »Hier ist Mayer. Es tut mir leid, aber ich habe jetzt wirklich ein Problem hier. Der Strom ist ausgefallen, und ich …«

»Nach links!«

Erschrocken hielt sie den Hörer ein Stück vom Ohr weg, weil der Befehl mal wieder laut gebrüllt worden war. Etwas quietschte und rumpelte im Hintergrund. Dann hörte sie für einen Moment nichts mehr und dachte schon, die Leitung sei unterbrochen worden. Doch dann kamen wieder Sprachfetzen durch.

»… nicht … kümmern … gerade … etwas Wichtiges …«

Hannah runzelte verärgert die Stirn. »Es ist mir egal, ob sie etwas Wichtiges vorhaben, Herr Marbach. Meine Tochter und ich sitzen hier in der Kälte, weil der Strom ausgefallen ist und damit auch die Gastherme. Ich verlange, dass Sie sich sofort darum kümmern!«

»… machen? … Feiertag«, kam es zwischen Knistern und dem Lärm, der am anderen Ende der Leitung herrschte.

»Ach, schau an, da wäre ich nie drauf gekommen, dass heute die Feiertage beginnen«, antwortete Hannah gallig. »Glauben Sie denn, ich will über Weihnachten in einem kalten Haus sitzen? Ich kann noch nicht einmal kochen, und heißes Wasser zum Waschen habe ich auch nicht.«

»Holen Sie doch …triker.«

»O nein, das werden Sie tun!«, rief Hannah wutentbrannt. »Versuchen Sie mal, heute einen Handwerker zu bekommen. Ich verlange, dass Sie auf der Stelle etwas tun. Und wenn Sie mir ein Hotel bezahlen! Es reicht mir jetzt wirklich. Wie?«

»… auch nicht hexen.«

»Sie sollen nicht hexen, sondern Ihren Hintern in Bewegung setzen! Wenn sich bis heute Abend nichts getan hat, hören Sie von meinem Anwalt!«, fauchte sie und schaltete wütend ihr Handy ab.

Leon starrte erbost sein Mobiltelefon an. Diese blöde Kuh hatte einfach aufgelegt. Als hätte er gerade keine anderen Probleme, kam sie ihm auch noch mit diesen verfluchten Stromleitungen. Wenn er die wenigen Fetzen, die er verstanden hatte, richtig deutete, saß sie im Dunkeln und ganz ohne Strom. Er schüttelte den Kopf. Konnte es wirklich sein, dass die Leitungen so marode waren? Aber wo, um alles in der Welt, sollte er am Heiligen Abend um halb vier Uhr nachmittags einen Elektriker herholen? Abgesehen davon, dass er noch mindestens eine Stunde beschäftigt war, bis sie den Tieflader, der halb im See feststeckte, geborgen hatten.

Mario hatte er mittlerweile doch zu seinem Bruder gefahren, nachdem deutlich geworden war, dass es hier länger dauern würde.

»Herr Marbach?« Der Kommissar trat neben ihn und reichte ihm einen Becher Kaffee. »Wie es aussieht, gehören die beiden Männer, die wir festgenommen haben, zu der Firma, die das Holz bei Ihnen gekauft hat. Jetzt müssen wir prüfen, ob sie auch für die anderen Holzdiebstähle verantwortlich sind.«

Leon nickte grimmig. »Komisch, dass das jedes Jahr zu Weihnachten passiert.«

Der Polizist zuckte mit den Schultern. »Der Winter scheint die Holzdiebe geradezu anzulocken. Letztes Jahr hatten wir ja Glück, dass einer von ihnen von einem Hund gebissen wurde, sonst hätten wir sie vielleicht nicht so schnell geschnappt. Dieses Mal können Sie sich bei Ihrem Waldarbeiter, Herrn Ivovicz, bedanken. Wenn er nicht heute hier vorbeigefahren wäre …«

»Ich weiß.« Leon nickte erneut. »Igor hat diese Sache keine Ruhe gelassen. Er ist in der letzten Zeit mehrmals am Tag die Waldwege abgefahren und hat gehofft, die Diebe auf frischer Tat zu ertappen.«

»Löblich, wenn auch nicht ganz ungefährlich«, kommentierte der Kommissar und ging zu seinen Kollegen zurück.

Nachdem man den Tieflader endlich wieder auf festem Boden gebracht hatte und die Baumstämme mit einem Kranwagen abgeladen worden waren, machte sich Leon auf den Weg zu seinem Bruder, um Mario abzuholen.

Peter und Linda versuchten ihn zu überreden, den Heiligabend mit ihnen und ihren Kindern zu verbringen, doch Leon lehnte ab. Er hatte zu Hause bereits alles für Mario vorbereitet, gegen sechs Uhr erwartete er Richard und Agnes, und außerdem musste er sich ja noch um die Sache mit seiner Mieterin, der Theresia Mayer, kümmern.

21. Kapitel

»Hallo, Junior – Verzeihung, Leon.« Richard lächelte, als er die Stimme seines Neffen am Telefon vernahm. »Wir sind schon so gut wie auf dem Weg zu euch.« Sein Lächeln verflog. »Was soll das heißen – sie sitzen im Kalten?«

»Was ist denn?«, wollte Agnes wissen, als sie das ernste Gesicht ihres Mannes sah, doch er wehrte mit einer kurzen Handbewegung ab und lauschte weiter seinem Neffen. Dann schüttelte er entschieden den Kopf. »Nein, mein Junge. Bei aller Liebe, aber das wirst du schön selbst regeln. Hat sie dich nicht schon vor Wochen darum gebeten, einen Elektriker zu schicken? Was? Das tut doch überhaupt nichts zur Sache. Immerhin gehört dir das Haus. Nein, auf gar keinen Fall. Ich werde nicht hinfahren. Das wirst du erledigen. Himmel, man könnte meinen, in dem Haus warte der Teufel auf dich! Das ist ja lachhaft. Wir kommen jetzt zu euch rüber, dann können wir auf Mario auspassen, bis du wieder zurück bist. Nein, *du* wirst dich … Wie? Hör zu: Tu dir selbst einen Gefallen und fahr zu ihr. Bis nachher.« Richard stellte das Telefon zurück in die Station und rieb sich grimmig den Bart. »Der Junge stellt sich wirklich an wie ein Kleinkind.«

»Was ist denn überhaupt los?«, wunderte Agnes sich.

Richard sah sie einen Moment sinnierend an, dann lächelte er. »Mit etwas Glück wird Leon heute ein paar seiner Probleme in den Griff kriegen. Komm, lass uns losfahren! Ich erzähle dir alles auf den Weg zu ihm.«

Hannah hatte mangels Strom den Rest des Kartoffelsalats und ein paar belegte Brote zum Abendessen bereitet, und sie und Paula hatten es sich im Wohnzimmer vor dem hübsch geschmückten Weihnachtsbaum gemütlich gemacht. Leider konnten sie die Lichterkette nicht einschalten, doch die bunten Kugeln und das Lametta verbreiteten auch so eine feierliche Stimmung. Auf dem Couchtisch standen ein großer Teller mit selbstgebackenen Plätzchen und daneben eine Karaffe mit Kinderweihnachtspunsch und zwei Gläser sowie ein Büchlein mit Weihnachtsliedern, die sie vor der Bescherung mit Paula singen wollte.

Da es im Haus mittlerweile noch kühler geworden war, hatte Hannah mehrere Wolldecken um ihre Tochter aufgeschichtet und sich selbst in eine dicke Strickjacke gehüllt. Billa lag auf ihren Füßen.

»Das ist ein komisches Weihnachten«, befand Paula und schob ihren leeren Teller zur Seite. »Wann machen wir denn die Bescherung?«

Hannah strich ihr übers Haar. »In einer halben Stunde, mein Schatz. Dann ist es sieben Uhr.«

»Kannst du das Christkind nicht fragen, ob es unsere Heizung heilmachen kann?«

Hannah schmunzelte. »Ich kann es ja versuchen. Aber

nun gehst du bitte in die Küche, denn das Christkind wird jeden Augenblick da sein, und dann muss ich ihm helfen, alles vorzubereiten.«

»Na gut.« Paula grinste fröhlich und sprang auf. »Ich mache auch die Tür zu.«

»Das will ich hoffen, mein Fräulein!« Hannah hob scherzhaft den Zeigefinger. »Hier, nimm das Teelicht mit, aber sei vorsichtig!«

Als Paula weg war, eilte sie mit ihrer Stablampe hinunter in den Keller, wo sie in einem der Umzugskartons Paulas Geschenke versteckt hatte. Billa folgte ihr wie immer auf dem Fuße, trabte zielstrebig auf den alten Schrank zu und kratzte an der Tür.

Hannah seufzte leicht genervt. »Billa, lass das doch endlich!«

Doch Billa winselte nur noch lauter und ließ sich nicht bewegen, wieder mit hinaufzugehen. Also stellte Hannah den Karton mit den Geschenken im Wohnzimmer ab und eilte in den Keller zurück. »Also gut, dann such halt noch mal nach Mäusen«, gab sie sich geschlagen und öffnete den Schrank.

Billa stellte sich auf die Hinterbeine und kratzte wieder heftig an dem Karton, in dem sie die Maus gefunden hatten. Hannah zog ihn ein Stück hervor und erwartete fast schon, wieder eine Mäuseleiche zu finden. Stattdessen kratzte Billa so heftig daran, dass Hannah der Karton entglitt und zu Boden krachte. Wie schon einmal breitete sich der Inhalt überall aus, und Hannah ging fluchend in die Hocke, um alles wieder einzusammeln. Dazu legte sie die Taschenlampe neben sich. Papiere und Zeichnungen wanderten zurück in den Karton, doch plötzlich stutzte Hannah und starrte auf eines der Fotos, die sie gerade hatte zusammenpacken wollen. Es zeigte Leon, der lächelnd ein Baby auf dem Arm hielt.

»Das kann doch wohl nicht wahr sein!« Hannah hatte alle Bilder und Dokumente in den Karton gestopft und nach oben ins Wohnzimmer getragen. Im Licht mehrerer Kerzen betrachtete sie nun ein Foto nach dem anderen. Kein Zweifel, es handelte sich um Leon und Mario.

Ihr Herz hämmerte gegen ihre Rippen. »Ich glaube das nicht«, murmelte sie und blätterte rasch die Papiere durch. Sie fand mehrere Zeichnungen, die offenbar das Haus und den Garten zeigten. Anscheinend hatte Leon einige Umbauten vorgehabt.

Als Nächstes fielen ihr amtliche Dokumente in die Finger, die vom Familiengericht stammten, darunter auch ein Schriftstück, das Leon als allein Sorgeberechtigten für Mario auswies. Und als sie seinen vollständigen Namen auf einem der Papiere las, stockte ihr der Atem: Magnus Leon Marbach.

»M. Marbach«, murmelte sie, während sie die Akten wieder ordentlich aufeinanderstapelte und versuchte, die Tatsache zu verarbeiten, dass offenbar Leon ihr verhasster Vermieter war.

Ganz klar, ihm war genauso wenig bewusst, mit wem er telefoniert hatte, wie es ihr gewesen war. Denn – und das war fast zum Lachen – sie hatte ebenfalls auf dem Mietvertrag ihren vollständigen Namen angegeben: Theresia Hannah Mayer. Sie hatte die Erfahrung gemacht, dass der Name Theresia auf die Leute einen besonderen Eindruck machte und sie offenbar dadurch seriöser wirkte. Doch das erklärte ja nicht, was ihn veranlasste, sich ihr gegenüber immer so unfreundlich zu verhalten.

Sie schloss aus den Gerichtsunterlagen, dass Marios Mutter auf das Sorgerecht verzichtet hatte und seither mehr oder weniger von der Bildfläche verschwunden war. Es gab – zumindest hier – kein einziges Foto von ihr.

Niedergeschlagen legte sie den Klarsichthefter mit den Gerichtsdokumenten wieder zuoberst in den Karton und schob ihn beiseite. Dann machte sie sich daran, Paulas Geschenke unter den Weihnachtsbaum zu legen, doch die Sache ließ ihr keine Ruhe. Immer wieder wanderte ihr Blick zu dem Karton hin. Schließlich setzte sie sich auf die Couch und zog ihn noch einmal zu sich heran.

Doch bevor sie hineingreifen konnte, kam Billa mit einem merkwürdigen Winseln zu ihr und legte ihr etwas in den Schoß.

Verblüfft nahm Hannah das Bündel Briefe auf. »Was bringst du mir denn da?«

Billa schnaufte und lief mit einem auffordernden Bellen zur Hintertür.

Hannah folgte ihr rasch. »Musst du hinaus? Gut, dann beeile dich aber, sonst wird es hier noch kälter!« Sie lehnte die Tür nur an und kehrte ins Wohnzimmer zurück, wo sie das Gummiband löste und die Briefe auf dem Couchtisch ausbreitete. Auf einigen stand Leon als Absender, auf anderen «Yvonne Schwarz«, Marios Mutter. Leons Briefe waren augenscheinlich alle ungeöffnet zurückgeschickt worden.

Hannah warf einen kurzen Blick auf die Uhr und lauschte dann. Aus der Küche drang leise Musik aus dem kleinen batteriebetriebenen Radio und dazwischen Paulas Stimme. Ihre Tochter sang die Lieder aus dem Weihnachtsprogramm mit.

Hannah kämpfte kurz mit sich, doch dann siegte die Neugier, und sie zog den ersten Brief dieser Yvonne aus dem Umschlag.

22. Kapitel

Leon warf aufgebracht sein Telefon auf die Couch und starrte aus dem Fenster. Sein Onkel wollte ihm dieses Mal also nicht helfen. Und einen verdammten Elektriker, der am Heiligen Abend arbeitete, gab es in der Stadt offenbar nicht.

Er rieb sich in leichter Verzweiflung über die Stirn.

»Tu dir selbst einen Gefallen und fahr zu ihr«, hallte die Stimme seines Onkels noch immer in seinem Ohr.

Leon wusste, dass Richard recht hatte. Die Sache mit dem Haus war mittlerweile zu einer lächerlichen Farce geworden. Er sträubte sich, dorthin zu fahren, doch weshalb? Weil er das Haus für Yvonne und sich und Mario hatte umbauen wollen? Weil sie ihn im Stich gelassen hatte und es zu schmerzhaft für ihn gewesen war, an den Ort zurückzukehren, in den er so viel Energie und Hoffnung gesteckt hatte? Doch nun wohnte dort eine Frau, die das Recht auf Strom und eine funktionierende Heizung hatte. Und auf all die vielen anderen Reparaturen, die er schon so lange vor sich herschob. Wenn sie ihm nur nicht immer so auf den Nerv gehen würde!

Leon wandte sich vom Fenster ab und betrachtete das hübsch dekorierte Wohnzimmer, die rotgrünen Girlanden am Kamin und den imposanten Weihnachtsbaum, den er mit Mario gemeinsam ausgesucht und geschmückt hatte. Die Fenster wurden von Lichterketten umrahmt, auf dem Tisch stand ein brennender Kerzenleuchter neben einer Schale mit Nüssen und Gebäck. Auf einem der Stühle lagen drei alte Notenhefte mit Weihnachtsliedern.

Mario war nach dem Abendessen in seinem Zimmer verschwunden, um noch letzten Schliff an ein Bild zu legen, das er Tante Agnes schenken wollte. Leon hatte in der Zwischenzeit alles für die Bescherung vorbereitet und wartete nur noch darauf, dass Richard und Agnes eintrafen. Wieder blickte er aus dem Fenster in den Garten, und wieder dachte er an seine Mieterin. Im Grunde benahm er sich wirklich albern; er hatte sie noch nicht einmal zu ihrem Einzug begrüßt. Und wenn er ehrlich zu sich war, wusste er auch, dass er den Ärger über sich selbst nur auf sie projiziert hatte. Was konnte sie schließlich dafür, dass er Probleme mit seiner Vergangenheit gehabt hatte?

Er lehnte den Kopf gegen die Fensterscheibe und genoss die Kühle auf der Stirn. Als er Hannah begegnet war, hatten sich seine Ängste und all die schlechten Erinnerungen nach und nach aufgelöst. Und auch wenn er beim Gedanken an sie jetzt nur noch eine traurige Leere spürte, blieb das Schreckgespenst der Vergangenheit dennoch verschwunden.

Ein Auto fuhr vor, Augenblicke später klappten die Türen und er hörte, wie seine Tante lautstark den beleuchteten Weihnachtsmann samt Rentierschlitten bewunderte.

Leon wandte sich vom Fenster ab und eilte in den Flur, um Agnes und Richard zu öffnen. Mario kam die Treppe herabgerannt und fiel den beiden abwechselnd um den Hals.

Leon nahm ihnen die Jacken ab und führte sie ins Wohnzimmer. »Es tut mir leid«, sagte er, »aber ich muss noch mal weg.« Er warf Richard einen kurzen Blick zu, den dieser zustimmend erwiderte. »Ich denke, es wird nicht allzu lange dauern.«

Agnes legte ihm eine Hand auf den Arm. »Ist schon gut, Leon, wir warten solange. Was meinst du, Mario, sollen wir ein paar Runden *Mensch ärgere dich nicht* spielen, bis dein Papa wieder hier ist?«

Mario schüttelte den Kopf. »Kann ich mitfahren? Vielleicht sehe ich ja das Christkind draußen irgendwo.«

»Aber Mario, hier ist es doch viel gemütlicher«, meinte Agnes.

»Bitte bitte!«, bettelte Mario und hängte sich an Leons Hand.

Leon zuckte mit den Schultern. »Meinetwegen. Aber zieh dir eine warme Jacke, Schal und Handschuhe an!« Er nahm sich selbst eine dicke Winterjacke vom Garderobenhaken. »Es wird wirklich nicht lange dauern.«

Richard nickte. »Wir kommen hier schon zurecht, Junior.« Er zwinkerte seinem Neffen zu und drückte ihm einen Aktenordner in die Hand. »Hier, den solltest du zukünftig nicht mehr bei uns zwischenlagern.«

Leon las das Wort »Mietvertrag« auf dem Rücken des Ordners. Er nickte, klemmte ihn sich unter den Arm und verließ mit Mario das Haus.

Niedergeschlagen faltete Hannah den letzen der Briefe zusammen und steckte ihn zurück in den Umschlag. Ihr war zum Weinen zumute.

Marios Mutter hatte Leon verlassen, als der Junge gerade ein halbes Jahr alt gewesen war, und offenbar hatte sie Leon davor schon nach Strich und Faden ausgenutzt und betrogen und seine Bemühungen, ihr und seinem Sohn ein gemütliches Heim zu schaffen, als lächerlich abgetan. Leons Briefe hatte sie sich nicht getraut zu öffnen, doch das war nun auch nicht mehr nötig. Sie begriff langsam, was in ihm vorgegangen sein musste und weshalb dieses Haus hier ihm so ein Dorn im Auge war. Und mittlerweile glaubte sie auch zu wissen, weshalb er so plötzlich mit ihr Schluss gemacht hatte. Wahrscheinlich hatte er irgendwo, vielleicht im Kindergarten, aufgeschnappt, dass Torsten zu Besuch kommen würde, und hatte das wohl gründlich missverstanden. Ein wenig war sie wohl selbst schuld daran, weil sie ihn nicht von Anfang an alles über Paulas Vater erzählt hatte. Andererseits ärgerte sie sich, dass Leon ihr nicht mehr vertraut oder zumindest nachgefragt hatte.

Sie rieb sich die Augen. Seine Reaktion war bestimmt so etwas wie eine Kurzschlusshandlung gewesen. Noch dazu hatte sie ja immer wieder Ausflüchte gehabt, wenn er sie hier hatte besuchen wollen. Sie wollte ihn nicht in Schutz nehmen, aber begreifen konnte sie jetzt so einiges.

Sie legte die Briefe zuoberst auf den Karton und wollte nach Paula rufen, als ihre Tochter im Flur erschien. »Mama, hast du mich vergessen?«

Hannah sprang auf. »Aber nein, mein Schatz. Entschuldige, dass es so lange gedauert hat. Aber jetzt können wir …« Sie sah sich um. »Wo ist eigentlich Billa?« Erst jetzt erinnerte sie sich, die Hündin in den Garten gelassen zu haben. Rasch lief sie zur Hintertür und rief nach ihr, doch sie wusste schon im selben Moment, dass Billa mal wieder verschwunden war.

Leon war erst ein paar hundert Meter gefahren, als er in einiger Entfernung eine Bewegung auf der Straße sah. Er fuhr langsamer und erkannte Billa, die in rasantem Tempo auf seinen Jeep zugerannt kam. Sofort bremste er.

»Was ist denn, Papa?«

Mario reckte sich auf dem Rücksitz. »Da ist ja Billa!«, quietschte er und wollte schon aussteigen.

Doch Leon hielt ihn zurück. »Bleib sitzen! Sie ist vermutlich mal wieder ausgerissen. Ich werde versuchen, sie einzufangen.«

Er öffnete die Tür und stieg aus. Billa sprang mit einem lauten Heulen auf ihn zu, umtänzelte ihn wild und rannte dann wieder ein Stück in die Richtung, aus der sie gekommen war.

Leon rief mehrmals nach ihr, doch sie kam jedes Mal nur bis auf ein paar Meter zu ihm heran und gebärdete sich wie wild. Da er einsah, dass er sie so nicht einfangen konnte, stieg er wieder ein und fuhr ihr langsam hinterher.

»Warum holst du Billa nicht ins Auto?«, wunderte Mario sich.«

»Weil sie sich nicht fangen lässt«, erklärte Leon. »Es scheint fast, als wolle sie uns irgendwo hinführen. Hoffentlich ist Hannah und Paula nichts passiert!«

Er merkte erst, wohin Billa ihn lotste, als er bereits fast vor seinem alten Haus angekommen war. Die Hündin rannte durch das offen stehende Gartentor und setzte sich vor die Haustür. Leon parkte den Jeep am Straßenrand und starrte Billa sprachlos an. Dann wanderte sein Blick über die dunkle Fassade des Hauses, die nur von einer Straßenlaterne angestrahlt wurde. Hinter den Fenstern war es dunkel – natürlich, der Strom war ja ausgefallen. Doch als er genau hinsah, stellte er fest, dass hinter dem Küchenfenster ein Windlicht in Form eines Weihnachtswichtels brannte, das einen selbstgebastelten Stern aus rotem und gelbem Pergamentpapier beleuchtete.

»Papa, was machen wir denn jetzt? Wohnt Billa hier?«, wollte Mario wissen.

So ganz sicher war sich Leon noch nicht, doch ganz langsam breitete sich eine dunkle Ahnung in ihm aus. Er nahm langsam den Ordner mit dem Mietvertrag vom Beifahrersitz, schlug ihn auf und stieß im nächsten Moment heftig die Luft aus. Was war er doch für ein Idiot! Er legte den Ordner wieder zur Seite und stieg dann langsam aus dem Jeep.

Im nächsten Moment begann Billa laut zu bellen, und es dauerte nur Sekunden, bis sich die Haustür öffnete und Paula herausgestürmt kam. Sie umarmte Billa lachend und tollte mit ihr durch den Vorgarten. Hinter ihr trat Hannah durch die Tür nach draußen.

Ihr Herz schien für einen Moment lang auszusetzen, als sie Leon vor ihrem Gartentor stehen sah. Langsam ging sie die wenigen Stufen in den Vorgarten hinab und wich Mario aus, der, als er Paula gesehen hatte, begeistert zu ihr hinrannte.

Hannah blieb ein paar Meter vor Leon stehen. »Guten Abend«, sagte sie und wünschte sich, ihre Stimme würde weniger spröde klingen. »Bist du gekommen, um dich zu überzeugen, dass unser Strom tatsächlich ausgefallen ist?«

Überrascht hob er den Kopf. »Ja – ich meine nein. Ich wollte … Woher weißt du …? Hast du etwa die ganze Zeit …?«

»Nein.« Sie schüttelte den Kopf und trat nun doch etwas näher zu ihm heran. »Ich habe es nicht gewusst. Erst als ich heute im Keller ein paar Bilder und Unterlagen gefunden habe …« Sie hielt inne und strich sich die Haare aus dem Gesicht. »Ich habe Yvonnes Briefe gelesen.«

Sein Blick flackerte kurz, doch er wandte ihn nicht ab. »Es tut mir leid. Ich habe mich kindisch benommen.«

»Nein.« Sie lächelte. »Doch, das hast du. Wenn du früher hier aufgekreuzt wärest, hättest du gewusst, warum ich so ungern Besuch empfange. Dieses Haus ist das glatte Gegenteil von gemütlich. Und ich bin Architektin, da sollte man meinen …« Sie zuckte mit den Schultern.

Schweigend sahen sie einander an.

Mario und Paula tollten mit Billa noch immer wild im Vorgarten herum und hinterließen ein wildes Durcheinander von Fußstapfen im Schnee. »Ist dein Papa noch da, Paula?«, fragte Mario gerade.

Paula blieb stehen. »Nee, der ist schon lange wieder weg. Aber er hat mir ein tolles Geschenk mitgebracht. Ein Tele... Tele... so ein Ding, mit dem kann man die Sterne angucken. Vielleicht sogar den Weihnachtsstern vom Christuskind. Soll ich es dir zeigen? Und Tante Birgit hat mir einen Pullover gestrickt. Ganz toll mit Ringelstreifen. Aber jetzt sind sie schon wieder nach Hause gefahren. Komm, ich zeige dir alle meine Geschenke. Mama, dürfen wir reingehen?«

Hannah nickte. »Sicher, Schatz, aber nehmt euch die Decken, wenn es euch zu kalt wird. Und seid vorsichtig mit dem Teleskop!« Als Leon einen Schritt auf sie zu machte und seine Hände auf ihre Schultern legte, begann ihr Herz heftig zu pochen.

»Ich bin ein Vollidiot«, sagte er.

Hannah nickte. »Das bist du.«

»Kannst du ... Ich meine, hältst du es für möglich ...«

Sie sah ihm ernst in die Augen. »Dass ich dir verzeihe?«

»Das ist zu viel verlangt, nicht wahr?« Leon ließ die Schultern hängen und zog seine Hände zurück.

»Das kommt darauf an«, meinte sie. »Vielleicht, wenn du endlich dieses Haus renovieren lässt ...«

Leon sah sie lange an und lächelte dann zaghaft. »Das könnte ich machen. Aber ... es wird eine Weile dauern, und bis dahin solltet ihr euch eine andere Bleibe suchen.« Als sie nicht reagierte, seinem Blick jedoch unverwandt standhielt, atmete er tief ein. »Fürs Erste könnte ich euch mein Gästezimmer anbieten.«

»Ich muss irgendwo arbeiten«, sagte sie mit ernster Miene.

»Unterm Dach habe ich zwei Räume, von denen man leicht eines als Büro einrichten könnte. Provisorisch, meine ich. Ein Tisch, einen Stuhl, ein paar Regale … Das Zimmer hat sogar ein Oberlicht.«

Hannah verzog ihre Lippen ebenfalls zu einem Lächeln. »Das klingt wie ein gutes Angebot … für den Übergang.«

»Dann bist du einverstanden?« Hoffnungsvoll blickte Leon ihr in die Augen.

»Unter einer Bedingung.« Ihr Lächeln wurde breiter. »Wir siedeln noch heute Abend zu euch über. Ich habe nämlich keine Lust mehr, mir den Hintern abzufrieren.«

Leon lachte erleichtert auf und zog sie in seine Arme. »Verdient habe ich das nicht.«

»Stimmt.«

Er tat einen halben Schritt zurück und musterte sie entrüstet. »Musst du mir dauernd zustimmen?«

»Nur, wenn du recht hast.« Sie stellte sich auf die Zehenspitzen und küsste ihn.

Er ergriff ihre Hände. »Weißt du, ich überlege gerade, ob es wirklich sinnvoll wäre, das Dachzimmer nur provisorisch herzurichten. Als Atelier wäre es geradezu ideal und … Man könnte es richtig professionell einrichten.«

»Ach ja?«

Er nickte. »Das lohnt sich aber nur, wenn …«

»Wenn was?«

»Wenn ihr für ganz bleibt.« Er zog sie wieder näher an sich. »Ist das verrückt?«

»Ja, ist es. Wir kennen uns erst seit ein paar Wochen.« Hannah küsste ihn erneut. »Aber in Anbetracht der Tatsache, dass gute Ateliers rar sind …« Sie küsste ihn noch einmal. »Außerdem müssen wir doch dem Mütterbeirat im Kindergarten neuen Gesprächsstoff geben.«

Im gleichen Moment riefen Paula und Mario im Chor nach ihnen. Sie klangen so aufgeregt, dass Hannah und Leon alarmiert ins Haus rannten.

»Sie sind hinten im Garten!«, meinte Hannah und steuerte auf die Hintertür zu. »Was ist passiert?«

Sie blieb wie angewurzelt stehen, so dass Leon gegen sie prallte. »Was ist das?«

Auch Leon starrte wie gebannt auf Billa, die in dem verschneiten Gärtchen stand und zu ihnen aufblickte. Ein merkwürdiger Lichtschein umgab sie, der an den Rändern wie Lametta glitzerte. Sie bellte freundlich, dann drehte sie sich um und verschwand zwischen den schneebeladenen Büschen.

Die Kinder sahen ihr gebannt und sprachlos nach; Hannah schob eine Hand in die von Leon und drückte sie, mit der anderen Hand nestelte sie die Taschenlampe aus der Innentasche ihrer Jacke hervor. Gemeinsam traten sie zu dem Busch und bogen die Äste vorsichtig auseinander. Schnee rieselte zu Boden.

Billa war verschwunden, obwohl hinter dem Gesträuch ein Maschendrahtzaun das Grundstück begrenzte.

Leon schob den Schnee erst mit dem Fuß, dann mit beiden Händen beiseite. Hannah leuchtete ihm.

Zum Vorschein kam eine kleine quadratische Steinplatte.

»Das gibt es doch nicht«, murmelte Leon und kratzte an der Oberfläche herum, bis ein Name darauf sichtbar wurde.

»Sybilla«, sagte er. »Die Hündin meiner Großeltern. Sie liegt hier begraben.«

»Guck mal!« Paula griff in den Schnee neben dem Stein und hob etwas auf. Es war eine alte und bereits arg angelaufene Hundemarke, die im Schein der Taschenlampe silbrig aufleuchtete. *BILLA* war darauf eingraviert, doch wenn man genau hinsah, konnte man genau erkennen, dass die Marke dort zerbrochen war, wo die ersten beiden Buchstaben des Namens gewesen waren.

Hannah betrachtete die Marke lange, dann blickte sie zum Himmel hinauf, vor dessen schwarzem Hintergrund unzählige Sterne funkelten. »Vielleicht …«, sagte sie. »Vielleicht war sie doch ein Engel.«